久保田淳著作選集

第一巻

岩波書店

編集協力

浅見和彦

小島孝之

三角洋一

渡部泰明

西行

まえがき

大学の教員として講壇に立つようになってから三十八年を数えた。今年の三月を以てその教員生活にしめくくりを付ける。その時を記念して、数名の人々が私の著作選の編集刊行を考えていられるということを耳にしたのは、三年前の正月のことであった。その折は、「とんでもない。とてもそんな柄ではない」と言った覚えがある。

しかしながら、一昨年の暮、自身は書き散らす一方で、しっかりしたメモも作っていない論文・著書のたぐいを細大洩らさずリストアップしたものを小島孝之氏から示され、これをもとにして著作選の編集を考えていられること、この厳しい出版状況にもかかわらず、岩波書店編集部にもその実現を考慮して頂いているとのことをうかがった時は、ひどく嬉しく有難かった。もとより拙さ、至らなさは十分自覚しているつもりであるが、出来不出来はともかくとして、自身の書いてきたものに対して愛着がないと言ったら嘘になる。それらが新しい、若い人々によって読まれ、検討し直されて、将来の日本古典研究発展のための捨て石になるとしたら、筆者としては以て瞑すべきであろう。そのように考えて、この計画を進めて頂くこととした。収載する著書・論文については、おおむね編集協力者諸氏が作製された原案に従いつつ、時には自身のある種の思い入れをも反映させて選択し、全三巻にまとめた。

第一巻には西行についての著書一冊と論文九本を収めた。

中世和歌に関する私の研究は、『新古今和歌集』撰者の一人藤原家隆を対象とした卒業論文を出発点としている。その後、新古今時代以後に興味を覚えた一時期もあったが、再び新古今時代に立ち帰った際に、家隆一人を追っているだけでは和歌史的展望は開けないことに気付いた。

じつはそれは卒業論文で家隆について書きながらも感じていたことではあったが、修士論文で新古今時代以後の和歌史を対象とした際に、藤原為家を中心に据えつつ、彼に拮抗する歌人群を追ったので、新古今時代についても同じような方法を適用してみようと思い到ったのである。そこで、いわゆる六家集歌人を一度は同一平面に並べて、その相互関係を考えてみようというもくろみの一環として、西行についても基礎的な問題から検討し始めたのであった。しかしそれと同時に、ほとんど初めて西行の作品にぶつかって、自身息苦しくなるまでの感銘を受けつつ、それを文章化する難かしさを痛感したことも確かである。その頃の試行錯誤の結果である「西行の恋歌について」「西行の「うかれ出る心」について」などの論文は『新古今歌人の研究』にまとめたので、今回はそれ以後西行について折々に書いてきたものを収めた。最初に収載した「I　『山家集』を読む」は、岩波書店の「古典を読む」シリーズの一冊として執筆したものである。これ以前、一九七六年から七七年にかけて、『新古今和歌集全評釈』を何とか仕上げ、次いで西行の作品のかなり気ままな選釈として『西行山家集入門』を書いたのち、一年間在外研究ということで当時の西ドイツのルール大学ボッフムに出張した。この一年に中世和歌の関係でした仕事としては、『新編国歌大観』で担当が決まっていた『続古今和歌集』の本文作成ぐらいしか思い出せないが、それまで密着しすぎて見えなくなっていたかもしれない研究対象を少し距離を置いて見る機会にはなった。この本は帰国後、かねての宿題であった『西行全集』の編集を十余名の人々の協力を得ておえたのちの仕事であった。一九八二年の夏から断続的に書き始め、書きおえたのは八三年の三月、刊行はこのシリーズが始まってまもなくの同年六月であった。書きやすいところから順不同に書いていった。シリーズとしての性格を考慮して、努めて広い範囲の読者を念頭に置きつつ、一方でまた同学の人々に読まれることをも期待して書いた。直前に『西行全集』の仕事をしたので、確かなテキストを使うことができたのは好都合であったが、またそのために一般の読者に対しては煩わしい記述が多くなったかもしれない。

この仕事をする過程で、この本では一部に言及するにとどめた『山家集』の巻末「百首」について、さらに細かな読みが必要であることに気付いた。そこで試みた作業の報告である論文三編を「Ⅱ『山家集』巻末「百首」読解考」として収めた。これらは講義で取り上げた個々の作品の解釈とその方法の問題であり、発表機関も一本が雑誌『文学』である他は学会の機関誌でもあったので、さほど広い読者を意識しない物言いになっているであろう。ともかく、自身の西行研究の軌跡の上では、『古典を読む　山家集』に直接つながる論文類なので、かつて『中世和歌史の研究』に収めたものではあるが、今回改めて収録した。

「Ⅲ　西行和歌の心と詞」に収めた六本の論文は、最後の一本を除いては折々に発表してきたもので、配列はやや概括的な内容のものから個別的なテーマを扱ったものへという基準に従っている。これらの中で最も早い時期に書いたものは「蝶の歌から」で、これは一九七八年の東京大学における講義のメモをもとに書き、翌年前述したようにドイツに出張中刊行された、『西行　長明　兼好――草庵文学の系譜――』に収めたものである。『古典を読む　山家集』の編集担当者が読んでくださったらしく、〝ああいう調子で書いてほしい〟と言われた記憶があるので、今回改めて収めた。また、「西行における月」は雑誌『短歌』に掲載されたもので、すでに『中世和歌史の研究』にも収めたが、西行和歌の時空についての試論という点で、本著作選第三巻の内容とのつながりもあるので再録した。

最後の「西行のすみれの歌」は、二〇〇三年十二月の和歌文学会例会において、「すみれの歌――菫の表現史――」と題して、上代から明治半ば頃までにわたって、すみれを詠んだ和歌・短歌の系譜について発表した際のメモをもとにして、今回新たに書いた。同年七月、「和歌文学大系」の一冊として、西澤美仁・宇津木言行の両氏とともに行った西行和歌の注釈、『山家集 聞書集 残集』の作業を受け、その報告を兼ねたような内容となっている。けれども、これらもまた中間報告に過ぎないであろう。西行和歌を読むという私個人の営為は今後も続くのである。

二〇〇四年一月

久保田 淳

目　次

II 『山家集』巻末「百首」読解考

III　西行和歌の心と詞

I 『山家集』を読む

はじめに

西行というと、つい藤原定家との対比において考えてしまうのが、いつの頃からかのわたくし自身の心の習いとなっている。

評価などという面倒なことは抜きにして、もしも「お前は定家が好きか」と聞かれたら、言下に「好きです」と答えようと思う。別に清巌和尚正徹の向うを張るつもりはないから、

この道にて定家をなみせん輩は、冥加もあるべからず、罰をかうむるべきことなり。(『正徹物語』)

とは思わないし、

寝覚などに定家の歌を思ひ出しぬれば、物狂ひになる心地し侍るなり。(同)

といったような体験はないが、定家の歌は古酒か阿片みたいなもので——と言っても、実は阿片の体験があるわけではないのだが——年とともに好きになってくる。

では、同様に「お前は西行が好きか」と聞かれたらどうかと言うに、これは直ちに「好きです」とは言えない。「定家も西行も、両方とも好きだ」というのは欲張っていると思うし、さらにはっきり言えば、もしそんな人がいたならば、それは文学の鑑賞者として偽者ではないかという気すらするのである。

ここで思い出されるのは、ある機会それも初めて、塚本邦雄氏にお会いした時のことである。たまたま定家の晩年の作はどうか、若い時に比べればやはり衰えたのではないかという話になった時、氏は言下に「わたしには、定家の歌はすべて面白いです」と断言された。それは西行についてのテレビ番組の打合せでの席であったが、その本番では、氏は「わたしは西行が嫌いです」という言葉で始められたのである。そのことを作品の読み手のいさぎよさとしてわたくしはしばしば思い起こす。

それにしても、どうして「西行は好きだ」と言えないのかと自問してみると、結局西行の歌の多くは、定家の詠のように酔わせてくれないからだろうかという自答が浮かんでくる。

たとえば、

大空は梅のにほひにかすみつゝくもりもはてぬ春の夜の月

にせよ、

月清みねられぬ夜しもろこしの雲の夢まで見る心ちする

にせよ、定家の歌は阿片の魔力でもって酔わせてくれる、一種の夢幻境——それは常に甘美であるとは限らない。むしろディ・クィンシーが『阿片常用者の告白』で述べているように、苦痛であり、懊悩である場合も少なくないであろう——にいざない、陶酔させてくれる。それに対し、西行の歌は反対に目を覚まさせる、覚醒させる、迷妄の境からひきずり出そうと心に作用する。そして、わたくし自身はいつまでも酔い続けていたい、酔って現実の憂苦を忘れていたい弱い人間なので、おのずと定家へと向うのであろう。

しかし、酔ってばかりはいられない。そう思う時、わたくしは二十年ほど前から使い馴れている、佐佐木信綱校訂

『新訂山家集』(岩波文庫)をひもとく。じつは、この本はその「緒言」で校訂者自身明言しているように、松本柳斎の『山家集類題』を底本とした本で、『山家集』そのものではなく、本文自体にも問題は少なくないのだが、考えの糸口をつかむためにはそれは大きな障害ではない。いな、むしろ誤った本文に対する何とはなしの違和感のようなものが、伏在する問題に気付かせてくれることもあるのだ。そして、新訂版は小さいながら「西行全歌集」に近い内容を有する本である。それでまずは、「昭和三十二年五月二十五日第十六刷発行」と奥付にある、綴糸のややあやしくなった文庫版を開く。これは自分自身を暗示にかけるための一種の儀式みたいなものになっているのかもしれない。そして、どこかのページで今まで見過していたある歌に引掛ると、それから日本古典文学大系本・日本古典全書本・新註国文学叢書本、そして一番新しい所で新潮日本古典集成本などでの注を読み比べ、さらに(これは自身が編んだのでやや面映いのだが)日本古典文学会版『西行全集』の本文、その底本の写真版などに立ち戻って本文を検討し直し、その過程で少しずつ形を取ってくる自身の考えとぶつけてみるのである。

これは全く自分だけの西行との付合い方で、だから「わたしはこうして読んでいます」などと人にわざわざ言うほどのことでもないのだが、ともかくこんなやり方で時折こだわり、自分なりに考えてみた西行の歌のいくつかを取り上げてみたい。

たはぶれ歌

『聞書集《ききがきしゅう》』（『山家集』とは別の西行の歌集）から、西行を論ずる人ならば必ずといってよいほど言及される「たはぶれ歌」十三首を取り上げて読んでみたい。初めに、この集は藤原定家手沢本が残されているので、それに拠った『西行全集』（日本古典文学会版）にもとづいて、清濁を区別した本文を掲げてみる。

嵯峨にすみけるに、たはぶれ哥とて人々よみけるを

うなひこがすさみにならすむぎぶえのこゑにをどろく夏のひるぶし
むかしかないりこかけとかせしことよあこめのそでにたまだすきして
たけむまをつゑにもけふはたのむかなわらはあそびをおもひいでつゝ
むかしせしかくれあそびになりなばやかたすみもとによりふせりつゝ
しのためてすゞめゆみはるをのわらはひたひえぼしのほしげなるかな
我もさぞにはのいさごのつちあそびさておいたてるみにこそありけれ
たかをでらあはれなりけるつとめかなやすらい花とつゞみうつなり

いたきかなしやうぶかぶりのちまき馬はうなひわらはのしわざとおぼえて
いりあひのをとのみならず山でらはふみよむこゑもあはれなりけり
こひしきをたはぶれられしそのかみのいわけなかりしをりのこゝろは
いしなごのたまのをちくるほどなさにすぐる月日はかはりやはする
いまゆらもさでにかゝれるいさゝめのいさ又しらずこひざめのよや
ぬなわはふいけにしづめるたていしのたてたることもなききみぎはかな

では最初から。以下示す本文は読みやすいようにある程度校訂したものである。

うなゐ子《こ》がすさみに鳴らす麦笛の声におどろく夏のひるぶし

うないわらわが気慰みに吹き鳴らす麦笛の音にはっと目覚めた、けだるい夏の昼寝。

「うなゐ」というのは、垂らした髪をうなじ、頸のうしろの方でまとめた子供の髪型のことである。そういう髪型をしている、大体七、八歳から十二、三歳くらいまでの子供——男の子でも女の子でも——が「うなゐ子」である。単に「うなゐ」とも「うなゐわらは」ともいう。源俊頼《としより》にも次のような歌がある。

向ひの江にわらはの遊び戯るゝを尋ぬれば、みぞ貝といふ物拾ふなりといふを聞きてよめる

江の淀にみぞ貝拾ふうなゐこがたはぶれにても問ふ人ぞなき　（『散木奇歌集《さんぼくきかしゅう》』雑上）

「うなゐ」の時期が過ぎると髪上げが行われ、男子は「あげまき」に結い、女子は「はなり」という髪型になる。

橘の光《て》れる長屋にわが率寝《ゐね》し宇奈為《うなゐ》放《はなり》に髪上げつらむか　（『万葉集』巻十六・三八二三）

嵯峨野の初夏、老法師が草庵の中で昼寝をしている。野には青麦が光り、さわやかな風が吹いている。その風に運ばれて子供達の吹く麦笛の音が、細くやさしく、とぎれとぎれに流れてくる。その音は法師の昼寝の夢を覚ます。もしかして、その音はうたたねの中にまで届いていて、法師は夢の中でうないわらわとなって、自身麦笛を吹いていたのかもしれない。

「ああ、いつもこの辺で悪戯しているあの連中だな。麦笛のうまいのは誰だっけ」

目覚めた法師は、日頃この草庵のまわりで見かける子供達の顔を、あれかこれかと思い浮かべる。そして、「ああ、自分にもあんな年頃があったっけ」と思う。彼はそれから自身の幼時の回想へと入っていく。

昔かないり粉《こ》かけとかせしことよあこめの袖にたまだすきして

昔のことだなあ、煎り粉かけをするんだとか言っていたずらしたっけ、あこめの袖に甲斐甲斐しくたすき掛けという姿で。

「いり粉かけ」というのは、実はよくわからない。『物類称呼』や『和訓栞《わくんのしおり》』などによると、大麦や米を煎って粉にした、「いりこがし」乃至は「こがし」なるものを、近江や北国では「いりこ」と呼ぶそうである。おそらく麦こがしのようなものであろう。「新註国文学叢書」では、「炒粉かき。炒粉は米を炒つて粉に碾《ひ》いたもの。菓子の材料にしたもので、これに熱湯を加へ掻き練つて食べる」と注している。

「あこめ」は女の童などが着た肌着のごときもの。幼い頃は男児でも着させられるのであろう。

「たまだすき」はもとより襷の美称で、「たまだすきして」というと、神事での祈りなどが連想される。ところが、この歌では「たまだすきして」いるのはわらわで、そのわらわが大真面目でやっていることは「いり粉かけ」なのである。そのような大仰な言葉遣いが「たはぶれ歌」たる所以であろう。

なお、『古今集』の誹諧歌にも、

ことならば思はずとやはいひはてぬなぞ世の中のたまだすきなる　（雑体）

という読人しらずの歌がある。この下句は「どうして二人の仲は今なお引掛っているのだろう(切れないのだろう)」の意である。ここでも切れそうで切れない男女の間柄を「たまだすきなる」と形容したところが誹諧歌なのであろう。西行は「たまだすき」という言葉の軽い使い方をこのあたりから学んだのかも知れない。

竹馬を杖にもけふはたのむかなわらはあそびを思ひ出でつゝ

竹馬の竹を今日のわたしは老を扶《たす》ける杖にしようと頼っているのだなあ。昔の子供の頃の遊びを思い出しながら。

最近の竹馬は二本の竹竿(または竹幹まがいのビニール管であろうか)に足を載せる足掛りが付いているものだが、西行の時代の竹馬はこれとは違って、葉の付いた一本の竹の根元の方に手綱よろしく綱が結び付けてあって、子供はそれにまたがってその手綱を引張り、ハイハイドウドウなどとやったものらしい。『法然上人絵伝』には、勢至丸といった上人の幼い頃の姿として、そのような竹馬に乗って遊んでいる子供達が描かれている。

連作としては、前の歌での「昔かな」に対する「けふは」という、対比による連想が働いているのであろう。

昔せしかくれあそびになりなばや片隅もとによりふせりつゝ

昔したかくれんぼをする日にまた立ち戻りたいなあ。物の片隅にひっそりと身を寄せかけ、臥せりながら。

「かくれあそび」は「かくれ鬼」とも言い、かくれんぼのこと。早く『宇津保物語』内侍督の巻にその例がある。二、三人の子供がじっと物の片隅に身を寄せ合って、鬼に見付からないように息を詰めている有様が想像される。勿論一人で隠れている場合だってあるだろうが、二、三人かたまって隠れているところを想像したい。それも男の子や女の子、主の子や従者の子と、いろいろ混っている状態を思い描いてみる。お互いに身を寄せ合い、物の隅に半ば寄りかかるような姿勢で横になっている。すると、着物を通してお互いの体温も伝わってくるであろう。そして隠れている二、三人は兄弟以上に親密な、一種の連帯感で結ばれる。当然兄弟が隠れている場合もありえようが、むしろ兄弟でない方が面白い。その連帯感は身体を寄せ合っているという距離の無さに基づくがゆえに、永続しない性質のものである。かくれんぼが終れば、ただの友達に戻ってしまう。

そのような皮膚感覚として残っている幼時の記憶をまざまざとよみがえらせながら、「昔せしかくれあそびになりなばや」と願っているのだとすると、この老人の希《ねが》いはちょっと気味が悪いほどに切なるものがあるように思われてならない。

一般に大人が幼時を回想する場合は、大体次のようなことになるだろう——あの頃の自分は無邪気だったなあ。何も知らなかった。男や女の間の煩わしいことも、社会に存する貧富の差も、この世の憂さつらさも、人間の生き死にのことも……。一見それに違いはない。しかし、実はごく幼い子供にも官能のめざめはある。貴賤や貧富といった不平等が社会に厳然と存することは、貧賤と見られた人の子ほど早く敏感に感じ取るであろう。死に対する恐れはもとより、怖いもの見たさといった形での死への関心も動き出しているであろう。大人になって回想すると、それが一様にきれいなもの、美しいものと化してしまう。時の経過が過去をひとしなみに美しい靄で包んでしまうのである。

しかしながら、「かくれあそび」を契機として幼時への回帰を希う西行が、幼時を単純に明るい無邪気な時代としてのみ受け取っていたかどうか、いささか疑問に思う。彼はそこで「かたすみもとによりふせりつゝ」という、大人が忘れてしまっている秘密めいた感覚の回復を希っているのである。それは多分に官能的なものを基調としており、そしてあえて言えば胎内回帰への願望を潜在させているのではないだろうか。

ここで思い合される古歌がある。それは『拾遺集』の、

題しらず　　源公忠朝臣

人も見ぬところに昔君とわがせぬわざわざをせしぞ恋しき　(雑賀)

という詠である。『公忠集《きんただしゅう》』(宮内庁書陵部本)には「女のもとに」という詞書が掛かる三首の歌群の第三首目として収められている。北村季吟『八代集抄』のこの歌についての注はひどくそっけないもので、「心は明也」というのにとどまる。季吟にとっては本当に明らかだったのだろうか。

この歌は『宇津保物語』で引歌のように考えられているものである。すなわち、この物語は二、三箇所で登場人物達に「せぬわざわざ」という言葉を使わせているが、そこには決まってこの歌が引かれるのである。たとえば、

ほのかに見たてまつりしかば、しづ心なく思ほえしかば、近くだにとて参り来たりし夕暮に、月見たまふとて御

琴あそばししに、死に入りて、身のいたづらにならむこと思ほえず、片時世に経《ふ》べき心地もせで、せぬわざわざしつべき心地こそせしか。（「田鶴の群鳥」）

日本古典文学大系本『宇津保物語』では、「常識のある人には出来ないようなどんな事でもしようという気になりました」と訳している。

そのような引かれ方が印象的であったから、この歌の「せぬわざわざ」というのは、男女の秘め事などであろうかと考えていたことがあった。けれども、それは多分考え過ぎで、公忠の歌での「せぬわざわざ」とは子供のいたずらなどを意味するのではないだろうか。「君」はやはり女性であろうが、公忠とその女性はいわば筒井筒の間柄で、二人は「人も見ぬところ」――それこそ「かたすみもと」などで、ほとんど異性という意識を抱くことなく悪戯をしていた、その幼かった「昔」が今となっては恋しいという歌なのではないであろうか。そして、それに近いような幼い日への郷愁を、西行の「昔せし」の歌からも感じ取りたいような気がするのである。

しのためて雀弓張る男《を》のわらはひたひえぼしのほしげなるかな

篠竹を曲げて雀弓の弦を張っている男の子、侍さながら額烏帽子がほしそうな様子だなぁ。

「雀弓」は雀小弓ともいい、雀などを射るための小さな弓、いわばおもちゃの弓である。当時の宮廷でも雀小弓で遊んだことが『明月記』に記されている。

「ひたひえぼし」は黒い絹または紙を三角にして額に当てるもので、少年のためのものという。やはり『法然上人絵伝』に、法要に参加している稚児達が額に三角の布のようなものを付けている絵があるが、それなどが参考になるであろう。

男の子がつぶらな目を凝らして、一心不乱に雀弓の弦を張っている。やがて彼はそれで小鳥を狙うのだろうが、彼としては流鏑馬《やぶさめ》などを行ういっぱしの武士のようなつもりであろう。それならば、烏帽子ならぬ額烏帽子がほしいところだなというのである。

われもさぞ庭のいさごの土あそびさて生ひ立てる身にこそありけれ

わたしも丁度この子供達のように、庭の砂土で泥遊びをして、そして大きくなった身なのだなあ。

初めに示したように、写本では第四句は「さておいたてる」と表記する。日本古典文学大系本では、ここに「老いたてる」と漢字を宛てるが、これはやはり「生ひたてる」と解すべきであろう。

「土あそび」はどこの国の誰しもが、必ず経験しているに違いない幼遊びである。『発心集』にも、西行が残してきた娘が子供達と土遊びをしている有様を、故郷に立ち帰った西行がそれとなく見守っている場面が描かれている。

「さても、ありし子は五つばかりにはなりぬらん。いかやうにか生ひなりたるらん」と、おぼつかなく覚えて、かくとはいはねど、門のほとりにて見入れける折りふし、此の娘いとあやしげなる帷《かたびら》姿にて、げすの子どもにまじりて、土に下りて、立蔀《たてじとみ》の際《きは》にてあそぶ。（巻六の第五話）

この歌は、自分にもそんな時期があったことを忘れていた老人が、土いじりしている子供達の姿を見て、「ああ、自分にもあんな時代があったのだな」と気付いた時の軽い驚きが、特に下句のあたりに感じられる。

高雄寺あはれなりけるつとめかなやすらひ花とつゞみ打つなり

高雄の神護寺では情趣あるお勤めが行われるなあ。「やすらい花」とはやして鼓を打つ音が聞えてくるよ。

「高雄寺」は文覚や明恵にゆかり深い神護寺のこと。『井蛙抄《せいあしよう》』に伝える所では、その文覚と西行とが初めて対面したのもこの寺であったという。

心源上人語りて云はく、文学(文覚)上人は西行を憎まれけり。そのゆゑは、遁世の身とならば、一筋に仏道修行の外他事すべからず、数寄を立ててこゝかしこにうそぶき歩《あり》く条、憎き法師なり、いづくにても見合ひたらば、頭《かしら》を打ち割るべきよし、常のあらましにてありけり。弟子ども、西行は天下の名人なり。もしさることあらば珍事たるべしと歎きけるに、ある時、高尾法華会に西行参りて、花の陰など詠《なが》め歩《あり》きける。弟子ども、これかまへて上人に知らせじと思ひて、法華会も果てて坊へ帰りたりけるに、庭に「物申し候はん」と云ふ人あり。上人「誰《た》そ」と問はれたりければ、「西行と申す者にて候ふ。法華会結縁のために参りて候ふ。今は日暮れ候ふ。一夜この御庵室に候はんとて参りて候ふ」と言ひければ、上人内にて手ぐすねを引きて、思ひつること叶ひたる体にて、明り障子を開けて待ち出でけり。しばしまもりて、「これへ入らせ給へ」とて入れて対面して、「年頃承り及び候ひて見参に入りたく候ひつるに、御尋ね悦び入り候ふ」よしなどねんごろに物語りして、非時など饗応して、次の朝、又時(斎《とき》)など勧めて、帰されけり。弟子達手を拳《にぎ》りつるに、無為に帰りぬること悦び思ひて、「上人はさしも西行に見合ひたらば、頭打ち割らんなど御あらまし候ひしに、ことに心閑かに御物語候ひつること、日来《ひごろ》仰せには違《たが》ひて候ふ」と申しければ、「あら言ふ甲斐無《な》の法師どもや。あれは文学に打たれんずる者の面様《つらやう》か。

文学をこそ打たんずる者なれ」と申されけると云々。（巻六雑談）

「やすらひ花」は花鎮め、鎮花祭、花祭などとも呼ばれる、疫病がはやらないことを祈る呪術的な祭である。にぎやかに笛や太鼓で「やすらい花よ」とはやす今宮神社の夜須礼《やすらい》が有名である。

後白河法皇撰ではないとされている『梁塵秘抄口伝集』巻十四（岩波文庫『梁塵秘抄』所収）に、

近き頃、久寿元年三月の頃、京近き者男女、紫野社へ風流の遊びをして、歌・笛・太鼓・摺鉦にて、神遊びと名づけて群がり集まり、今様にてもなく、乱舞の音にてもなく、早歌の拍子取りにも似ずして、歌ひはやしぬ。

と述べて、「花や咲きたる　やすらいハナヤ」以下のはやし言葉を掲げ、これが勅によって禁止されたという。そしてその叙述の終りに、「高尾に法会あり。そのわけにてやらんか、法会に子細ぞあらんと申し侍りき」と記している。西行の時代のやすらい花の一資料といえるであろう。

この歌ではおそらく稚児などが鼓を打っているのであろう。三好英二校註「新註国文学叢書」に「ここの場合は、陰暦三月十日の神護寺の法華会をいつたもの」と注している。先に引いた『井蛙抄』の逸話に語られている法華会である。

「やすらひ花とつゞみ打つ」有様は面白い見物であろう。それを「あはれなりけるつとめ」と捉えている。もとより悲哀の勝った「あはれ」ではないのだろうが、これはやはり老人の感じ方であろう。無心に（と少なくとも見える）打ち囃す稚児達の生い育つ将来までをふと考えてしまう老人の感傷でもあろう。

いたきかな菖蒲《しやうぶ》かぶりのちまき馬はうなゐわらはのしわざとおぼえて

見事なものだなあ、菖蒲をかぶせた茅巻《ちまき》の馬は。いかにもうない子の作り出したことと思われて。

この場合の「いたき」は、すばらしい、すてきだといった気持に近いであろう。

「菖蒲かぶり」というのは、菖蒲で作る菖蒲冑のことだろうか。端午の節句に菖蒲冑をかぶる習慣は、『弁内侍日記』や洞院公賢《とういんきんかた》の日記『園太暦《えんたいりゃく》』などに見える。

「ちまき馬」は『散木奇歌集』の連歌にも見出される。

幼きちごのちまき馬を持ちたるを見て　　承源法師

ちまき馬は首からきはぞ似たりける

付くる人もなしと聞えしかば

胡瓜の牛は引き力なし

子供の細工や絵などに大人が感心させられることはしばしばある。岡本太郎がよく言うように、子供には成心がないから、巧まざる造形美が実現するのに違いない。そしてそれに、成心を持ち、邪心をも知っている大人が動かされるのである。

ほほえましい。しかし、この巧まざる美がいつまで持続するかを思えば、そのほほえみは消えざるをえない。その意味において、「いたきかな」という感動は「あはれなりけるつとめかな」という感傷とひどく異なるものではない。

いりあひの音のみならず山寺はふみ読む声もあはれなりけり

入相を告げる鐘の音だけでなく、山寺では稚児達が書物を読む声までもしみじみと聞えるよ。

ここでの「いりあひ」は日没それ自体ではなく、日没を告げるために寺々で撞く入相の鐘のこと。「ふみ読む声」は、この作品群のこれまでの歌がすべて子供を歌っているので、当然ここでも寺の稚児達か小僧達などが幼い声を張りあげて経文などを読んでいる、読まされているのだと思われる。貴族や豪族の子弟が幼時寺に入るという習慣は平安末期にあったらしい。『平家物語』に語られる平経正なども、仁和寺でそういう生活を体験している。西行自身にもあるいはそのような思い出があったのかもしれない。

ものさびしい夕暮近く、無心に書物を読む子供達の幼い声は、大人にしんみりした心を起こさせるものである。

恋しきをたはぶれられしそのかみのいはけなかりしをりの心は

わたしはあの人が恋しかったのに、それを冗談ごととされてしまった、あの昔幼かった日のやるせない心といったら。

幼児にとって「恋しき」対象は母や乳母でもありうるわけだが、ここは「ふみ読む」年齢の少年のこととして、やはり異性と考えるのが自然であろう。すると「たはぶれられし」というが、「たはぶれ」たのは誰だろうか。少年の恋を傍で見ていた心ない第三者が戯れた、ひやかしたとも考えられなくはないが、少年の恋は一途ではあっても、成人の場合のようにあからさまであるとも思われないから、第三者には気付かれにくいかもしれない。それゆえ、恋しく思っている当の女性に「たはぶれられし」と解するのが最も自然であろうか。年上の娘かもしれないが、ほとんど同年齢でも、年頃の女の子は男の子よりはませているであろうから、少年の慕情に気付いていながら、それをたわむれごととしてしまう母性本能めいたものを早くも心得ていないとも限らない。窪田章一郎『西行の研究』でも、「少年の恋を歌っている。おそらく恋しく思っている年長の女性に、軽くはぐらかされた時の羞恥であろう」と考えている。

『古今集』の誹諧歌に、

ありぬやと心みがてら逢ひ見ねばたはぶれにくきまでぞ恋しき　（雑体）

という読人しらずの歌がある。これは普通の恋人の心を歌ったものだが、「たはぶれ」と「恋しき」という言葉が一首の中に取り合せられている古歌ということで、今の西行の歌と全く無関係とは言い切れないであろう。

石なごの玉の落ちくるほどなさにすぐる月日はかはりやはする

過ぎてゆく光陰の速さといったら、それは石なごの玉が上から落ちてくる短い時の間と何ら変ることはないではないか。

「石なご」は「石などり」ともいう。地上に石をばらまいておいて、そのうちの一つを空中に投げ上げて、それがまだ地上に落下しないうちにすばやく他の石を拾って手に受け止め、早く全部を拾い上げてしまった方が勝ちという遊びである。後世のお手玉にも類する、女の子の遊戯であろうか。王朝には「石名取歌合」というものも行われている。

子供の遊戯にことよせて光陰の早さを嘆いた歌である。

少年易レ老学難レ成　一寸光陰不レ可レ軽
未レ覚池塘春草夢　階前梧葉已秋声

にも通うものがあるが、もとより朱熹のような教誡の姿勢は皆無で、詠嘆に終始している。

窪田章一郎『西行の研究』では、「遊びを採り上げているが、下句は理に落ちていて、以上の歌とは異なっている」と評する。氏はこの歌そのものを低く評価されるのである。このことについてはのちに考える。

いまゆらも小網《さで》にかゝれるいさゝめのいさまたしらず恋ざめの世や

小網にかかっている白魚のかぼそさ。そのようにほんのかすかにも、さあわからない。恋心も醒めてしまうような興醒めのこの世、それは一体何なのだろう。

「いまゆらも」という句の意味はわからない。目下の所最も詳しいと思われる『角川古語大辞典』も立項していない。あるいは「たまゆら」などと関係があるのだろうか。ただ、小網にかかってぴちぴちしている「いさゝめ」の濡れ濡れとした姿態を思わせるような言葉ではある。

「小網」は「叉手」とも書く、魚を掬い取る網。『万葉集』の昔から「さでさし渡し」などと歌われてもきた。西行には俊頼の、

これを見よ六田《むった》の淀にさでさしてしをれし賤の麻衣かは　（『散木奇歌集』恋下）

などの作例が親しみ深かったかもしれない。

「いさゝめ」は小さな白魚のことだが、それに「いささか」の意の副詞「いさゝめに」を掛け、同時に下の「いさ」を呼び起こす。そして、上句は下句の序のような働きをしているのであろう。「いさ」は「さあ」で、下の「しらず」が呼応している。「いまゆらも」「いさゝめの」「いさまた」と、「い」が頭韻のごとく繰り返されるのに対して、「い

さゝめ」「恋ざめ」と、脚韻を踏むような感じを与えている。

『古今集』の物名歌に、

さゝ　まつ　びは　ばせをば　紀乳母

いさゝめに時待つまにぞ日はへぬる心ばせをば人に見えつゝ

という歌がある。恋の歌である。西行の歌が「恋ざめの世」を歌っていることは、この古歌と無関係ではなさそうに思う。

小網で「いさゝめ」を掬うのは子供らしい遊びである。そこで、その遊びに託して現実への幻滅を詠じたものであろう。

ぬなははふ池に沈めるたて石のたてたることもなきみぎはかな

汀に立って眺めると、以前はちゃんと立っていたのだろうに、今は蓴菜《じゅんさい》の這う池の底に沈んでいる庭石が見える。その横倒しの石にも似て、これといって取り立てた才能などもないわが身よ。

「ぬなは」は蓴菜のことである。そのぬなわの茎や根が這っている池というと、やや手入れのされていない池が想像できる。「たて石」は庭や池などに立てられ、据えられた石。橘俊綱の著作かと考えられている『作庭記』(日本思想大系『古代中世芸術論』所収)にはそのような石の立て方が述べられている。その立石が池底に沈んでいるというので、以前は権勢を誇った人物が住んでいたけれども、時世が移り変って、今はすっかり荒廃している廃園の池水などが想像される。

「みぎは」はもとより池の汀だが、それに「身」を掛けていると思われる。そして廃園を描写した上句は、「たてたることもなきみ」をいうための序となっていると見られる。

石はさも立てける人の心さへかたかどありと見えもするかな

これは『永久四年百首』で「石」という題を詠じた俊頼の作である。「堅い角《かど》がある庭や泉水の石は、いかにもそれを立てた人の心さえかたかど(一つの才能)があると見えるなあ」ということであろう。俊頼はちゃんと立っている庭石を見て、庭師の才覚に感じ入った。俊頼の知人に琳賢《りんけん》という歌よみの坊さんがいた。俊頼びいきで、しばしば俊頼のライバルの藤原基俊などを相手に意地の悪いことをしているが(『無名抄』)、この人は石を置く名人であったという。その琳賢のことなどが連想される。

この俊頼の作に対して、廃園の荒れた泉水を歌う西行は、そのことによって一体何を言おうとしているのであろうか。彼は池の底に横倒しになった石に、無用者であるわが身を見出しているのだと思う。つとに「新註国文学叢書」で下句を注して「立ててあることが人から見知られない。取り立てて人に知られぬわびしさに寄せていった」と言うように、この歌はいわゆる述懐歌(愚痴の歌)と読まざるをえない内容の作である。

窪田章一郎『西行の研究』では、「いまゆらも」「ぬなははふ」の二首について、「童を主題にして展開している歌からは離れていて、全体としてみるときは無くてもいいものである」と述べている。「たはぶれ歌」が童を主題とすると見る限りでは、その通りであろう。しかし、この連作は果して童を主題としているのであろうか。主題は自らの幼時＝昔であり、またその裏返しとしての老年＝今であり、要するに自らにとっての「時間」なのではないか。それならば、この二首は「無くていいもの」ではない。

この作品群全体に子供達の姿への愛に満ちた目が働いていることと、それに伴う安らかさが漂っていることを否定するものではない。けれども同時に、まことに安々と、口軽く歌い出されているこの作品群が、「あはれなりける」とか「あはれなりけり」というように、次第にしみじみとした情感を表に出してきて、幼時の恋の回想へと分け入り、時の過ぎゆく速さを嘆き、さらにこの世に対する幻滅を歌い、そしてわが身への自嘲にも似た、荒廃した風景を歌って終るという点をも、――いわば甘く軽やかな旋律が次第に苦く重くなってゆく、明るい色調が次第に暗くなってゆくということをも、軽視すべきではないと考える。

『無常といふ事』の一篇として読まれることの多い「西行」において、小林秀雄は「子供を詠んだ歌も実にいゝが、彼の深い悲しみに触れずには読過せない。其後かういふ調べに再会するには、僕等は良寛まで待たねばならぬ」と言い、「うなゐ子が」「しのためて」「いたきかな」「われもさぞ」「昔せし」の五首を引いている。この読みは鋭く、的確であると思う。

「たはぶれ歌」には幼かった時の西行自身の姿が投影されているのであろう。それは全く普通の子供と変りない、無邪気なものである。しかし、それを回想している西行はもはや「竹馬を杖」と頼む老いの身である。「昔せしかくれあそびになりなばや」――西行は幼い日々に立ち返りたいと思う。それは無理な注文である。失われた時が再び帰ってくることはありえない。それと知りつつ、人間はそれを願わずにはいられない。『源氏物語』の古注釈書である世尊寺伊行の『源氏釈』や藤原定家の『奥入』などに、

とりかへすものにもがなやいにしへ(又は「世の中」)をありしながらのわが身と思はむ

という読人しらずの古歌がある。これは誰しもが抱く願望であろう。西行もその点では変りなかった。それは、ここ

に歌われているような幼年・少年期を過ごし、青年となり大人となってきた自分の生を、果してこれで良かったのだろうかと自ら問いかける心、さらに強く言えば、現在の自身に対する悔恨のごときものがあるところから生ずる願望であろう。

安田章生『西行』では、この作品群について次のように論ずる。

全体ににじんでいる老いの感慨とともに、深い悲しみの思いも、ここには感じられるのであるが、この悲しみは、老いを迎えた人間が、ほとんど例外なく味わわねばならぬ悲しみであるといえよう。しかも、西行においては、そうした思いも、さらりとして軽妙な表現のなかで、澄みとおっているのである。澄みとおっていることによって、いっそう遠くはるかな悲しみを誘っているともいえるが、その時、その悲しみは、詩の世界に昇華されて美しく、自在の境に遊んでいる趣を帯びているのである。

わたくしもまた、この作品群における「麦笛の声」や「つゞみ打つ」音、「ふみ読む声」などの澄み透った音色を愛する。しかし同時に、「昔せしかくれあそび」の秘密めいた想い出を掘り起こしている西行、「ぬなははふ池に沈めるたて石」をのぞきこんでいる西行にも注目したい。「たはぶれ歌」の読み手としてはまだなまぐさいからであろうか。

「昔」と今、「憂き世」

西行の心の世界にじかに分け入ってみたい。それは大それた企てに違いないのだけれども、西行という歌人は、読者の側がどうしてもそういう気持を起こさざるをえないようにしむける、いわば挑発的な作を多く残しているのである。

そのとっかかりとしては、むしろ詞書も左注も何もない、無愛想な無題の雑歌などがよいかもしれない。そういう歌を読み解こうとするのは、ちょっと無装備で岩場に挑むような向こうみずな試みだが、足場を一つ一つ作ってそろそろと登るしかないだろう。

そう考えて『山家集』(この場合は類題本ではない、本来の形の伝本)を見ると、中巻の恋が終ったところから、同じ巻のなかで雑が始まっている。現在のところ『山家集』の写本で比較的良いとされている陽明文庫本の注記によれば、もとはその雑部から下帖(下巻)であったらしい。ということは、何次かにわたって歌什が追補され、成長したと見られる『山家集』でも、このあたりはどうやら古い地層に属するようだ、ということを意味する。その程度を押えておいて、この部での無題の雑歌八首を読んでみる。

最初に、陽明文庫本の本文を例によって『西行全集』(日本古典文学会版)の形で示すと、次のようなことになる。

(なお、以下に示す『山家集』の歌番号は、「日本古典文学大系」「新潮日本古典集成」、和歌史研究会編『私家集大成』、日本古典文学会版『西行全集』に共通のもの)

つく〴〵とものをおもふにうちそへておりあはれなるかねの音哉
なさけありしむかしのみなをしのばれてながらへまうき世にも有哉
のきちかきはなたちばなに袖しめてむかしをしのぶなみだつゝまん
なにごともむかしをきくはなさけ有てゆへあるさまにしのばるゝ哉
わが宿は山のあなたにある物をなにゝうきよをしらぬこゝろぞ
くもりなうかゞみのうへにゐるちりをめにたてゝみるよとおもはゞや
ながらへんとおもふ心ぞつゆもなきいとふにだにもたえぬ浮身は
おもひいづるすぎにしかたをはづかしみあるに物うきこの世なりけり

つくづくとものを思ふにうちそへてをりあはれなる鐘の音かな　(七二二)

つくづくと物思いに沈んでいる折も折、その物思いの種を添えるかのようにしみじみと聞えてくる鐘の音。

これが雑部の冒頭の歌だが、直前の恋部の終りの歌は、

たのもしな宵あかつきの鐘の音物思ふ罪もつきざらめやは　(七二一)

というのであった。その「鐘の音」を受けるかのようにして、雑部は始まる。

「祇園精舎の鐘の声、諸行無常の響あり」という『平家物語』の冒頭と言い、謡曲「三井寺」の鐘づくしと言い、中世文学の世界には至る所に深く籠った鐘の音色が鳴り響いているといってよいが、西行にも鐘の音を詠じてすぐれた歌が少なくないように思う。このあと、巻中最後の「題しらず」雑歌群中の、

あかつきのあらしにたぐふ鐘の音を心の底にこたへてぞ聞く　（九三八）

待たれつる入相の鐘の音すなりあすもやあらば聞かむとすらむ　（九三九）

などもその例である。この「あかつきの」の歌は今読もうとする「つくづくと」の作と並んで、『山家心中集』雑上に選び入れられている。「待たれつる」の歌はその少し先にやはり選ばれている。そして、まず「あかつきの」が『千載集』に入り、次いで「待たれつる」が『新古今集』に採られ、この「つくづくと」は『玉葉集』に選ばれた。西行の鐘の歌は中世の撰集のあちこちで寂静の音をかなでているのである。

この歌の鐘は宵の鐘か暁の鐘か、それとも日中の鐘か、何ともわからない。けれども、

山寺の入相の鐘の声ごとに今日も暮れぬと聞くぞかなしき　（『拾遺集』哀傷、読人しらず）

暮れぬなりいくかをかくて過ぎぬらむ入相の鐘のつくづくとして　（『和泉式部集』）

夕ぐれはものぞかなしき鐘の音をあすも聞くべき身とし知らねば　（同）

はかなくて暮るゝ入相の声聞けどわが世つくとは覚えやはする　（『赤染衛門集』）

山里を春の夕ぐれ来てみれば入相の鐘に花ぞちりける　（『能因集』）

のように、入相の鐘に感じ入っている歌は昔から少なくない。日中はむしろ法螺貝の方が歌われるのではないか。

けふもまた午《うま》の貝こそ吹きつなれ羊の歩み近づきぬらむ　（『千載集』誹諧歌、赤染衛門）

すると、この歌での鐘も入相の鐘かもしれない。なお、右のうち和泉式部の「夕ぐれは」の歌に共鳴して成った作が、西行の「待たれつる」であると見てよいのだろう。

つくづくと物思いに沈んでいると鐘の音が聞えてくるという場面は、『源氏物語』浮舟の巻にも描かれていた。

誦経の鐘の風につけて聞え来るを、つくづくと聞き臥したまふ。

鐘の音の絶ゆるひゞきに音をそへてわが世つきぬと君につたへよ

「聞き臥し」ているのは宇治川への入水を決意している浮舟の女君である。歌で「君」と呼ばれているのは、その母である。

和泉式部の歌や『源氏物語』のこの場面に通ずるものがあるということは、ここでの西行の姿勢や発想のし方が、王朝女房のそれにきわめて近いということを意味する。

折口信夫が描いて見せた女房文学から隠者文学へという文学史における構図は、ここでも成り立っている。草庵の文学は敢然と憂世を背いた、いさぎよい遁世者の志を託したものではないのである。それはむしろめめしく、涙もろく、弱々しい心を基調とするのである。

だがしかし、西行ははたして沙弥円位として「つくづくとものを思」いながら、鐘の音に聞き入っているのであろうか。今の場合思い悩むこと多い下級官人佐藤義清《のりきよ》であってはいけないのだろうか。

先を読もう。

なさけありし昔のみなほしのばれてながらへまうき世にもあるかな　(七二三)

何事につけ情趣があった昔ばかりがやはりなつかしく思い出されて、生き永らえているのもいやな世の中だなあ。

人情紙のごとく薄い現在に比べて、昔はよかったなあと懐かしみ、それとはうって変った今の世にいつまでも生きていたくないという、しばしば老人が抱きがちな感懐をありのままに述べた。けれども、このように歌っている西行はこの時幾つだったのであろうか。それはわからない。この歌は『新古今集』雑下に採られている。そして、この歌の次に位置するのが藤原清輔の『百人一首』の歌、

ながらへばまたこのごろやしのばれむ憂しと見し世ぞ今は恋しき

である。このいかにも老人くさい述懐歌が実は比較的若い時の詠であることは、ほぼ確かであろう。すると、西行の歌の場合もその内容や表現だけで速断できないことになる。

中年過ぎた人間にはきわめてわかりやすい歌のようだが、「なさけありし昔」というのが具体的にどのような昔を意味していただろうかということになると、案外むずかしい。

この作の次一首を隔てて、

なにごとも昔を聞くはなさけありてゆゑあるさまにしのばるゝかな　(七一五)

という歌もある。当然「なさけありし」の歌と合せて考えるべきであろうが、「なさけありし昔」と「なにごとも昔を聞く」の「昔」とは同じかどうか。「なさけありし昔」というのは、自身の経験として知っている昔を意味するかのごとく聞える言い方である。それに対して、「聞く」昔は直接経験してはいない昔のことをいうように思えないでもない。現に「なにごとも」の歌について、窪田空穂『西行法師』は、

この「昔」は、西行が眼で見たそれではなく、耳に聞いて知る昔である。前の歌の昔を遡らせて、古い程なつかしいといふのである。時代の転換に遭遇した当時の人は、王朝の最盛時とされた延喜、天暦の御代をひたすらに恋つてゐた。これは恋はざるを得なかつたのである。今は文化の上についていつてゐるのであるが、その根本は政治の上にあるものである。

と詳論し、渡部保『西行山家集全注解』もこれを踏襲して同じ歌の「昔」について、「西行の見ききした昔ではなく、王朝時代(延喜、天暦の御代)である」と注する。一方、後藤重郎校注「新潮日本古典集成」では「なさけありし昔」の歌で、「◇昔、以下にも「昔」とあり、新古今時代の復古思想に先立つ時期の、尚古思想・懐古思想の反映として回顧される昔を指すか。西行在俗時代ととるも可」と考えている。けれども先にも述べたように「なさけありし昔」の「ありし」にこだわるならば、右の注はやはり「なにごとも昔を」の歌での「昔」のそれとして言われるのがむしろふさわしいであろう。

ところで、この「なにごとも」の歌には異文がある。後代の撰集での形はさておくとしても、松屋本(六家集板本への書入本として伝存。『西行全集』参照)では、この上句は、「なにごとも昔といふはなさけありて《きくイ》」とあったらしいのである。この「いふは」に従えば、昔を西行未生の王朝盛時と解さなくてもよいことになる。

「なさけあり」「昔」「しのばる」という言葉の重なりからも、二つの歌での「昔」は同じ内容のもの、少なくともひどく違わないものと考えたい。それは自身が見知っている昔、それだけに話題にのぼると、何もかもが無性になつかしく、美しく回想される二昔かそれよりも前ぐらいの時代——西行にとって、またその同時代人にとっての「古き良き時代《ベル・エポック》」であり、またその彼方への延長線上にある「近昔《ちかむかし》」を意味していたのではないかと考えておきたい。

するとそれは、やはり窪田空穂『西行法師』が「なさけありし」の歌で述べている「保元、平治の乱を境界としての以前の世」、具体的には白河・鳥羽院政あたりをさすことになるのではないであろうか。すなわち、空穂は次のように言う。

「情ありし昔」といふのは、保元、平治の乱を境界としての以前の世で、「世」といふのは、武家時代と取れる。その双方の世界に亘つてゐた西行には、「昔」はいかにもなつかしく、今が浅ましい世に見えたことであらう。注意されることは、政治を直接に問題にするのではなく、文化といふよりはむしろ風雅の方を問題としてゐることである。これは言ひかへると生活の雰囲気の相違である。尤も在俗の時も身分は低く、後には出家してゐる西行だから、実感としてはさうした点にあつたらうと思はれる。

余りにも有名なことであるが、後年慈円は『愚管抄』で「保元以後ノコトハミナ乱世ニテ侍レバ、ワロキ事ニテノミアランズルヲ」(巻三)とか、「保元元年七月二日、鳥羽院ウセサセ給《たまひ》テ後、日本国ノ乱逆ト云コトハヲコリテ後、ムサノ世ニナリニケルナリ」(巻四)などと記した。「なさけありし昔」を今述べたように解すると、西行の、同時代と一時代前に対する受け止め方は、慈円の院政期や平家時代の捉え方に近いということになる。というかむしろ、西行のそのような感じ方を史的認識として捉え直したのが慈円であったということになるのであろう。

西行が出家したのは保延六年(一一四〇)のことである。保元の乱を遡ること十六年以前である。その頃すでに「良き時代」は「昔」となってしまっていたのかもしれない。

「なさけありし昔」の「昔」に大分こだわったが、この歌ではさらに「なさけ」の内容についても、そのままにやりすごせないような気がする。「なにごとも」の歌では「なにごとも……なさけあり」というのだから、およそ人間に関わるすべての物事に本来備わっているべき「なさけ」、「心づかいの様子」「見た目の風情」(『岩波古語辞典』)ということで、その意味するところはきわめて茫漠としてくるのだが、その中でも西行は特に何に関して「なさけありし昔」と感じたのであろうか。

ここで思い合されるのは、

讃岐におはしましてのち、歌といふことの世にいと聞えざりければ、寂然がもとへいひつかはしける

ことのはのなさけ絶えにしをりふしにありあふ身こそかなしかりけれ　(一二二八)

返し　　寂然

しきしまや絶えぬる道になくなくも君とのみこそ跡をしのばめ　(一二二九)

という、保元の乱後、崇徳院の讃岐配流があって、その周辺での和歌がすたれてしまったことを寂然《じゃくぜん》とともに嘆いた贈答歌、そしてまた、夢想を得て、最初は参加をことわっていた寂蓮勧進の百首を詠み送った際の、次のような奥書の歌である。

寂蓮人々すゝめて百首歌よませ侍りけるに、いなび侍りて熊野にまうでける道にて、夢に、何事も衰へゆけど、この道こそ世の末に変らぬものはあれ、なほこの歌よむべきよし、別当湛快、三位俊

成に申すと見侍りて、おどろきながらこの歌をいそぎよみいだしてつかはしけるおくに、書きつけ侍りける

末の世もこのなさけのみ変らずと見し夢なくはよそに聞かまし　（『新古今集』雑下）

これらによれば、西行という人は「ことのはのなさけ」、歌の道のなさけを基軸として、諸事万般の「なさけ」を考えることが多かったのかもしれない。というか、歌を詩——文芸と見做す以前に、人と人との関係を繋ぐ最も大切な言葉の問題と考える傾向の人だったのではないであろうか。それは当然『古今集』仮名序に謳う、「男女の中をも和らげ、たけきもの丶ふの心をも慰さむるは歌なり」という考え方に通じるのであろう。すると結論的には、「風雅の方を問題としてゐる」という窪田空穂の見方に同ずることになる。

軒ちかきはなたちばなに袖しめて昔をしのぶ涙つゝまむ　（七四）

軒端近く咲いている花橘のかぐわしい香りを袖にしみこませて、その袖に昔をなつかしんでこぼすわたしの涙を包もう。

『西行上人集』や『山家心中集』にも見出され、それらから「花橘に寄せて旧きを思ふ」（『山家心中集』）といったような題詠の作であったと知られる。花橘が昔を思い出させるつまとなるというのは、『古今集』の読人しらずの歌、

さつき待つはなたちばなの香をかげば昔の人の袖の香ぞする　（夏）

以来、歌の世界での一つの約束となっており、ここでももとよりそれに従って歌っているのである。が、それのみに

とどまらず、「はなたちばなに袖しめて」という句の続きは、

風に散るはなたちばなに袖しめてわが思ふ妹《いも》が手枕《たまくら》にせむ

という藤原基俊の作を思わせる。この歌は『千載集』では「題しらず」の扱いで夏歌とされているけれども、『基俊集』では「寄《スル》二盧橘《ニ》一恋」という題を持つ恋歌である。盧橘は夏蜜柑の漢名である。「さつき待つ」の古歌にしたところで、『伊勢物語』六十段を持ち出すまでもなく、昔の恋人をなつかしく思い起こしているものであることは明らかであろう。美男の詩人潘安仁が楽器を弾じながら都大路を行くと、女達が取り巻いて争って橘を投げ、ためにその車は橘でいっぱいになってしまったという。『源氏物語』花散里の巻で、政情がだんだん自分の側にとって面白からぬものとなってきた光源氏は、

たちばなの香をかぐはしみほとゝぎす花散る里をたづねてぞとふ

と「うち誦《ずん》じ」て、麗景殿女御の妹(花散里)を訪れる。花橘は恋を連想させる花である。

「涙つゝまむ」というのは、泣いていると人に気付かれないように涙を包み隠そう、の意であろう。けれども、同時に自身の涙を珠玉のごときものと見立てて、それを芳香を薫《た》きしめた布にも似たわが袖に大切に包んでそっとしまっておこうという、言ってみれば子供じみた、それも少女趣味に近いような動作をも連想させる。『山家集』巻下に収められている「恋百十首」なる作品群には、

なつかしき君が心の色をいかで露も散らさで袖につゝまむ　(一三二二)

というのもあった。そして、花橘から連想される「昔」は、多くの場合恋なのである。

すると、雑歌として扱われるこの作も、じつは失われた恋の思い出を秘めた歌なのではないであろうか。そのよう

に読めば、ここでの「昔」は、花橘のかぐわしさから連想された、自身の若い日の甘美な思い出ということになる。

わが宿は山のあなたにあるものを何に憂き世を知らぬ心ぞ　(七一六)

わたしの住むべき家は山の彼方の奥にあるのに、どうして直ちにそこに赴かず、憂い世であるとも悟らない愚かな心なのだろうか。

この歌は『宮河歌合』二十八番の右に自撰されている。左の歌は『山家集』では巻中の終りの「題しらず」雑歌群のうちの一首で、

しぐれかは《しぐれかはイ》山めぐりする心かないつまでとのみうちしをれつゝ　(一〇三二)

というもの。定家は「「しぐれかは」とおけるより「いつまでとのみうちしをれつゝ」といひはてたる末の句も、なほ左やまさり侍らむ」と、もっぱら左の歌について言を費すのみで(といっても、それも句を引き出しているだけだが)、「わが宿は」の歌を問題にしていない。しかし自撰したからには、西行自身にとってはやはり大事な歌だったのであろう。

「日本古典文学大系」で上句を「わが宿は、山のあなた、西方浄土にあるのに」と解し、「新潮日本古典集成」でもこれに従っている。「山のあなた」を「西の山のあなた」と補って読もうというのである。けれども「宿」「山のあなた」「うき世」という言葉の連鎖は、むしろ『古今集』雑歌下の読人しらずの歌を思い出させる。『古今集』の雑歌は最晩年の西行が弟子の荒木田満良《みつよし》(蓮阿)に熟読を勧めたものであった。

古今集の風体を本としてよむべし。中にも雑部を常に見るべし　(『西行上人談抄』)

ということであれば、西行自身の作にその影響を探ることは自然である。そこにはたとえば次のような歌がある。

みよし野の山のあなたに宿もがな世のうき時のかくれがにせむ (『古今集』雑下)

世にありわびて切に出離を思う人の独白である。西行の歌はこれを受けているのではないか。つまり、古人は「みよし野の山のあなたに宿もがな」と願った。自分の場合は、その気になればいつでも山のあなたに宿は求め得るのだ、あとは決心しさえすればいい、それなのにどうして世の憂さがわからないのだろうと自己を叱咤している作ではないだろうか。そうだとすると、西方浄土への往生よりも前に、まず世を背くというそのこと自体を問題としている歌ということになる。「わが宿は山のあなたにあるものを」といっても、すでにみ吉野の山のあなたに庵を結んでいるの意に解さなくてもよいだろう。宿を求めることはたやすいのにの意と考えておく。

すると、このような心の状態をもっと出離へと推し進めたような歌が、『山家集』下の百首のうち、述懐十首に見出される。それは、

山深く心はかねて送りてき身こそ憂き世を出でやらねども (一五〇四)

というのである。未だ遁世を実行に移してはいないが、心はすでに遁れているという状態の歌である。そのような状況のさ中で歌われたのかどうかはわからないが、心の状態としては出家直前である。それよりも前の心の状態を自ら責めているこの「わが宿の」の歌は、詠まれた時期も行動としての遁世以前ではないだろうか。もしもそうだとすれば、歌のよしあしにかかわらず後々まで彼自身によって大切にされるのも納得できるような気がする。

くもりなう鏡のうへにゐる塵を目に立てて見る世と思はばや (七一七)

曇りなく明るく澄んだ鏡の上に付いている僅かの塵——それにも似た、すぐれた人の僅かの欠点をも目くじら立てて文句を付ける煩わしい世の中と思いたい。

「くもりなう」は「くもりなき」という異文の方が落着きはいいが、「今さらに春を忘るゝ花もあらじやすう待ちつゝけふも暮らさむ」(五八)などと、時折ウ音便で歌う西行のことだから、このままでもよいのかもしれない。ともかく一点の曇りもないほど磨きこんだ明鏡にもすぐ付着する塵を目ざとく見付けて、「そら、ここにも塵が積もっている。手入れが悪い」と使用人を叱る口やかましい主人にも似た世の人の口さがなさを慨嘆した歌であろう。

その「くもりなう(き)鏡」というのは自身のことか、それとも西行以外の人についてのことか。

このことは早く窪田空穂『西行法師』などで問題にしているが、空穂は「自身の上か、又は信じてゐる人の上かで、世間が聊かの、いふにも足りないことを言ひ立てて非難した時の述懐と思はれる」というので、決着をつけてはいないことになる。「日本古典文学大系」が「くもりなう鏡」を「悟りを開いた心」、「塵」を「わずかな煩悩の塵」と見るのは、おそらく尾崎久弥『類聚西行上人歌集新釈』の、「或は、是れ、鏡は真如。塵は煩悩、煩悩即菩提の心ではなからうか。即ち、煩悩——塵のみに、永く拘泥し、その煩悩即ち菩提の縁たるを知らぬ世衆を罵りたるにはあらぬか」という見方に従ったのであろう。これは西行自身のことと解する立場らしい。一首の意を「曇りない心境で、鏡の上にある塵を眼ざとく見つけるごとく、明鏡止水の心にきざす僅かな煩悩をも問題とするこの世と思い心を戒めたいものだ」と解し、「諸注は世間が「塵」を非難する意とするが、自戒の意と解したい」という「新潮日本古典集成」の読み方は「思はばや」の解釈が変っているが、やはりもとは尾崎説から出ているのかもしれない。

「塵」を煩悩の比喩と解する説の傍証となりそうな作例が、同じく『山家集』の少し先の方にある。

心ざすことありて、扇を仏にまゐらせけるに、院より給はりけるに、女房うけたまはりて、包み紙に書き付けられける

ありがたき法《のり》にあふぎの風ならば心の塵を払へとぞ思ふ　(八六四)

御返事たてまつりける

ちりばかりうたがふ心なからなむ法をあふぎてたのむとならば　(八六五)

詞書中の「院」は、六家集本では「新院」とあることから、崇徳院のことと考えられている。西行は扇供養とでもいうものを思い立ったのであろう。それを聞いた崇徳院は、「逢うこと稀な仏法に逢い、こうして結縁するからには、わが「心の塵」、煩悩を払ってほしい」と訴えた。それに対して、「塵とおっしゃいますが、その塵灰ばかりも有難い御法を疑うお心はなくして頂きとうございます。仏法を讃仰し、帰依なさいますからには」と答えた。説経師の口つきの返歌である。この「心の塵」は確かに煩悩である。

それでは、やはり『山家集』の最後に収められている百首歌のうち、述懐十首の一、

塵つかでゆがめる道をなほくなしてゆくゆく人を世につがへばや　(一五〇九)

という歌での「塵」はどうであろうか。「日本古典文学大系」では「塵付かで—身を清浄に保って」とし、「新潮日本古典集成」では「世俗の塵」と解している。いずれも心の内に萌す煩悩ではなく、身の外にある汚れと見ているのである。

「くもりなう」の歌の「塵」はこの「塵つかで」の「塵」に近いのではないだろうか。西行が自身の心境を「くも

りなう鏡」に喩え、そこにも時折萌す煩悩を「塵」といったとすると、かなり思い上がった言い方で、西行らしくない。尾崎説は「燕雀《えんじやく》安《いずく》んぞ鴻鵠《こうこく》の志を知らんや」、乃至は「大行は細謹《さいきん》を顧みず」みたいな豪傑風の物の言い方になるし、「古典集成」によると反対に小心翼々というか、戦々兢々薄氷を履むごとく世を渡ろうということになる。どちらも西行らしくないと思う。じつは、その「西行らしい」「らしくない」という印象的な感じ方自体はなはだ主観的なものでうさんくさいのだが、そう感じるのは、この歌が自撰の『御裳濯河歌合《みもすそがわうたあわせ》』では、その三十五番左として、右の、

たのもしな君君にますをりにあひて心の色を筆に染めつる

という歌と合されていること、そして判者俊成が、「左右ともにゆゑありけんとは見えながら、左は諫訴の心あり。右は聖朝にあへるに似たり。よつてもつて、右勝とす」と判していることの意味を思うからである。

「たのもしな」という歌は『山家集』には見出されない。これは『西行上人集』に収められている詠で、そこでは単に「述懐の心を」という簡単な詞書の下に一括されている歌群中の一首だから、これだけでは詠まれた事情はわからない。けれども、この歌は『新勅撰集』雑歌二に次のような形で、もう一首(これは『新勅撰』以外に見当らない作)と共に収められている。

高倉院御時、伝へ奏せさすること侍りけるに、書
き添へて侍りける

あととめて古きをしたふ世ならなむ今もあり経《へ》ば昔なるべし
たのもしな君君にます時にあひて心の色を筆に染めつる

この詞書は自身西行をも「高倉院御時」をもよく知っている定家の撰した『新勅撰集』のものであるだけに、信じてよいであろう。すると、西行は仁安三年(一一六八)二月から治承四年(一一八〇)二月までの高倉院在位中に、伝奏することがあった。その内容は何であったか。これについては、川田順『西行の伝と歌』が明快に断案を下している。いわく、

愚考するに、勅撰集の御事あれかしと奏上したに相違ない。他の解釈は附かぬのである。当時の西行、政治や宗教のことで奏聞する立場には居らなかつた。

『御裳濯河歌合』の判詞では、俊成は単に「右は聖朝にあへるに似たり」というにとどめている。しかし、おそらくその詠作事情はわかっていたであろう。わかっていながらあえておぼめかして書いているのであろう。ともかく、「たのもしな」の歌が「君君にますをり」、「聖朝」に逢ったという喜びを述べた作であることは間違いない。すると、それに番えられている「くもりなう」(『御裳濯河歌合』では「くもりなき」とする)の歌も、これに匹敵するだけの重さを持った「世」に関する述懐歌で、それは西行一個の修行態度や悟りの状態を取り沙汰する世人の口というような、いわばどうでもよい、けちな世を意味するのではないのではないか。俊成の判詞「左は諫訴の心あり」というのも、一本によったままで、「諫の心あり」「訴訟の心あり」「陳訴の心あり」など、さまざまである。が、「陳訴」というのは「訴陳」の連想で訛った本文であろう。これはよくないと思う。「諫訴の心」「諫の心」に従えば、これは空穂のいう「信じてゐる人の上」についての歌となるであろう。少なくとも、俊成はそう解したのではないだろうか。そしてその「人」が誰であるかもわかっていたのではないか。「たのもしな」の歌での「君」が高倉天皇ならば、「くもりなう(き)鏡」に喩えられる人物はやはり帝王かそれに近い存在であることがふさわしい。先に引いた「塵つかでゆがめる

道をなほくなして」の詠は、「なほく」の語から、

直き木に曲れる枝もあるものを毛を吹き疵をいふがわりなさ　（『後撰集』雑二）

という古歌を思い出させるが、これは「いたくこと好むよしを時の人いふと聞きて」、高津内親王が反撥して詠んだものであった。この内親王は桓武天皇の皇女で嵯峨天皇の妃とされたが、まもなく廃されている。おそらく品行の故であろう。近代以降と異なって、昔はむしろ世人の皇族に対する批判や非難は活溌であっただろう。それならば、帝王が非難されることも当然ありうるのだ。

四海《ノ》安危《ハ》照《シ》二掌《ノ》内《ニ》一、　百王《ノ》理乱《ハ》懸《ケタリ》二心《ノ》中《ニ》一

というのは、『和漢朗詠集』の「帝王」の項に採られた、白楽天の新楽府「百錬鏡」の詩句だが、この詩では帝王の師たる人物を鏡になぞらえている。けれども、臣下から仰ぎ見れば、帝王その人、一人《いちじん》がすなわち明鏡であるとも考えられるであろう。すると、この西行の歌での明鏡は、やはり帝王をさすのではないか。そしてその帝王は、彼がそう歌わずにいられない帝王ということになれば、崇徳院を措いてはいないのではないだろうか。

君王かという見方は、山木幸一『西行の世界』によってすでに提示されている。同書では『法華経』不軽品の心を詠じた大江以言の詩句、「真如《ノ》珠《ノ》上《ニ》塵厭《フ》レ礼《ヲ》」（『新撰朗詠集』仏事）がこの作に影を落しているのではないかと言い、「塵」を煩悩の塵と見、「用心に嚙みしめているような感じの表現だ」としながらも、

そこに「陳訴」の心を見たのは俊成だった。御裳濯川歌合で、高倉院敬仰の歌とつがえられているのを見ると、何か秘事があるのかもしれない。とにかく、低次元の社会相への、ある憤りがじっと抑えられているような歌となっている。「くもりなき鏡」とは、自身を擬したともとれるが、あるいは高貴な君主をたとえたものかもしれ

ない。君主の徳をたとえたと見る方がふさわしいように思える。

とも言っているのである。

だから、この山木説をさらに積極的に推し進める形になるのだが、これは西行自身は崇徳院のことを明王であり、その行為は明鏡にも似て曇りないと仰ぎながらも、些細なことをあげつらう世の人口を慮って、御自重くださいと諫奏した歌というふうには読めないであろうか。実際に諫奏できたかどうかわからないが、西行のような立場ではかえってできたようにも思うのである。少なくとも、俊成はそんな風に読んでいたのではないか。とすれば、その諫止にもかかわらず崇徳院は事を起こし、「世の中に大事出で来て」ということになる。この歌について立ち入った批評をしようとすれば、それは俊成自身の保元の乱に対する立場、姿勢をさらけ出すことになりかねない。それは彼の最も警戒するところだったであろう。この作には深入りしたくない、「左右ともにゆゑありけんとは見えながら、左は諫訴の心あり」というのに止めたこの判詞は、そういう俊成の心を物語っているように思う。ここに宮廷歌人としての俊成と宮廷に出入りしながらやはりその圏外の歌僧である西行との、立場の違いが露呈されているのではないだろうか。そんな目で読むと、この『御裳濯河歌合』三十五番は面白い、というか、重要な番である。

ながらへむと思ふ心ぞつゆもなきいとふにだにもたへぬ憂き身は　(七〇八)

生き永らえようと思う心は少しもない。厭い捨てるにすら価しないこのいやなわが身は。

これはまた何とも烈しい自己嫌悪の念の表白である。ここにはわが身をいとおしむという心がまるでうかがわれない。なぜこのようにうちひしがれているのか、それはもとよりわからない。が、出家してのちもこのような心の状態であり続けたら、みじめではないかという気がする。あるいは、それが無常の観念に心身をさらす者の定めなのであろうか。

思ひ出づる過ぎにしかたを恥かしみあるにものうきこの世なりけり　(七一九)

思い出される過ぎた昔が恥かしいのにつけても、生きているのもおっくうなこの世だなあ。

「過ぎにしかた」はすなわち「昔」であろう。その「昔」を先ほどは、「なさけありし昔のみなほしのばれて」「昔をしのぶ涙つゝまむ」「なにごとも昔を聞くはなさけありて」となつかしんでいた。そのことと「過ぎにしかたを恥かしみ」とは矛盾しないのだろうか。

「なさけありし昔」や「昔を聞く」の「昔」が、西行自身の昔であるよりは、「古き良き時代」の意であろうということは、今まで考えてきたごとくである。これに対して、「軒ちかき」の歌での「昔をしのぶ」という「昔」は西行個人の昔の思い出と思われるが、彼自身若かったその昔は、「古き良き時代」に包摂されるはずである。きざな言い方をすれば、西行はその「古き良き時代」に自らの青春を過ごしたのだ。

しかしながら、いくら良い時代を過ごそうが、あとから振り返って思い出すにつけ、たまらなく恥かしいという経験、ああいやだいやだとわめきながら駆け出したくなるような、もしくは自分で自分の頭を乱打したくなるようなやりきれなさというものをついぞ知らないなどという人間がいるだろうか。もしもいたとしたら、その人はよほどおめでたいのである。少なくとも、詩歌やその他文学などというものに縁のない、幸福な人であろう。若い日々は恥多き時代である。向こう見ずで厚顔無恥に行動するだけに、あとになってたまらなく恥かしくなる種子を播き散らして歩く時期である。

西行の「過ぎにしかた」にまつわる恥かしさはそういったものと全く同じではないかもしれない。しかし、それに近いものもあったのではないか。

このように読むと、この巻中雑部冒頭の無題の雑歌八首は、まずすべてが良かった「昔」――それが保元の乱以前か、それよりももう少し前かは依然として定かではない――への懐旧と、それと対照的なせちがらい「今」(現代)への反撥、そのような「今」に生きることの憂さなどを述懐して(愚痴って)いるものだとは直ちに知られるが、それが西行の生涯、伝記的事実と微妙にからんでくることにも気付かされるのである。

その述懐はあるいは出家以前のもの、すなわち佐藤義清時代の心のつぶやきであるかもしれない。その可能性は確かにある。雑部の最初にまとまって置かれ、あとの「五首述懐」(九〇八―九一三)や「題しらず」雑歌群とは別扱いにされていることも、そのような理由からかもしれない。しかし、断定はできない。

藐《は》姑《こ》射《や》の花、雲居の月

百首歌というのは、衰微した長歌に代ってあるまとまった思想内容を訴える手段として、王朝歌人にしばしば用いられた詠歌の方法である。西行もおそらく生涯にいくつかの百首歌を試みたことだろうが、完全な形をとどめているものは『山家集』巻下の終りに掲げられている「百首」一篇にすぎない。このうち「述懐十首」を読んでみる。そのうち「山深く」「塵つかで」の二首には、前章ですでに言及したので、残り八首について考えることになる。

初めに、例のごとく、陽明文庫本の本文に清濁を付した形で十首全体を掲げる。

いざゝらばさかりおもふもほどもあらじはこやがみねの花にむつれし
山ふかくこゝろはかねてをくりてき身こそうきよを出やられ《（ママ）》ども
月にいかでむかしのことをかたらせてかげにそひつゝ立もはなれじ
うき世としおもはでも身のすぎにける月の影にもなづさはりつゝ
雲につきてうかれのみゆく心をば山にかけてをとめんとぞ思ふ
すてゝのちはまぎれしかたはおぼえぬを心のみをば世にあらせける
ちりつかでゆがめるみちをなをくなしてゆく〳〵人をよにつがへばや

ひとしまんとおもひも見えぬ世にあれば末にさこそはおほぬさのそら
深き山はこけむすいはをたゝみあげてふりにしかたをさめたるかな
ふりにける心こそなをあはれなり(ママ)をよばぬ身にもよをおもはする

さて、最初の作から。ここからは校訂本文を掲げる。

いざさらば盛り思ふもほどもあらじはこやが峯の花にむつれて　(一五〇三)

さあ、それでは、今まで送ってきた、仙境の山――仙洞御所の花に馴れ親しんで、その盛りをすばらしいと思う生活も、ほどなく終止符を打つのであろう。

これは西行伝に直接関わる重要な作品である。

本文に全く問題が無いわけではない。陽明本では第五句は「花にむつれし」とある。六家集板本では「はるにむつれて」。松屋本は「花にむつれて」であったらしい。「はな」と「はる」、「な」と「る」は写本ではしばしば紛れやすい。また「春」の草体と「華」も時には誤られるであろう。どちらがどちらへ誤られていくかは一概には言えない。歌としては上の「盛り」との関係で「花」を採るのが自然である。西行は「春にむつる」という、やや抽象的な表現よりは、「花にむつる」という具体的なイメージを伴った表現の方を選ぶのではないかと思う。ちなみに、「むつる」は西行がしばしば愛用した言葉である。「花にむつる」という時、西行にはわが身を鴬か蝶々に見なす思いが働いていたであろう(拙著『西行　長明　兼好』所収「蝶の歌から」→本書所収)。

次に「むつれし」と「むつれて」だが、これもお互いに紛れやすい。「むつれし」だと、上句と倒置されている下句との論理構造が必ずしも明晰というわけにはいかなくなる。

いざさらば盛り思ふもほどもあらじ――自身の未来の生活を予測しての想像

はこやが峯の花にむつれし――自身の過去の生活の回顧

という関係は直ちに知られるが、上句と下句とが並列された形になって、歌としてうまいとは言えない。意を取る際には、「はこやが峯の花にむつれし」、しかし「いざさらば盛り思ふもほどもあらじ」と、接続詞を補わねばならない。「花にむつれて」ならば、そのような無理はない。これに従う所以である。

第五句は松屋本に従った形だが、松屋本の第三句は「ほどあらじ」だったらしい。おそらくすぐ上の「盛り思ふも」の「も」との重複をおかしいとし、また字余りの必然性を認めなかったのであろう。けれども、字余りは西行和歌の特色の一つである。また、「も」の反復使用に見える一種の執拗さも、西行のほとんど体質的とでも言っていいものに根ざした表現ではないであろうか。それゆえ、これは「ほどもあらじ」の本文に従っておく。

煩わしい本文の問題に立ち入ったが、決定的な善本というものが今なお知られない『山家集』を少し本腰を入れて読もうとするならば、これは避けることのできない手続きである。その過程で西行の和歌世界全体への展望のきっかけが得られることも、時にはあるであろう。

一読明らかなように、鳥羽法皇北面の武士であった兵衛尉佐藤義清が、仙洞御所でのはなやかな生活に自ら終止符を打ち、世を背こうという決意を表明した歌である。「はこやが峯」は『荘子』内篇の逍遥遊第一に「藐姑射之山、有二神人居一焉」と見えている古代中国人が思い描いた仙境だが、和歌では仙洞御所(上皇の居所)の意として用いられている。『八雲御抄』巻三で「御所　はこやの山。やまの名にてあれども、是仙洞と云」というごとくであるが、い

つ頃からそういう言い方が定着したのであろうか。早く、『万葉集』に、

心をし無何有《むかう》の郷《さと》に置きてあらば藐姑射《はこや》の山を見まく近けむ　(巻十六・三八五一)

と歌われているが、そこでは『荘子』の説く神仙思想そのままが述べられているので、仙洞御所の意はない。しかし、藤原清輔の『奥義抄』に右の万葉歌を引いて「無何有の郷」も「藐姑射の山」も『荘子』に基づくことを述べたのち、「或物云ク、共に仙人の住所也。尭遁レ二帝位ヲ一居リ二姑射ニ一、これによそへておりゐのみかどをば射山とは申す也」という。和歌関係ではこれなどが「はこや」を「おりゐのみかど」へ、即ち上皇と関連づけて説明した比較的早い例かもしれない。しかしながら、漢詩文の世界では、「姑射山」「姑山」「射山」などの言い方で上皇をさす例は、気付いた限りでも平安の天暦年間(九四七—九五七)頃から見出される。すなわち、『本朝文粋』には、

陽成院四十九日御願文　後江相公(大江朝綱《あさつな》)　天暦三年

姑射山之上、送二八十年之春風一、功徳林之中、迎二四八相之秋月一。

朱雀院四十九日御願文　後江相公　天暦六年

射山計レ日、虬箭頻移。

円融院四十九日御願文　菅相公(菅原輔正)　正暦二年(九九一)

然猶泡山可レ厭、忽尋二姑山之幽邃一、苦海将レ救、遂入二仙海之清虚一。

のような例がある。

そこで思うのだが、『万葉集』で早く用いられていた「はこやの山」という歌語は、これら漢詩文での「姑射山」「姑山」「射山」などの影響の下、仙洞御所を意味するものとされたので、それが和歌の世界に定着したのは、やはり

院政期頃ではないかと想像する。久安六年(一一五〇)のいわゆる『久安百首』での「慶賀」の題に、藤原季通《すえみち》が、

はこやにはふたりの君のもろともに春と秋とに富めるとぞ聞く

と詠んでいる。この「ふたりの君」が鳥羽・崇徳両院をさすことは明らかだが、これなどは「はこや」を仙洞御所の意で用いた古い例に属するのではないかと思う。

このように、歌語としての「はこやが峯」にこだわるのは、西行の和歌的教養がどのような程度のものであったか、それはどのような環境の中で形成されたかを考えようとするからである。以上のようなざっとした調査から現在言いうることはおよそ次のようなことになるだろう。仙洞御所を「はこやの山」とか「はこやが峯」などと表現するのは、『奥義抄』などの髄脳(歌学書)に触れたり、人々の作例に接したりすることによって得られる一つの知識であって、しかも西行の出家前後の時点においては、それは和歌の世界ではかなり新しい知識に属するものではなかったかと思われる。しかしまた、他ならぬその「はこやの山」に近仕している北面の武士にとっては、いち早く得やすい知識でもあっただろう。得たばかりの知識を直ちに自身の表現の内に取り込むことによって、この一首は成ったのではないか。そうだとすると、この作はかなり野心的なものと見なさざるをえなくなるであろう。

季通の「はこや」は「慶賀」の題で歌われていた。以後も、たとえば俊成によって、

……天の羽衣　脱ぎ替へて　はこやの山に　移りしも　山路の菊を　手折りつゝ　過ぐるよはひも　忘れしを

……(六家集本『長秋詠藻』、崇徳院崩後、愛宕の辺に送った長歌)

もゝちたび浦島の子は帰るともはこやの山はときはなるべし　(『長秋詠藻』治承二年右大臣家百首、祝)

など、「はこやの山」は祝意を籠めて用いられ、中世に入ると、用例はほとんど賀歌に集中するようになる。それに

対して、西行のこの作ではどうであろうか。

確かに「はこやが峯の花」の「盛り」が歌われてはいる。しかし、作者はそれに別れを告げ、世を背こうとしているのである。「ほどもあらじ」というのは、「盛り思ふもほどもあらじ」なのであって、「盛り」そのものが「ほどもあらじ」ではない。けれども、花はうつろいやすいものである。読者の側にはこの表現は、花の盛りそのものがほどなくうつろうことを予見した作者が、その花咲く峯をあとにしようとしているかの感じを与えないであろうか。

西行と親しかった唯心房《ゆいしんぼう》寂然は十重禁戒のうち、不酤酒戒を、

　花のもと露のなさけはほどもあらじゑひなすゝめそ春の山風　（『唯心房集』、『新古今』釈教）

と歌っている。花見の酒宴の興もまもなく醒めてしまうであろうというのである。西行の作での「ほどもあらじ」も、無常感への連想を呼びかねない句である。とすると、この作は宮廷や仙洞の周辺では公開の憚られる歌だったのではないだろうか。少なくとも、俊成や定家等、代々の勅撰集撰者達は、このような作を撰集に採ろうとはしないであろう。

　月にいかで昔のことを語らせて影に添ひつゝ立ちも離れじ　（一五〇五）

　　懐旧の思いをさそう月に何とかして昔のことを語らせて、影が形に添うように、月から離れまい。

　うき世とし思はでも身の過ぎにける月の影にもなづさはりつゝ　（一五〇六）

　　憂き世とも思わないでこの身は過ごしてきたよ。月の光にも馴れ親しんで。

月に触発された感懐の歌が二首続く。「いざさらば」の作は、いわば「花に寄する述懐」であったのに対し、これ

らは「月に寄する述懐」ということになる。

この百首歌には「花十首」「月十首」という題が設けられていた。「花十首」では吉野山の桜が四首、単に「山桜」とするものが三首、庭に雪と散り敷く桜が二首、「都の花」が一首詠まれている。それらの中では、

吉野山花の散りにし木《こ》の下《もと》にとめし心はわれを待つらむ　（一四五三）
山桜咲きぬと聞きて見にゆかむ人をあらそふ心とゞめて　（一四五七）

などに心境らしきものがうかがわれるが、いずれかといえば叙景歌的な歌いぶりのものが多い。

一方、「月十首」では「さひか浦」「明石の浦」「白良の浜」などの名所での月を詠じた純粋の叙景歌ももとより見出されるが、

何事かこの世に経たる思ひ出を問へかし人に月をしへむ　（一四七九）
思ひ知るを世にはくまなき影ならずわが目に曇る月の光は　（一四八〇）
うき世とも思ひとほさじおしかへし月の澄みける久方の空　（一四八一）
月よやがて友とをなりていづくにも人知らざらむすみか教へよ　（一四八二）

など、月に感懐を託したものが少なくなかった。花月と一口に言うが、西行の場合、花の歌は花そのものの美しさへの感動をそのまま表白したものが多いのに対して、月の歌では単に月の美しさを讃美するというよりも、月を見ることがきっかけとなって心中にわだかまっていたものを吐露するという傾向が顕著なように思われる。

それで、既に「月十首」でいわば「月に寄する述懐」の歌を四首も詠んでいるのに、「述懐十首」で更にこの二首を詠じたのであろう。

ところで、今「花に寄する述懐」の歌と見た「いざさらば」の詠での花は「はこやが峯の花」であった。それならば、この二首での「月」も、単なる月であるよりは、かつて「はこやが峯」にかかるのを仰ぎ見た月と考えられないであろうか。

というのは、この二首は述懐の歌でありながら、共に恋歌に通う口吻を感じるからである。

まず、「月にいかで」と似た詠み口の作としては、中巻恋歌での、「月」(「月に寄する恋」の意であろう)と題する、

　君にいかで月にあらそふほどばかりめぐり逢ひつゝ影を並べむ　(六二九)

があり、近い所で同じ百首歌中の「恋十首」に、

　君をいかでこまかに結《ゆ》へる滋目《しげめ》結《ゆ》ひ立ちも離れず並びつゝ見む　(一四九六)

というのがある。共に、何とかして恋人と並んでいたい、番《つが》いの鴛鴦《おし》のように一緒にいたいという熱望を述べた恋歌だが、それらとこの「月にいかで」の作とが通うということは、月がそのまま恋人同然に見なされていることを意味するであろう。それは月が昔の恋人の面輪《おもわ》を思い出させるからではないだろうか。同じく、巻中恋歌での「月」歌群に収められている、

　知らざりき雲居のよそに見し月の影をたもとに宿すべしとは　(六一七)
　あはれとも見る人あらば思ひなむ月の面にやどる心は　(六一八)
　弓張の月にはづれて見し影のやさしかりしはいつか忘れむ　(六二〇)
　面影の忘らるまじき別れかなごりを人の月にとどめて　(六二一)
　なげけとて月やは物を思はするかこちがほなるわが涙かな　(六二八)

などの作が思い合される。

西行の出家の原因を高貴な女性との悲恋に求めるのは、『源平盛衰記』に語られる説話あたりが源らしい。

サテモ西行発心ノヲコリヲ尋レバ、源ハ恋故トゾ承ル。申モ恐アル上臈女房ヲ思懸《おもひかけ》進《まゐらせ》タリケルヲ、「アコギノ浦ゾ」ト云仰ヲ蒙テ思切、官位ハ春ノ夜見ハテヌ夢ト思成、楽栄ハ秋ノ夜ノ月西ヘト准《なぞら》ヘテ、有為世《うゐのよ》ノ契ヲ遁《のがれ》ツツ、無為ノ道ニゾ入ニケル。アコギハ歌ノ心ナリ。

伊勢ノ海アコギガ浦ニ引網モ度重ナレバ人モコソシレ

ト云心ハ、彼《かの》阿漕ノ浦ニハ神ノ誓ニテ、年ニ一度ノ外ハ網ヲ引ズトカヤ。此仰ヲ承テ西行ガ読ケル。

思キヤ富士ノ高ネニ一夜ネテ雲ノ上ナル月ヲミントハ

此歌ノ心ヲ思ニハ、一ヨノ御契ハ有ケルニヤ。重テ聞食《きこしめす》事ノ有ケレバコソ、「阿漕」トハ仰ケメ。情《なさけな》カリケル事共也。彼《かの》貫之ガ御前ノ簀子《すのこ》ノ辺ニ候テ、「マドロム程モ夜ヲヤヌルラン」ト云一首ノ御製ヲ給テ、「夢ニヤミルトマドロムゾ君」ト申タリケン事マデモ、想《おもひ》ヤルコソユカシケレ。（『源平盛衰記』巻八）

現在ではこれを説話の域にとどめて、西行伝に持ち込まないというのが、大方の立場であろう。それは間違っていないと思うが、しかし北面の武士佐藤義清に宮廷関係の女性との恋の経験があったかもしれないという想像の余地はやはり残しておきたい。そして、この「月にいかで」の歌では、それに類する「昔のこと」を語らせる友として、いな、ほとんど恋人そのものとして、月にあくまで執着しているのであると思う。

次に、「うき世とし」の作では前に掲げた「月十首」のうちの「うき世とも」の詠、そしてまたやはり百首中の「恋十首」の、

月をうしとながめながらも思ふかなその夜ばかりの影とやは見し　（一五〇〇）

などとの語の重なりにも注意したいが、さらに「なづさはりつゝ」という表現に注目する。先の「むつる」と共に、「なづさふ」「なづさはる」もまた、西行が時折用いた動詞のように思うのである（『西行 長明 兼好』所収「蝶の歌から」↓本書所収）。他に、

過ぎてゆく羽風なつかしうぐひすのなづさひけりな梅の立枝に　（九九四）

古き妹が園に植ゑたるからなづなたれなづさへとおほし立つらむ　（一四九三）

という例がある。「古き妹が」の作はおそらく、藤原長能《ながよし》が「女のもとになづなの花につけてつかはし」たという、

雪をうすみ垣根につめるからなづななづさはまくのほしき君かな　（『拾遺集』雑春）

の影響下に成ったものであろう。『拾遺集』にはこの他、神楽歌に、

みてぐらにならましものをすべ神の御手《みて》に採られてなづさはましを

という例がある。それから、藤原義孝の歌に、

わぎもこが紅染めの色と見てなづさはれぬる岩つゝじかな　（『後拾遺集』春下）

とある。『万葉集』にはかなりの例が見出されるが、勅撰集ではこの三例しか検索できない。そういう語を西行は時折用いたのである。ちなみに、藤原定家にも一例、『千五百番歌合』での、

万代の春秋君になづさはむ花と月との末ぞ久しき

という祝歌がある。が、これは、万代の春の花、秋の月が君（後鳥羽院）に「なづさはむ」というのである。定家自身がある対象に「なづさはむ」というのではない。

『岩波古語辞典』では「なづさふ」(同書では「なづさひ」の見出し)は語源を「ナヅミ(泥)と同根」と説明して、「①水にひたる。漂う」として『万葉集』の二例を掲げ、「②(水にひたるように)相手に馴れまつわる」として、『源氏物語』桐壺の巻の「常にまゐらまほしう、なづさひ見奉らばやとおぼえ給ふ」という一文を例示している。藤壺が母の桐壺更衣によく似ていると聞いた幼い源氏が藤壺に対して抱いた思慕の情を述べている件りである。

これらの例や語源説明によれば、「なづさふ」という語は多分に皮膚感覚的な対象の受け止め方を基調とした言葉であると思う。当世流に言えばスキンシップにも似た対象への親しみ方をいう語である。その点で、「むつる」と似ている。そういう語をここでも用いていることから、この「うき世とし」の歌にも恋歌に通う雰囲気を認めたくなるのである。

雲につきてうかれのみゆく心をば山にかけてをとめんとぞ思ふ　(一五〇七)

浮雲についてただただ浮動してゆくこの心を、山の端に引懸けてつなぎとめようと思う。

空行く雲は見る人をさまざまな想念に誘うものである。特にちぎれ雲は一定の形もなく、というか、どんどん形を変えながら動いてゆくので、それを仰ぎ見ている人間自身、つい空間を移動しているような錯覚に陥るのであろう。「片雲の風にさそはれて、漂泊の思ひやまず」(『おくのほそ道』)とは、全くうまいことを言ったものである。芭蕉はその「漂泊の思ひ」に任せて陸奥への長途の旅へと出立するのだが、ここでの西行は「うかれのみゆく」わが心を山の端につなぎとめようとする。彼は他の機会にも似たようなことを歌っている。

世のうさにひとかたならずうかれゆく心定めよ秋の夜の月　(『西行上人集』秋)

どうして彼は「うかれゆく心」に任せて行動しようとしないのか。それは一旦そのような心に任せたら抑制がきかないで、どこまでもうかれゆくであろう自らの性向を知っていて、しかもそれを恐れているからではないだろうか。実際、それは危険な情熱なのである。

雲ということで、いかにも唐突だが、ふと永井荷風の『ふらんす物語』のうちの一篇「雲」(初出では「放蕩」)での自然描写を連想する。

　鉛色に見える地平線の上には、銀色の光沢《つや》ある雲の列が、東の方へ徐《おもむ》ろに動いてゐる。(中略)貞吉は今日、何と云ふ訳もなく大使館を休んだ。そして当てもなく、こんな処まで散歩に来てしまつたのだ。彼は稍々《やゝ》離れた木の下に腰を下し、両足を投出した膝の上に両手を組んで、空、雲、日光、緑草、人家、目に入るものをば尽《ことごと》く、ぢつと目戍《みまも》つた。(中略)いま、遠く眺めやる地平線の上に、凄じい雲の列の静に押し移つて行くのが、何と云ふ事なく不思議に見える。能く晴れた景色ながら何処となしに悲しい気がしてならない。

「放縦無頼な」外交官小山貞吉はもはや恋に情熱を掻き立てられることもない。ここに漂っているのは五月下旬の巴里郊外の昼下りの倦怠である。しかし、そのような貞吉をも移り行く雲の列はものがなしい心にさせ、「南米もしくは西班牙《スペイン》へでも転任を命ぜられる」かもしれない自らの身の上を思いめぐらすようにしむける。雲はしばしば人を悲しい思いに誘うのである。

　捨てての ちはまぎれしかたはおぼえぬを心のみをば世にあらせける　(一五〇八)

世を捨てたのちは、この身が世俗のことにまぎれたという自覚はないのだが、わたしは心だけを依然として世俗にとどめていたのだった。

「心のみをば世にあらせける」という下句については、「私的な事件とは別な世の中のこと、すなわち社会的な大事のみは心から離れることができないという意とれる」(窪田章一郎『西行の研究』)という解釈がある。この次の歌がすでに読んだ、

塵つかでゆがめる道をなほくなしてゆくゆく人を世につがへばや

であり、この十首の最後には「ふりにける」という作もあるので、それらとの関連からそう解するのだが、そうすると西行が警世憂国の士のようなことになる。事実、「塵つかで」の作においては、彼は世を憂え、国の政事を憂えているのであろう。しかし、「自分は出家後も世を憂えてきたのだ」と胸を張って言ったと見るよりは、やはり尾崎久弥『類聚西行上人歌集新釈』で「遁世の境涯に入りてなほ、心のみ眷恋として世を思ふ」自省の作と解する方が無理がないように思う。確かに、「心のみをば世にあらせ」ているので「塵つかで」のような願望も生ずるのではあろうが、それが世を捨てた境涯の者にとっては矛盾であることに、西行が気付かなかったとは考えられないのである。

ひとしまむと思ひも見えぬ世にあれば末にさこそはおほぬさのそら　(一五二〇)

他の人々と等しくなろうと思いもよらぬ世の中だから、きっと自分はのけ者にされ、おしまいには大幣のようにあてどなく流れゆく生涯を送らなければならないだろう。

これは難解な作の方に属するだろう。まず「ひとしまむと」を「日本古典全書」では「いとしまむと」とし、「板本「はとしまむ」一本「ひとしまむ」は・ひ・い、伝写の間の誤り」とするのだが、陽明文庫本ははっきり「ひとし

まんと」とある。全く違っているものとしては、筑波大学本（桑原博史編『西行全歌集 上』所収）の「わたしけんと」というのがあるが、これまた何のことやらわからない。

風巻景次郎校注「日本古典文学大系」では「ひとしまんと—不明。板本「はとしまんと」」とあるのみで、いわばお手上げの状態である。『西行の研究』は伊藤嘉夫校註「日本古典全書」の「いとしまむと」の本文により、「自分はこの世をいとしんでゆきたいと思うが、見渡したところそのような人間も見当たらない世であるから、将来はさだめし乱れることだろう、というように歌意をとる」という。この解はそのまま渡部保『西行山家集全注解』に取り込まれている。後藤重郎校注「新潮日本古典集成」は「人が自分の思いに染まるだろうとはとても思えない世であるから、あげくのはては、さぞ心があれこれ乱れることだろう」とし、「試みに右のごとく訳したが、難解な歌。◇大幣　心があちこちにひかれ、ゆらぐこと」と補足している。おそらく「ひとしまむと」を「人染《し》まむと」と解そうとするのであろう。

しかしながら、ここで思い出されるのは、やはり『山家集』の秋の歌、

吹きわたす風にあはれをひとしめていづくもすごき秋の夕ぐれ　（二六九）

という作での「ひとしめて」の句である。これはどの注でも「等しめて」と解し、「等しむ」は古語辞典の類にも、この例とともに下二段動詞として登載されている。当然他動詞で、「ひとしくする」の意である。

思うに、同じような意味の自動詞、すなわち「ひとしくなる」という意の四段動詞「等しむ」があったのではないだろうか。「ひとしまむと思ひも見えぬ世にあれば」は、自分が等しくなろうと思いもよらぬ世、他の人々と同じようにやっていこうなどとは思いもよらぬ世の意ではないだろうか。

次に「おほぬさのそら」の「おほぬさ」は、『古今集』や『伊勢物語』で著名な古歌の贈答、今、前者によって示せば、

ある女の、業平の朝臣を所定めずありきすと思ひて、よみてつかはしける　読人しらず

おほぬさの引く手あまたになりぬれば思へどえこそたのまざりけれ

返し　業平の朝臣

おほぬさと名にこそ立てれ流れてもつひに寄る瀬はありてふものを　（恋四）

という往返を直ちに連想させる。右の女の贈歌では「おほぬさの」は「ひくてあまた」の枕詞と説明されるし、「おほぬさ」だけで引張りだことか気の多いことの意にもなってゆくらしいが、まさか、西行のこの歌は、自分は他の連中と協調してやっていこうなどとは思わないから、かえって将来は引く手あまたになるだろうと言っているのではあるまい。川に流され、所定めず流れていくものとしての大幣を思い浮かべ、「他の人々と等しくなろうと思いもよらぬ世の中だから、結局自分は疎外され、さぞ大幣のように漂泊の生を送らなければならないだろう」と、自らの運命を予見した作ではないであろうか。

後に、青年時代の慈円が、

世の中を心高くは思へども人とひとしきことのなきかな　（『拾玉集』巻一）

と歌っている。ここには孤高を保とうとする反俗精神と、それとはうらはらな落伍者意識の共存、相剋という心の劇が演じられていると思うのだが（拙著『新古今歌人の研究』）、世間を「ひとしまむと思ひも見えぬ世」と捉える西行の

底に潜むものも、強烈な孤高の精神であろう。しかし、そのような精神の持ち主は俗世間の礫《つぶて》に打たれることをも覚悟せねばならない。その覚悟のほどを示したのが、「末にさこそはおほぬさのそら」ではないであろうか。とすると、この歌の作者の場合も心の内での劇が演じられているのである。

深き山は苔むす岩をたゝみあげてふりにし方をおさめたるかな　（一五二一）

深い山の中は苔の生えている岩を畳み上げて、さながら岩室のようだ。そこには昔からの「時」をしまいこんであるのだな。

言葉を追って意味を辿ると一応こんなことになるだろうか。しかし下句の訳はもとより舌足らずで、これでは勿論わかったことにはならない。『西行の研究』では「山住みの生活を歌い、煩悩の多かった過去をそこに葬り去った意であろう」と考える。『西行山家集全注解』でもこれに従った解釈をしている。一方、「新潮日本古典集成」は「いかなる世の変動をもよそに不動不変である山の姿を見て、己の常にたゆたっている心を反省し懐《おも》いを述べた歌」と捉える。

『西行の研究』では上句は山の状態の描写で、下句は西行自身の行為と解するのだろうが、それはやはり無理ではないだろうか。下句もまた「深き山」の状態の描写と見るのが文脈として自然であると思う。だから言葉の上ではこの歌は、「新潮日本古典集成」のように、大自然の悠久さに打たれた感動の表出と一応捉えられるのではないか。これより以前、『堀河百首』の「苔」の題でも、

雲かゝる青根が峰の苔むしろ幾世経ぬらむ知る人ぞなき　藤原顕季《あきすえ》

年経れば苔のみづらをゆひかけて岩の姿は神さびにけり　源師時《もろとき》

などと詠まれている。青苔のびっしり生えた磐石、それらが累積した山の姿は、人に時間の永続性を感じさせるものである。

ただ、その感動が直ちに「それに比べてわが身はどうであろうか」(新潮日本古典集成)とはね返ってくるだろうか。はね返ってきてもよいとも思うのだが、そんな反射的な思考の働く余地もないほど大きな感動に打たれているのではないかとも考えてみる。

「ふりにし方をさめたる」という言い方が気になる。「日本古典文学大系」や「新潮日本古典集成」の注解によれば「昔の事をそのまま残している」ということになるのだが、「をさめたる」というのは、むしろしまっているという感じの言い方であろう。そこで、深山の中の谷あいのような場所を考え、山居を求めて山中に分け入った西行がそこに至って、ここが庵を結ぶのに絶好の地だと気に入り、さておもむろに青苔に覆われた磐石の重畳するあたりの風景を見回して、ここには悠久の昔からの「時間」がそっくりしまいこまれているのだな、時は停止しているのだなと感に打たれている、そういう歌ではないだろうかなどと考えてみる。

というのは、この一首だけではなく、先の「雲につきて」の作などについても同様なのだが、松屋本『山家集』にのみ見出される「おもひをのぶる心五首」との気分的脈絡を考えるからである。その五首は次のようなものであった。

さてもあらじ今見よ心思ひとりてわが身は身かとわれもうかれむ

いざ心花をたづぬといひなして吉野の奥へ深く入りなむ

苔深き谷のいほりに住みしより岩のかけふれ人も問ひ来ず

深き山は人も問ひ来ぬすまひなるにおびたゝしきはむら猿の声

深く入りて住むかひあれと山道を心やすくもうづむ苔かな

右の五首のうち、前二首は出離の決意を述べ、後の三首は出離後の理想的な山居の有様をおそらくは思い描いて歌っているのであろうが(拙著『新古今歌人の研究』)、題をつけるとしたら、さしずめ「山家」などがふさわしいと思われるこの三首も「おもひをのぶる心」として括れるのならば、「深き山は苔むす岩を」の詠もまた、反省を伴わなくても、単に悠久の時の持続性への驚きだけでも、十分「述懐」の歌たりうるのではないであろうか。

平安の比較的初期の天台の高僧、浄蔵貴所が葛城山中で修行していた時、金剛山の谷で自身の前生の骸骨を見、加持するとその骸骨が立ち上がって、握りしめていた独鈷を浄蔵に授けたという、幻怪な高僧説話が伝わっている。その骸骨は「苔青く生ひて石を枕にせり」(『古今著聞集』巻二)という有様であった。西行のこの歌の「ふりにし方をさめたる」という感慨を幻視的に表現したならば、現代のわれわれの感覚からは荒唐無稽ときめつけられそうな、かかる説話も成立するのではないだろうか。浄蔵の見た前生の自身の骸骨とは、畢竟生を超越して持続する時間そのものなのである。

大峰や葛城に分け入ったことのある西行もまた、深山幽谷の自然そのものから濃密に凝集された悠久な時を感得して、圧倒されなかったはずはないであろう。

ふりにける心こそなほあはれなれ及ばぬ身にも世を思はする　(一五一二)

ずっと昔から思いつめてきた心はわれながらやはりあわれに思われる。それは及びもつかないこの身にも、世のことを思わせるのだ。

「捨てのちは」の作でも言及した、世を憂え、国を憂える西行の心情がここでは率直に述べられているのだが、そういう自身を「及ばぬ身」と卑下しつつ、「ふりにける」わが「心」を「なほあはれなれ」と肯定しているところが、西行らしいと思う。「捨てのちは」の作では前に述べたように「心のみをば世にあらせける」ことを反省したのだが、しかし結局はそれを肯定していくのだと考える。これは当然、「誇りをもった、軽薄ならぬ、正統的精神であることを自負しているのである」(『西行の研究』)という見方とは異なることになる。

以上、すでに別の章で触れたものをも含めて、「百首」のうちの「述懐十首」を読んでみた。読んでみて改めてこの十首の中には、出離の決意、憂き世の思い出への執着、執着したことへの反省、将来への不安、世事への関心、それへの反省とそのことの肯定、理想的な山居への感動などなど、じつにさまざまな心の動きが織り込まれていることを知る。このような多様な心の動きは、一気に詠み上げられた百首歌では写し取られにくいのではないだろうか。早く尾山篤二郎や川田順が想像したように、これは西行自身によって編集された百首歌ではないだろうか。そしてその時期は当然出家後であると思う。といっても、出家後さほど時が経ってもいないであろう。でなければ出家前後のためらい、心のたゆたいなどをこのように克明に歌えなかったのではないかと考えるからである。

しかし、これはあくまで一つの想像にすぎない。もはやこのあたりで、実際に出家の前後に詠まれたことが明らかな作を取り上げるべきであろう。

空になる心

清水・霊山・長楽寺・双林寺……、洛東の東山沿い一帯には寺々が多い。平安中期頃には「東山の百寺」という呼び方もあった。左京大夫藤原道雅《みちまさ》の詠に次のような詞書を有するものがある。

東山に百寺拝み侍りけるに、しぐれのしければよめる

もろともに山めぐりするしぐれかなふるにかひなき身とは知らずや　（『詞花集』冬）

『俊頼髄脳』には「百寺の金口《こんぐ》（金鼓《こんぐ》）打ち歩き」とも見え、東山三十六峰に見え隠れする寺々を詣でた老若男女の姿を髣髴させる。

保延六年（一一四〇）の春頃、二十三歳の兵衛尉佐藤義清が心通う人々――その中には後に触れる源季政《すえまさ》（後年の西住）などもいたかもしれない――と詠歌の場として選んだのも、おそらくそのような東山の寺か遁世聖の庵などであったのだろう。義清の先達能因も橘永愷《ながやす》といっていた学生《がくしょう》時代、東山の長楽寺で知人達と「故郷霞」という題を詠じている。

よそにてぞ霞たなびくふるさとの都の春は見るべかりける　（『能因集』、『後拾遺集』春上）

永愷は長楽寺の高みから鴨川越しに、洛中洛外屏風にも似て靉靆《あいたい》たる春霞に包まれた都を鳥瞰し、早くも自身を都の外なる者と規定して歌う。けれども兵衛尉義清の視線は、都へは向けられない。それは霞の立ち昇る空の彼方へと放たれる。

世にあらじと思ひ立ちけるころ、東山にて、人々、寄《スル》レ霞《ニ》述懐といふことをよめる

空になる心は春のかすみにて世にあらじとも思ひ立つかな　(七二三)

うわの空となっている心は立ち昇る春霞同様で、憂き世にとどまっていまいと思い立ったのだ。

「空になる心」というのは、何かに気をとられて落着いていない心の状態、要するにうわの空の状態をいう言い方である。それは「心空なり」とも言われる。これは早く『万葉集』に見出される。たとえば、

たもとほり往箕《ゆきみ》の里に妹を置きて心空なり土は踏めども　(巻十一・二五四一)

足はかろうじて地に着いているけれども、心は宙を飛んで恋しい女のもとへ行ってしまっているというのである。

秋風は身を分けてしも吹かなくに人の心の空になるらむ　(『古今集』恋五、紀友則)

自分に飽きて他に増す花が出来、うわの空となった恋人を嘆いた歌。女の立場での詠であろう。もとより、花に気を取られてもいいし、ほととぎすに夢中になってもいい。その類の「空になる心」も歌われている。要するに、高く遠い空の彼方の対象にあこがれて浮動する心である。それは結局その対象を恋い慕う心といってよいだろう。

義清は出家の境涯を恋い慕って、「世にあらじ」と思ひ立ったのである。

「藐姑射の花、雲居の月」の章で、空行く雲は時として人の心を悲しみへ誘うと言った。霞はどうであろうか。春霞というと、われわれはつい「菜の花畠に　入日薄れ　見わたす山の端　霞深し」と歌われるような、のどかな田園風景を思い描く。けれども、王朝の和歌の世界では、霞は時に荼毗の煙になぞらえられることがあった。

あはれなりわが身のはてやあさみどりつひには野べの霞と思へば　（『新古今集』哀傷、小野小町）

立ちのぼるけぶりをだにも見るべきに霞にまがふ春のあけぼの　（同、藤原惟方《これかた》）

西行自身、「寄《スル》二霞《ニ》一無常」という題を、

なき人をかすめる空にまがふるは道をへだつる心なるべし　（七二）

とも詠んでいる。

ということであれば、「空になる」の作の「春のかすみ」にも、そのような印象は拭い去られてはいないであろう。そういえば「世にあらじ」という句にしても、世間にとどまっていまいというよりもむしろ、死んでしまおうといった方がぴったりとする表現である。

義清の出家の境涯への恋慕は、ほとんど死への憧憬に近かった。

同じ心を

世をいとふ名をだにもさはとどめおきて数ならぬ身の思ひ出にせむ　（七四）

それでは、この憂き世を厭い捨てたという評判だけでもこの世にとどめおいて、物の数でもないこの身が今生で思い出される種としよう。

詞書の「同じ心」は前の詞書のうち「述懐」だけを受けるのであろう。「数ならぬ身」——人数にも数えられないこの身、この言い方はしばしば恋歌に見出される。たとえば、

花がたみめならぶ人のあまたあれば忘られぬらむ数ならぬ身は　（『古今集』恋五、読人しらず）

のごとく。「数ならぬ身」は忘れられやすい。しかし、人として生れた以上、忘れ去られてしまうのはくやしい。それでせめて潔く現世を厭離したという評判だけでも残して、世間の人々に思い出されようというのである。「名」をとどめ、それを自身が思い出される種にしようという所に、一種の気負い、現世への色気のようなものが感じられる。それは、たとえば厠にしゃがんでいるうちにふときざした遁世へのやみがたい思いに任せて、元の部屋へ戻ることもなくそのまま行き方知れずとなってしまったという平等供奉（『発心集』巻一の第三話、『古事談』第三）のようなひたむきな道心とは明らかに異なるであろう。

しかし、それが普通ではないか。常凡から隔絶しているわけでもない、若い義清の気負いに、むしろほっとするのである。

義清を出家へといざなったものは、聖達の庵室のあわれなたたずまいであったらしい。東山にはそのような庵も多かった。「阿弥陀房と申しける上人の庵室」もその一つであった。尾山篤二郎はこの阿弥陀房を信西の息明遍かと考えている。しかし、断定はできない。

いにしへごろ、東山に阿弥陀房と申しける上人の庵室にまかりて見けるに、何となくあはれに覚え

てよめる

柴のいほと聞くはくやしき名なれどもよにこのもしきすまひなりけり　(七三五)

柴の庵と聞くと残念な呼び名だけれども、実際に見てみるとじつに感じのいい住まいだったのだな。

義清はそれまでさほど「柴のいほ」の実態に触れたことがなかったのであろうか。よく知らないままに、「くやしき名」──他から言われる時は貶めたことになり、庵の主自身が言う時は卑下した物言いとなる(六家集板本では「いやしき名なれども」とある)、いずれにしてもくちおしい呼び名と思っていた住まいが「柴のいほ」であった。しかし、つくづくと見ると、じつに感じがいいではないか。自分もわずらわしい宮仕えなどをさっぱりやめてしまって、こんな所で生活できたらどんなにいいだろう。

ここでも、義清は一旦は「名」にこだわっている。

このように「柴のいほ」に新鮮な驚きを示した彼が、後年には、

いづくにも住まれずはただ住までにあらむ柴のいほりのしばしなる世に　(『西行上人集』雑、『新古今集』雑下)

と詠ずるようになる。そこでは庵室の閑雅なたたずまいなどは問題とされていない。

ちなみに、「柴のいほ」「柴のいほり」「柴の編戸」などの句は、勅撰集では『千載集』以降見出されるようになる。それ自体中世的な語句なのである。

嵐山法輪における空仁《くうにん》(空人)の生活も義清の出離への憧憬をいよいよ強めたものであった。

いまだ世遁れざりけるそのかみ、西住具して法輪

にまゐりたりけるに、空仁法師経覚ゆとて、庵室《あんじち》に籠りたりけるに、物語り申して帰りけるに、舟の渡りの所へ空仁まで来てなごりをしみけるに、筏の下りけるを見て

空仁

はやくいかだはこゝに来にけり

薄らかなる柿の衣着て、かく申して立ちたりける、優に覚えけり

大井川かみに井堰《ゐせき》やなかりつる

かくてさし離れて渡りけるに、ゆゑある声の嗄《か》れたるやうなるにて、大智徳勇健、化度無量衆読み出したりける、いと尊くあはれなり

大井川舟にのりえて渡るかな

西住付けけり

流れに棹をさすこゝちして

心に思ふことありて、かく付けけるなるべしなごり離れがたくて、さし返して、松の下に降りゐて思ひ述べけるに

大井川君がなごりのしたはれて井堰の波の袖にかゝれる

かく申しつゝ、さし離れて帰りけるに、「いつまで籠りたるべきぞ」と申しければ、「思ひ定めたることも侍らず。ほかへまかることもや」と申しける、あはれに覚えて

いつかまためぐり逢ふべき法《のり》の輪《わ》のあらしの山を君し出でなば

返りごと申さむと思ひけめども、井堰の堰にかゝりて下りにければ、ほいなく覚え侍りけむ

京より、手箱に斎《とき》料を入れて、中に文《ふみ》を籠めて庵室にさし置かせたりける返りごとを、連歌にしてつかはしたりける

空仁

結びこめたる文とこそ見れ

この返りごと、法輪へ参りける人につけてさし置かせける

里とよむことをば人に聞かれじと

申し続くべくもなきことなれど、空仁が優なりしことを思ひ出でてとぞ。この頃は昔の心忘れたる

らめども、歌は変らずとぞうけたまはる。あやまりて、昔には思ひあがりてもや　（『聞書残集』）

法輪は洛西嵯峨の嵐山の近く、大堰川沿いの法輪寺、虚空蔵菩薩で知られる。王朝盛時には能説の高僧道命阿闍梨のいた寺でもある。『平家物語』によれば、弾正大弼源仲国が高倉天皇の命を受けて、身を隠した小督《こごう》を探すために寮の御馬を進めた方角である。――「「まことや、法輪は程近ければ、月の光にさそはれて、参り給へることもや」と、そなたに向かひてぞ歩ませける」（『平家物語』巻六、小督）。

空仁は俗名大中臣清長、神祇権大副従四位下定長の子である。伊勢神宮に奉仕する家に生れ、清長自身神祇少副六位であったらしい。そのような清長が出家した。なぜだろうか。すでに桑原博史「西行と空仁」（東京教育大学中世文学談話会編『和歌と中世文学』所収）で想像しているように、これには同族の祭主公長《きんなが》（父定長の叔父で養父）の事件がからまっているのではないか。この公長という人は従三位にまで昇った人物だが、殺害事件に関係して本宮（伊勢神宮）やその氏人から訴えられ、保延四年（一一三八）五月公卿僉議が行われて、釐務（執務）を停止された。そして裁判の決着がつかぬうちに病気になり、九月十四日、六十八歳で没したのである。定長は公長の猶子であったから、この裁判が始まると神事供奉を止められた。「中臣氏系図」によれば、しかしそれ以後神祇権大副に転じて、康治元年（一一四二）十二月九日卒したというから、定長の復権は成ったのであろう。が、この事件を契機として清長は世を背いたのではないだろうか。そうだとすると、義清の遁世の一、二年前のことと考えられる。祖父に当る公長は鳥羽院政下で出世した人だけに、その事件の反響は大きいものがあったと想像される。清長がそれを契機として出家したということであれば、義清としても深い関心を抱かざるをえなかったであろう。清長の出家に際しての率直な感懐も伝えられている。

世を背かむと思ひ立ちける頃よめる　　　　空人法師

かくばかりうき身なれども捨てはてむと思ふになればかなしかりけり　（『千載集』雑中）

おそらくこの詠も義清は聞き知っていたと思われる。公長の年齢から想像するに、その猶子定長は五十代程度、その子清長は三十代ほどであろうか。桑原氏も「まず三十歳前後ではあるまいか」「二十五歳くらいまで下げることも可能である」という。義清よりは多分年長であろうが、ひどく年上でもなかったと想像する。去就を定めかねていたかもしれない義清が空仁を訪れる気になったのは自然である。

同行した西住は俗名源季政、清和源氏の出である。『平家物語』に、清盛に仕える源大夫判官季貞《すえさだ》という武士が時折登場する。彼は親の季遠の代から後白河院の北面でしかも清盛の父忠盛に仕えていたらしい。そして平家一門と運命を共にし、宗盛が鎌倉に護送された時、やはり捕虜として連れられたようである。しかしその後のことはよくわからない（市古貞次編『平家物語研究事典』、日下力執筆「季貞」の項）。河内源氏で知られる光行は、系図の上では甥に当る。季貞自身、詠歌の嗜みがあった。すなわち『千載集』に一首、私撰集『月詣和歌集』に六首の作品を留めている。季政はこの季貞の養子で左衛門尉・左兵衛尉であったという。右兵衛尉という伝承もある。義清の同僚だったのであろう。先に掲げた連歌のうち、空仁の句に対する西住の付句の左注に「心に思ふことありて、かく付けけるなるべし」というのによれば、彼もまだ西住ではなく、兵衛尉季政だったと思われる。共に出離への想いを秘めた下級官人が、ちょっと前までは似たような生活をしていた新発意空仁を訪れたのだった。

『聞書残集』（『聞書集』の続篇と見られる西行の歌集）の詞書での空仁の描写はかなり具体的である。それによれば、彼は「薄らかなる柿の衣」を着ていた。その声は「ゆゑある声の嗄れたるやうなる」であった。義清・季政等はなごりを惜しむ余り、舟を「さし返して」、改めて松の下で歌を詠じた。そして、帰京したのち、斎料を送るに際しても、それを手箱に入れ、中に文を籠めて、使いの者にそれを庵室に置かせてくるといった、あたかも相愛の男女間の文のやりとりにも似たことをしている。空仁の歌に、

山寺に籠りて侍りける時、心ある文を女のしばしばつかはし侍りければよみてつかはしける
空仁法師
おそろしや木曾のかけ路の丸木橋《まろき》ふみ見るたびにおちぬべきかな　(『千載集』誹諧歌)

というのがある。義清らが法輪の庵室を訪れた時分すでにこれが詠まれ、喧伝されていたかどうかはもとよりわからないのだが、義清が女の「心ある文」を擬装して斎料を送ったことは間違いない。それで、空仁も「深く心を籠めた結び文と拝見しましたよ」と返事をしてきた。「結び」は信仰に引掛ければ結縁を響かせるが、同時に「文」との関係で、男女が契りを結ぶという連想も働く。それに対する義清の長句での付句は、「里中が大騒ぎするようなこと、清い坊さんに女が付文したということを他人に聞かれまいと思って、それでこっそりとお便りしたのです」といったような意味であろう。この付句を「日本古典全書」は「さとくよむ言葉を人に聞かれじと」、文明社版『西行全集』、新註国文学叢書『西行歌集 下』、「岩波文庫」、「日本古典文学大系」等は「さとくよむことをば人にき(聞)かれじと」と翻刻している。原本は「さと〻」である。「と〻」の連綿体は「〻」がやや長めで「く」のように見えなくもないが、やはり「さと〻」と読むべきであろう。「里響《とよ》む」という言い方は『万葉集』にも見出され、和泉式部も用いている。

鷺のゐる松原いかにさわぐらむしらげばうたて里とよむなり　(『金葉集』雑上)

『聞書残集』でのやりとりを通じて感じられる義清の空仁とのふれあいは、明らかに思想的ではなくて趣味的である。そしてその基底には空仁その人やその雰囲気に対する感覚的な親和力のようなものが働いている。修行中実際に「心ある文」を女からしげしげ付けられた空仁は美男の僧だったかもしれない。そして重々しく嗄れたその声は男が聞いても魅力的だったのであろう。そういう空仁を義清は「優に覚え」た。このことは大事だと思う。同行西住や常磐家の人々、特に寂然など、さほど多かったとは思えない友人と西行との交友にはきわめてこまやかなものがある。思うに、それらの交友についても、空仁との場合のような、多分に感覚的なものに基づく親和力が働いているのではないだろうか。すると、後代の作家兼好と西行の精神的相似を思わざるをえない。思索家とされる、そしてそれに違いない兼好は、一方でたいそう感覚の鋭敏な人、官能の面に関して敏感な人であった。西行もまた物事を判断する基準として自らの感覚を信ずるタイプの人だったのではないだろうか。それが対人関係を決定し、ひいては彼自身の運命を方向づけていったのではないであろうか。

こうして、崇徳天皇の保延六年(一一四〇)、『百錬抄』の伝えるところによれば、この年十月十五日、義清は出家した。

十五日、佐藤右兵衛尉憲清出家。年廿三。号西行法師。

疑えば、この月日を疑えないこともない。しかし『百錬抄』そのものの史料としての信憑性は高い。強いて疑うこともないかもしれない。

物語としての出家の日付は八月十六日となっている。人口に膾炙されている場面なのだが(そしてあらかじめ断っておけば、作品の読みから思い描く西行像とは相当に隔っているのだが)、やはりここで『西行物語絵巻』を抜き読みしてみる。

いまだその期や来たらざりけん、二月も過ぎ、七月にまた思ひ切りて、月のおもしろかりしに、かくぞよみし。

世のうきにひとかたならずうかれゆく心定めよ秋の夜の月

物思ひてながむるころの月の色にいかばかりなるあはれそふらむ

おしなべて物を思はぬ人にさへ心をつくる秋の初風

秋もまた遁れで、この暮の出家さはりなく遂げさせたまへと三宝に祈請申して宿へ帰り行くほどに、年ごろ堪へがたくいとほしかりし四歳なる女子、縁に出で迎ひて、「父の来たるがうれしさよ」とて袖に取り付きたるを、たぐひなくいとほしく、目も昏《く》れて覚えけれども、これこそは煩悩のきづなを切ると思ひて、縁より下《しも》へ蹴落したりければ、泣き悲しみけれども、耳にも聞き入れずして、中に入りぬ。

＊

されば名利の世を遁れ、生死のきづなを離れて、戒行を具足して、念仏往生の道に赴かんと思ふ。月も西の山の端に傾きぬれば、今は限りと思ひ定めつゝ、来《こ》し方《かた》行末、後《のち》の世までさまざま語らへども、女は恨みも歎きも一方ならず思ひ乱れて、さらに物も言ひやらず、ただ泣くよりほかのことなし。さてしもとゞまるべきならねば、みづからもとゞりを切りて家を出でにけり。生年廿六。八月十六日にてぞ侍りける。

＊

かくて、嵯峨の奥に年来《としごろ》知りたりける聖のもとへその暁走り行きて、出家をぞ遂げにける。人々、「さてもいかに」と申しあひければよめる。

世を捨つる人はまことに捨つるかは捨てぬ人をぞ捨つるとは見る

受けがたき人の姿に浮かび出でてこりずやたれもまた沈むべき

世をいとふ名をだにもさはとどめおきて数ならぬ身の思ひ出にせむ

法名は西行となむ言ひける。（徳川家本）

月の美しい夜だったことは確かではないかと思う。最晩年、横川に慈円を訪れた西行は「この度まかり出づることの、昔出家し侍りしその月日に当りて侍る」と語り、慈円は、

うき世出でし月日の影のめぐり来て変らぬ道をまた照らすらむ

と応えている（『慈鎮和尚自歌合』、十禅師）。自身「月のみやうはの空なる形見にて」と歌うように（この歌はこのあと取り上げる）、明月は出家の形見となったのであった。

『山家集』には見えないのだが、後代の撰集に「鳥羽院に出家のいとま申」とて詠んだという作が伝えられている。

をしむとてをしまれぬべきこの世かは身を捨ててこそ身をも助けめ（『玉葉集』雑五）

たとえ惜しんだところでわたくしが人に惜しまれるはずのこの世でしょうか、そんなことはございませぬ。それゆえに、身を捨てることによって、かえって身を助けるのでございます。

『万代集』や『拾遺風体集』では初句を「をしむとも」とするが、それよりもこの歌は、第二、三句「をしまれぬべきこの世かは」の解釈が問題である。「真に惜しいと思ひ込む程のこの世ではない」（『類聚西行上人歌集新釈』）、「とうてい徹底の叶う現世ではない」（『西行の研究』）、「とうてい最後まで惜しみ通すことのできるうき世であろうか」（『西行山家集全注解』）など、従来の説は、すべて「をしまれぬ」の「れ」を可能の助動詞「る」と解し、「われにとり、をしま

れぬべきこの世」と意を取っているようである。しかし、これは受身の「る」で、「われ人にをしまれぬべきこの世」の意ではないか。それは他の用例から帰納してそのように考えるのである。

まず、「をしまれぬべき」という句は、西行以後の例であるが、藤原為顕《ためあき》(定家の孫)が、

われればかり命にかへて歎くともをしまれぬべき身とは頼まず　(『新後撰集』恋二)

と歌っている。また「をしまれぬ身」という言い方は、西行自身、

をしまれぬ身だにも世にはあるものをあなあやにくの花の心や　(二二六)

と用いており、以後定家にも作例がある。

それゆえ、これは先の「数ならぬ身」や、あとに言う「思ひ知るべき人はなくとも」同様、拗ねた物言いであると思う。西行はもっと男らしく、そんな拗ねた物言いをするはずがないと言う人がいたら、その人は西行を色眼鏡で見ているのである。色眼鏡を外して、言葉の自然な使い方に従順に従いながら読む——それが古典のまっとうな読み方であろう。

世を捨つる人はまことに捨つるかは捨てぬ人こそ捨つるなりけれ　(『西行上人集』雑)

世を厭い捨てる人は本当にその身を捨てたことになるものか。捨てずに浮世に恋々としている人こそ、死後は往生できないから、身を捨てたことになるのだ。

「凡卑」のゆえに(『八雲御抄』巻二)、『詞花和歌集』雑下に読人しらずとして採られた作である。同集では初句は「身を捨つる」とされている。

これは家集では「述懐の心を」、『詞花集』では「題しらず」と扱われている作だから、遁世の際の作かどうかはわからない。ただ、「をしむとて」の歌とよく似た言葉の運びが見て取れるので、併せて読んでおく。ちょっと説経師の口吻のようなものを感じる。道歌に近い軽さである。俊成が難ずる『詞花集』の「あまりにをかしきさまのふり」「ざれ歌ざまの歌」(『古来風体抄』)に相当するかもしれない。

世を遁《のが》れけるをり、ゆかりありける人のもとへ言ひ送りける

世の中をそむきはてぬといひおかむ思ひ知るべき人はなくとも　(七二六)

「わたしは世間にすっかり背を向けてしまった」と言い残しておきましょう。たとえわたしの心をわかってくれそうな人はいなくても。

「ゆかりありける人」は、「日本古典文学大系」に言うように「俗縁のあった人」だが「どのような人か未詳」である。所詮未詳なのだが、知りたいところでもある。「ゆかりあり」というからには、親類縁者ではないだろうか。「思ひ知るべき人はなくとも」という句の言外には、「せめてあなたぐらいはわかってくれるかもしれないと思って」という気持が籠められていると見てよいだろう。

はるかなる所に籠りて、都なる人のもとへ月の頃つかはしける

月のみやうはの空なる形見にて思ひも出でば心かよはむ　(七三七)

月だけがうわの空となったわたしの形見で、それを見たあなたがわたしのことを思い出したならば、わたしの心はあなたの所へ通うでしょう。

『西行上人集』はこの歌に「旅にまかるとて」という詞書を与えている。また『新古今集』では「題しらず」の扱いながら、これを恋歌四の部に入れている。これは旅歌とも恋歌とも読める作なのである。この「都なる人」も、具体的にはわからないのだが、恋歌と読む立場では当然女性と考えているのであろう。

西行は遁世してのちまもなく鞍馬の奥に籠り、そこで越冬した。

世を遁れて鞍馬の奥に侍りけるに、懸樋《かけひ》氷りて水まうで来ざりけり、春になるまでかく侍るなりと申しけるを聞きてよめる

わりなしやこほるかけひの水ゆゑに思ひすててし春の待たるゝ　(五七一)

道理が通らないよ、懸樋の水が凍りつくような奥山の冬の厳しい寒さ、それゆえに思い捨てた春の訪れが心待ちされるとは。

鞍馬ならば「はるかなる所」と言えるだろうか。言えなくもないとも思うのだが、この「わりなしや」でははっきり「鞍馬の奥」と言っているのだから、それならここでもそう書いてもよさそうである。鞍馬の奥で修行したのち、さらに都から遠いどこかへ移ったのであろうか。ともかく、次に読む「鈴鹿山」の歌の前に置かれているので、出家

後さほど経っていない時期の作ではあろう。「都なる人」の実体は今も述べたようにわからないけれども、先の「ゆかりありける人」と同じであってもいいかもしれない。「思ひも出でば心かよはむ」とは、結局「思い出してください」ということである。先の「思ひ知るべき人はなくとも」が、「せめてあなたぐらいはわかってください」というのと同様である。率直な物言いを良しとする現代では、こういう持って回った言い方はいやがられるだろう。しかし、それをいやがっていては、西行の心はわからない。

保延六年(一一四〇)の出家後、多分さほど経っていない時期に、西行は伊勢へ下った。なぜ伊勢へ行ったのかはよくわからない。

　　世を遁れて伊勢の方《かた》へまかりけるに、鈴鹿山にて

鈴鹿山うき世をよそにふりすてていかになりゆくわが身なるらむ　(七二八)

　憂き世を自分とは関わりのないものとして振り捨てて、こうして鈴鹿山を越えてゆく。この身はこれからどうなってゆくのだろうか。

息子の伊勢守俊重について伊勢国へ下向した源俊頼は、久しく都から遠ざかって老い衰えたことを嘆いて、

鈴鹿山関のこなたに年ふりてあやしくも身のなりまさるかな　(『散木奇歌集』雑上)

と詠んだ。その俊頼へ都の知人が扇に添えて次のような歌を送ってきている。

音もせで越ゆるにしるし鈴鹿山ふりすててけるわが身なりとは　(『散木奇歌集』雑上)

俊頼はそれに対して、

ふりすてて越えざらましか鈴鹿山あふぎの風の吹きこましかば　（『散木奇歌集』雑上）

と返した。

それ以前に、

音もせずなりもゆくかな鈴鹿山越ゆてふ名のみ高く立ちつゝ　（『後撰集』恋六、読人不知）

世にふればまたも越えけり鈴鹿山昔の今になるにやあるらむ　（『拾遺集』雑上、斎宮女御）

などの古歌、またこれは物語歌だが、娘の斎宮に付き添って伊勢下向する六条御息所に贈られた、

ふりすてて今日は行くとも鈴鹿川八十瀬《やそせ》の波に袖はぬれじや　（『源氏物語』賢木の巻）

という光源氏の詠もある。

「鈴鹿」「ふり(すて)」「なり」といった言葉のよせ(縁語)は、これらの作から学んだかもしれない。それは流れるように美しい。

「うき世をよそにふりすてて」という所にも気負いは感じられる。が、そのすぐ下には「いかになりゆくわが身なるらむ」という前途に対する不安感の率直な表白が続く。鈴鹿山は立烏帽子と呼ばれる女賊なども出没したという、旅人にとって恐ろしい山であった。『今昔物語集』にも山賊に襲われた商人が飼いならしていた蜂の大群に助けられるという話が見出される。しかし今の西行にとって、賊は自らの心の内に潜んでいる。それは捨てたはずの憂き世に引き戻そうとする煩悩の犬である。彼は生涯をかけてこれと戦わねばならない。振り捨てた過去を振り返ってはならない。彼は羊腸たる鈴鹿の山路を一歩一歩踏みしめて登ってゆく。それ以外に行くべき道はないのである。

出家前後の作には、さまざまな意味で西行の心、その人柄がよく現れていると改めて思う。浪曼性、気負い、人な

つかしさ、その裏返しの表現としての、拗ねた一種のポーズ、率直な態度、そしてひたむきさ。そのうちのある部分には反撥したくならないでもない。西行なら何から何までいいとは思わない。けれども、反撥したくなる点をも持ち合せているからこそ、西行はさほど遠い存在でもないかもしれないとほっとするのである。

歌としては、「空になる」「わりなしや」「鈴鹿山」が好きだ。それらにはどこまでも浮動する心と、じっと春を待つ心と、全く異なった心の状態が歌われている。

堀河・兵衛、そして寂然・西住

保延六年(一一四〇)に二十三歳で世を背いた西行は、その翌々年の春、当時内大臣であった藤原頼長《よりなが》の許に現れる。一品経《いっぽんきょう》勧進のためであった。すなわち、頼長の日記『台記《たいき》』永治二年(一一四二)三月十五日の条に言う。

西行法師来りて云はく、一品経を行ふに依り、両院以下貴所皆下し給ふ也、料紙の美悪を嫌はず、只自筆を用ゐるべしと。余不軽《ふきやう》承諾す。又余年を問ふ。答へて曰はく、廿五なりと。去々年出家、廿三。抑《そもそも》西行者《は》、本兵衛尉義清也。左衛門大夫康清子。重代の勇士を以て法皇に仕ふ。俗時より心を仏道に入れ、家富み年若く、心愁ひ無きも、遂に以て遁世す。人これを歎美せる也。(原漢文)

これは西行伝を記述する際の一等史料と見なされるものである。すなわち、これで彼の生年が決定する。また、その家の裕福であったこと、そして、世人が彼の出家の理由を仏道に深く帰依するあまりと考え、これを賞讃したということが確認されるのである。

ここで少々宮廷史をのぞくと、保延五年五月十八日、鳥羽院の男皇子体仁《なりひと》親王が生れた。生母は故中納言藤原長実《ながざね》女得子《とくし》(のちに美《び》福《ふく》門院)。そして、三ヵ月後には親王は皇太弟となり、得子は女御とされた。保延七年三月十日、鳥羽院は薙髪《ちはつ》、法皇となる。この年は永治と改元されるが、その十二月七日譲位の事があって、体仁親王が践祚、崇徳天皇から近衛天皇の代へと代替りする。生母の得子は中宮とされた。明けて同二年二月二十六日崇徳院(新院)の生母待賢門院《たいけんもんいん》(藤原公実《きんざね》女璋子《しょうし》)は出家した。

西行が頼長に一品経の書写を勧進に訪れたのはその二十日のちのことで、「両院(本院すなわち鳥羽法皇と新院)以下貴所」が応じている。とすればそれが待賢門院の落飾と関係があることはほとんど疑う余地がないであろう。義清時代の西行は徳大寺実能《さねよし》に仕えていた。鳥羽院の北面となったのもその関係であった。その実能は公実の男、璋子の同母兄である。それゆえ、彼は待賢門院とその所生の皇子崇徳院に心を寄せていたのだった。

待賢門院関係の女房との親交もこのような背景のもとに重ねられたのである。それら大勢の女房達の中でも最も親密だったのは、神祇伯源顕仲《あきなか》の二人の女、待賢門院堀河と上西門院兵衛《じょうさいもんいんのひょうえ》の姉妹であろう。

『小倉百人一首』の、

長からむ心も知らず黒髪の乱れてけさは物をこそ思へ　(『千載集』恋三)

の歌で知られる堀河と西行の和歌の行き来を少々取り上げてみる。

ある所の女房、世を遁れて西山に住むと聞きて尋ねければ、住み荒したるさまして、人の影もせざりけり。あたりの人にかくと申しおきたりけるを聞きて、いひおくれりける

潮なれし苫屋《とまや》も荒れてうき波に寄るかたもなきあまと知らずや　(七四四)

返し

苫の屋に波立ち寄らぬけしきにてあまり住みうきほどは見えにき　(七四五)

海の潮に馴れた苫屋も荒れて、波のために身を寄せるべき干潟もない海女の生活。そのように今のわたしは、庵も荒れて憂き世の荒波に身を寄せるすべもない捨て尼の暮しと御存知ないのですか。

返事

苫屋に波も寄せない海女の暮らし、それにも似て、庵に人も訪れない寂しい有様によって、この世をひどく住みづらくしておられるあなたの近況はよくわかりました。

「ある所の女房」とぼかして書いているが、『西行上人集』や『山家心中集』では堀河と明記し、後者では「西山」を「にわじ(仁和寺)」としている。

堀河は主待賢門院の落飾とともに髪を下ろしたのだった。『古今集』雑体に、主の七条の后(宇多天皇の后藤原温子)がなくなったのちに、その女房であった伊勢が詠んだという長歌が収められている。それは次のような歌い出しである。

沖つ波　荒れのみまさる　宮のうちは　年経て住みし　伊勢のあまも　舟流したる　心地して　寄らむかたなくかなしきに……

堀河はおそらくこの伊勢の作を念頭に置いて詠じたのであろう。ということは、暗に待賢門院を七条の后に、自身を伊勢に擬していることを意味する。待賢門院は久安元年(一一四五)八月二十二日、四十五歳でなくなった。この贈答がそれ以前か以後かはわからないが、伊勢の長歌との関係を重視すれば、以後かもしれない。

右の贈答歌では、西行は堀河の留守に訪れたのであるが、堀河がいるのに立ち寄らなかった時のやりとりもある。

堀川の局《つぼね》、仁和寺に住みけるに、参るべきよし申したりけれども、まぎるゝことありてほどへにけり。月の頃前を過ぎけるを聞きて、いひおくりける

西へ行くしるべと思ふ月影のそらだのめこそかひなかりけれ　(八五四)

返し

さしいらで雲路をよぎし月影は待たぬ心ぞ空に見えける　(八五五)

そのお名前も西行さまとおっしゃるあなたを、わたしは西方浄土へ導いてくださる月と頼みにしておりますのに、その頼みも空しく、わたしの庵にお寄りくださらないのはお頼り甲斐がございません。

返事

月の光が御庵室にさしこまないで雲の道を横切ったのは(わたしがお寄りしなかったのは)あなたが心から待っていてくださらないのが空にはっきりとわかったからですよ。

この贈答歌は『新古今集』の釈教歌に採られているが、西行の返歌はかなり形が変っている。西行の返事は大層素気ないようだが、もとよりこれは親しい間柄であればこそ言えたのだろう。

やはり堀河が西行を結縁させる存在と見ての往返に、次のようなものがある。

待賢門院の女房堀川の局もとよりいひおくられける

この世にて語らひおかむほとゝぎすしでの山路のしるべともなれ　(七五〇)

返し

ほとゝぎすなくなくこそは語らはめしでの山路に君しかゝらば　(七五一)

先の贈答歌で西の空さして移り行く月に喩えられた西行は、ここではほととぎすになぞらえられる。ほととぎすは異名を「しでたをさ」ということ、そしてまた蜀の望帝杜宇《とう》の魂が化した鳥であるという中国の古伝承などに基づき、死出の山路の道しるべをする鳥というイメージが賦与されているのである。そしてそのような歌い方も、早く伊勢が試みたものであった。

死出の山越えて来つらむほとゝぎす恋しき人のうへ語らなむ　(『拾遺集』哀傷)

王朝末期の閨秀歌人は平安の初めの同性の作を意識することが多かったのであろう。『方丈記』、日野の外山での四季の描写に「夏はほとゝぎすを聞く。語らふごとに死出の山路を契る」という。この堀河と西行の贈答を下敷きとしていると解されている。

堀河は西行よりかなり年長だったと思われる。当然西行が生き永らえてその死を聞いたのだろうが、その際の感慨を知ることはできない。

一方、妹の上西門院兵衛は相当長生きして、源平の動乱の頃になくなった。『聞書集』に言う。

上西門院にて、若き殿上の人々、兵衛の局に逢ひ申して、「武者のことにまぎれて、歌思ひ出づる人なし」とて、月の頃歌よみ、連歌続けなんどせられけるに、武者のこと出で来たりける続きの連歌に

いくさを照らす弓張の月

伊勢に人のまうで来て、「かゝる連歌こそ兵衛殿の局せられたりしか。言ひすさみて付くる人なかりき」と語りけるを聞きて

心切る手なる氷の影のみか

「申すべくもなきことなれども、軍《いくさ》の折の続きなれば」とてかく申すほどに、兵衛の局、武者の折節失せられにけり。契りたまひしことありしものをと、あはれに覚えて

先立たばしるべせよとぞちぎりしにおくれて思ふあとのあはれさ

「仏舎利おはします。われ先立たば迎へたてまつれ」と契られけり

なきあとの重き形見に分かちおきしなごりの末をまた伝へけり

この一連の記述から、兵衛との心の交流も歌と信仰を通してのものであったと想像される。つまり、俗な言い方をすれば、顕仲の娘二人との親交は色気抜きであっただろうと、一応は考えられる。一応はと限定しておくのは、たとえ年上でも、そして浮世離れた尼であっても、宮廷歌界で鳴らした才媛ということであれば、全く心惹かれないほど、西行は木の端のような人間であったとも思わないからである。慕情に近いものは抱いていたかもしれない。ただそれが恋愛にまで高まることはなかったのではないかと考えるのである。

先に出離直前と思われる空仁とのふれあいを通じて、西行の他者との関わり方の一端を垣間見た。ここではさらに作品を通じてその対人関係を探ってみる。

かつては大原三寂《おはらさんじゃく》と呼ばれたが、この頃は常磐《ときわ》三寂という呼称の方がやや定着しつつある、藤原為忠《ためただ》の子供達とは親交を結んでいたが、特に寂然《じゃくぜん》(壱岐《いき》入道頼業《よりなり》、唯心房《ゆいしんぼう》)との交情のこまやかさは、ほとんど異常なほどである。なき丹後守為忠の、洛西常磐の家に兄弟が集まったことがある。まだ出家していない為業《ためなり》(のちに寂念《じゃくねん》)が願主となって堂供養をした頃のことであろうか。そこに西行は西住とともに行き合わせた。彼等は秋の夜長を「後世の物語り」をしてすごす。

……秋のことにて肌寒かりければ、寂然詣《ま》で来て、
背中を合せてゐて、連歌にしけり
思ふにもうしろあはせになりにけり
「この連歌、他人《こと》付くべからず」と申しければ

裏返りたる人の心は
(『聞書残集』)

世捨て人同士が背中をくっつけ合って連歌をしているさまは、ほとんど俳画にでもなりそうである。「この連歌、他人付くべからず」と言ったのは、難しい前句にどう付けるか見てやろうという気持で西行を名指ししたのであろう。「心は通いあっているのに背中合せになってしまったね」という前句に、西行は「裏切った人の心はそんなものだよ」と付けた。もとより冗談なのだが、皮肉っぽい味わいがある。白楽天は「天《モ》可《シ》レ度《ル》」という詩で、

海底《ノ》魚兮天上《ノ》鳥　高《キモ》可《ク》レ射《ル》兮深《キモ》可《シ》レ釣《ル》
唯有《リ》二人心《ノミ》 相対《スル》時　咫尺之間《モ》不《ル》レ能《ハ》レ料《ル》

と、人の心の量り難さを嘆じている。「重代の勇士」とされる西行も、表面的な感情表現の裏に働く人の心をつい洞察したくなる、決して単純素朴とは言えない人間だったのではないだろうかという想像は、このような言い捨てに近い連歌からも窺える。

高野の西行から大原の寂然へ送った十首と、それへの返歌も楽しい。

入道寂然、大原に住み侍りけるに、高野よりつか
はしける
山深みさこそあらめと聞えつゝ音あはれなる谷の川水　(一一九八)
山深み槙の葉分くる月影ははげしきもののすごきなりけり　(一一九九)
山深み窓のつれづれとふものは色づきそむる櫨《はじ》の立枝　(一二〇〇)

山深み苔のむしろのうへにゐてなに心なく鳴くましらかな　（一二〇一）
山深み岩にしだるゝ（したたるカ）水ためむかつがつ落つる橡《とち》拾ふほど　（一二〇二）
山深みけぢかき鳥の音はせでものおそろしきふくろふの声　（一二〇三）
山深み木《こ》暗き峯のこずゑよりものものしくも渡るあらしか　（一二〇四）
山深み榾《ほた》伐るなりと聞えつゝところにぎはふ斧の音かな　（一二〇五）
山深み入りて見と見るものはみなあはれもよほすけしきなるかな　（一二〇六）
山深みなるゝかせぎのけぢかさに世に遠ざかるほどぞ知らるゝ　（一二〇七）

返し　寂然

あはれさはかうやと君も思ひやれ秋暮れがたの大原の里　（一二〇八）
ひとりすむおぼろの清水ともとては月をぞ澄ます大原の里　（一二〇九）
炭竈のたなびくけぶりひとすぢに心ぼそきは大原の里　（一二一〇）
何となく露ぞこぼるゝ秋の田に引板《ひた》引き鳴らす大原の里　（一二一一）
水の音は枕に落つるこゝちして寝覚めがちなる大原の里　（一二一二）
あだに吹く草のいほりのあはれより袖に露おく大原の里　（一二一三）
山風に峯のさゝ栗はらはらと庭に落ちしく大原の里　（一二一四）
ますらをがつま木にあけびさしそへて暮るれば帰る大原の里　（一二一五）
むぐらはふ門《かど》は木の葉にうづもれて人もさし来《こ》ぬ大原の里　（一二一六）

　もろともに秋も山路も深ければしかぞかなしき大原の里　（二二七）

西行は十首のすべてを「山深み」という初句で揃えれば、寂然は十首ながら「大原の里」の結句で応和する。それが既に言葉遊びとなっているのだが、歌の内容も実に口軽で、誹諧歌に類するものである。素材的に注目されるものにだけ、少々触れておく。

「櫨の立枝」の作例はこれ以前に藤原仲実《なかざね》の、

　もずのゐるはじの立枝のうすもみぢたれわが宿の物と見るらむ　（『金葉集』秋）

という歌が知られている。

「苔のむしろのうへに……鳴くましら」は、あるいは『和漢朗詠集』猿の、

　暁峡ニ蘿《こけ》深ウシテ　猿一《ひとたび》叫ブ　大江朝綱《あさつな》

という句と関係があるかもしれない。

「橡拾ふ」というのはめずらしい。今でも鞍馬あたりでは橡の実で橡餅を作ったりするから、ここでも遊び半分に拾っているのではないだろう。「水ためむ」というのは、橡の実のあく抜きのためにさらす水を溜めようということではないか。

寂然の「おぼろの清水」や「炭竈」の歌は、大原の隠者達の大先輩良暹《りようせん》の名歌を意識したものである。

　ほどへてや月も浮かばむ大原やおぼろの清水すむ名ばかりに　（『後拾遺集』雑三）

　大原やまだ炭竈もならはねばわが宿のみぞけぶり絶えたる　（『詞花集』雑下）

西行は寂然に伴われ大原の良暹の旧跡というのも訪れている（『聞書残集』、『山家集』一〇四七）。

この軽妙な贈答は思いの外後生達に深く印象づけられたらしい。慈円の初期の作、

山深みたれまたかゝるすまひして真木の葉分くる月を見るらむ　(『千載集』雑上)

山深みなかなか友となりにけりさ夜ふけがたのふくろふの声　(『拾玉集』)

柴栗の色づく秋の山風にこずゑを散らぬ木の葉猿かな　(同)

などはほとんど疑いなくこの贈答歌の影響下に成ったものであろう。ことに『拾玉集』の二首は西行勧進の「御裳濯《みもすそ》百首」(「二見浦百首」「伊勢百首」とも)なる試みでの詠であったから、主催者西行への挨拶の意味でも、あえて模倣したことは確かだと思う。

また、先にも堀河とのほととぎすの贈答歌で言及した『方丈記』には、「峰のかせぎの近く馴れたるにつけても、世に遠ざかるほどを知る。……おそろしき山ならねば、ふくろふの声をあはれむにつけても、山中の景気、折につけて尽くることなし」という。これらにも先の西行の歌が影を落していることは、『方丈記』の諸注が指摘しているごとくである。

ということは、寂然とのこのたわむれ歌めいたやりとりに、山家の趣があまりにもよく盛り込まれているために、後続の草庵作家達がそれにならったということだろう。もとより素材や表現だけでなく、こういう往返をせずにはいられない山里人同士のいたたまれないほど人恋しい心も、彼等には痛いようにわかっていたのだろうと想像する。

寂然が高野を訪れたこともある。

秋の末に、寂然高野に参りて、暮の秋に寄せて思ひを述べけるに

馴れ来にし都もうとくなりはててかなしさ添ふる秋の暮かな　（一〇四五）

寂然、紅葉の盛りに高野に参りて出でにけり。又の年の花の折に申しつかはしける

もみぢ見し高野《たかの》の峯の花ざかりたのめぬ人の待たるゝやなに　（一〇七四）

返し

ともに見し峯のもみぢのかひなれや花のをりにも思ひ出でける　（一〇七五）

寂然入道、大原に住みけるにつかはしける

大原は比良《ひら》の高嶺《たかね》の近ければ雪ふるほどを思ひこそやれ　（一一五五）

返し

思へたゞ都にてだに袖さえし比良の高嶺の雪のけしきを　（一一五六）

花につけ、紅葉につけ、そして雪につけ、西行は遥か隔たって住む寂然を想う。ともに愛《め》で賞した花紅葉とともに思い出す。すると南の高野から北の大原まで、これらの歌草が文使いに託されてはるばる送られたのだった。切手一枚で、さらには電話一本で用の足りる現代ではない。「家富み」という『台記』の記述もふと思い出され、捨て聖となったのちにも、このようないわば贅沢な遊びが可能な西行の精神・物質両面での余裕のほども窺われる。が、何よりもまず友へのやさしさを思うべきであろう。「馴れ来にし」の歌は『山家心中集』に、「大原は」の詠は自歌合の『御裳濯河歌合』に自撰されている。後者についての俊成の判詞は「ただ言葉にして、心あはれ深し」。西行が寂然との交際で得た自作を大切に思っていたらしいことが想像される。

寂然の側ではどうだろうか。彼も西行同様少なくとも三、四種類の家集を今に伝えている歌人である。しかし、右のうち見出されるのは「大原は」「思へただ」の一組だけである。寂然の家集には断簡としてのみ伝わるものもあり、散佚した作品も少なくなかったであろうが、あるいは彼は、西行が二人の交友を大事に思うほどには大切に感じていなかったのかもしれない。

その寂然の兄に想空(相空)という人がいた。為盛《ためもり》の法名かともいわれている。この人がなくなった時、なぜか西行は弔問をしていない。寂然はそのことを薄情ではないかと恨んで、歌を送ってきた。

兄の入道想空はかなくなりにけるを、とはざりければ、いひつかはしける　寂然

とへかしな別れの袖に露しげきよもぎがもとの心ぼそさを　(八三三)

待ちわびぬおくれ先立つあはれをも君ならでさはたれか問ふべき　(八三四)

別れにし人をふたゝびあとを見ば恨みやせまし問はぬ心を　(八三五)

いかがせむあとのあはれは問はずとも別れし人の行方たづねよ　(八三六)

なかなかに問はぬは深きかたもあらむ心浅くも恨みつるかな　(八三七)

返し

分け入りてよもぎが露をこぼさじと思ふも人を問ふにはあらずや　(八三八)

よそに思ふ別れならねばたれをかは身よりほかには問ふべかりける　(八三九)

へだてなき法《のり》の言葉に便りえてはちすの露にあはれかくらむ　(八四〇)

なき人をしのぶ思ひのなぐさまばあとをも千度《ちたび》問ひこそはせめ　(八四一)
御法《みのり》をば言葉なけれど説くと聞けば深きあはれは問はでこそ思へ　(八四二)
　これは具してつかはしける
露深き野べになりゆくふるさとは思ひやるにも袖しをれけり　(八四三)

「分け入りて」「よそに思ふ」での西行の弁明は屁理屈でいかにも苦しい言い抜けといった感じである。儀礼的な挨拶はしたくなかったのだろうと、一応好意的に考えておく。

その行動を考えると西行は頑健なたちだったと想像したくなるが、その彼も時には重病を患っている。

　醍醐に東安寺と申して、理性房の法眼の房にまかりたりけるに、にはかに例ならぬことありて、大事なりければ、同行に侍りける上人達詣《ま》で来合ひたりけるに、雪の深く降りたりけるを見て、心に思ふことありてよみける
たのもしな雪を見るにぞ知られぬるつもる思ひのふりにけるとは
　返し　　　　　　　　　　　　　　　　　　西住上人
さぞな君心の月をみがくにはかつがつよもに雪ぞしきける
　北山寺に住み侍りける頃、例ならぬことの侍りけ

るに、ほとゝぎすの鳴きけるを聞きて

ほとゝぎす死出の山路へ帰りゆきてわが越えゆかむ友にならなむ　（『聞書集』）

「たのもしな」の歌の詞書に見える理性房の法眼というのは、賢覚《けんかく》のことと考えられている。『血脈類集記』によれば、この人は保元元年（一一五六）三月十六日に入寂している。西住が賢覚の法系に連なることも同書から知られる。西行も真言僧だったので醍醐に立ち寄ったのだろうが、右の賢覚の没年から、この「例ならぬこと」は、少なくとも保元元年三月、西行三十九歳以前のことであったと知られる。一方、「ほととぎす」の歌にいう「北山寺」は鞍馬寺とされるが、同寺は天台宗であった。西行の場合宗派の問題をどの程度に考えたらいいのだろうか。

それはさておき、病の床にあった西行を慰め、激励した同行の上人西住の方が先立ってしまった。

同行に侍りける上人、例ならぬこと大事に侍りけるに、月の明くてあはれなりければよみける

もろともにながめながめて秋の月ひとりにならむことぞかなしき　（七七八）

同行に侍りける上人、終りよく思ふさまなりと聞きて、申し送りける　寂然

乱れずと終り聞くこそうれしけれさても別れはなぐさまねども　（八〇五）

返し

この世にてまたあふまじきかなしさにすゝめし人ぞ心乱れし　（八〇六）

とかくのわざ果てて、あとのことども拾ひて、高

野へ参りて帰りたりけるに　　　　寂然
入るさには拾ふ形見も残りけり帰る山路の友は涙か　(八〇七)
返し
いかにとも思ひ分かずぞすぎにける夢に山路をゆく心地して　(八〇八)
高野山にあなたが入山する時には、なき西住の形見として拾った遺骨と一緒でしたが、すべてが終って京の都へ帰ってくる山路の友となったものは、涙だったのでしょうか。
返事
いやどのようにとも区別もつかぬまま過ぎてきました。まるで夢の中で山路を辿りゆく心地がして。

これらも西行にとって大事な歌で、すべて『山家心中集』に選ばれている。そして、俊成は「もろともに」「乱れずと」「この世にて」の三首を『千載集』に選び入れた。

西住も思い出を多く残して先立った友であった。『山家集』には、高野にとどまっていた西行が出京した西住を恋しがっている歌がある。

高野の奥の院の橋の上にて、月明かりければ、もろともにながめ明して、その頃西住上人京へ出でにけり。その夜の月忘れがたくて、また同じ橋の月の頃、西住上人のもとへいひつかはしける
こととなく君恋ひわたる橋の上にあらそふものは月の影のみ　(一一五七)

返し　　　　　　　　　　　　　　　　　　西住

思ひやる心は見えで橋の上にあらそひけりな月の影のみ　(一一五八)

おそらくこのような贈答歌にヒントを得て、友のいないさびしさに西行が人骨を拾い集めて人間を作ったなどという奇怪な話が『撰集抄』で形成されるのであろう。しかし、そのことはまたあとで触れる。

ともかくこれらの歌の詞書などから、中年頃の西行は高野山を主たる生活の場として、時折都へ出ていたのだろうと思われる。

そのような状態が続いていた保元元年(一一五六)七月二日、たまたま高野を下山して出京した西行は、在俗の昔の主鳥羽法皇の晏駕《あんが》に際会した。

保元の乱

サテ七月二日御支度ノゴトク、鳥羽ドノニ安楽寿院トテ御終焉ノ御堂御所シオカセ給タリケルニテウセサセ給ニケリ。（『愚管抄』巻四）

父鳥羽法皇の臨終を見とりに御幸した崇徳院は内へ入れられなかった。法皇の指示に従った近臣が沮《はば》んだのである。怒った新院は帰途、参り合せた平親範《ちかのり》が下車しなかった無礼を咎めてその目を打ちつぶしたという噂がぱっと立った。これはデマで、実は親範があわてて下車する際に車の簾の竹が抜けて、それでまぶたを突くという怪我だったのだが、鳥羽法皇は最後の寵人「土佐殿トイヒケル女房」が「新院ノ、チカノリガ目ヲウチツブサセタマヒタリト申アヒ候」というのを聞いて「御目ヲキラリトミアゲテヲハシマシタリケルガ、マサシキ最後ニテヒキイラセタマイニケリ」という（『愚管抄』）。あまりにも悲劇的な父子の別れであった。鳥羽法皇は新院を自らの子とは思っていなかったのである。

待賢門院は、白川院御猶子の儀にて入内せしめ給ふ。その間法皇《(白河)》密通せしめ給ふ。人皆これを知るか。崇徳院は白川院御胤子と云々。鳥羽院もその由を知ろし食して、「叔父子」とぞ申さしめ給ひける。これに依りて大略不快にて止ましめ給ひ畢んぬと云々。鳥羽院最後にも惟方《これかた》（時に廷尉佐）を召して、「汝ばかりぞと思ひて仰せらるるなり。閉眼の後、あな賢《かしこ》、新院にみすな」と仰事ありけり。案の如く新院「見奉らむ」と仰せられけれど、「御遺言の旨候」とて掛廻り入れ奉らずと云々。（『古事談』第二）

車馬がおどろおどろしく鳥羽殿へ急ぐ保元元年（一一五六）七月二日、西行は折しも高野を出て都にいたのである。

一院《（鳥羽）》かくれさせおはしまして、やがての御所へ渡しまゐらせける夜、高野より出で逢ひて参りあひたりける、いと悲しかりけり。こののちおはしますべき所御覧じはじめけるそのかみの御供に、右（徳大寺）大臣実能《さねよし》、大納言と申しける、候はれけり。忍ばせおはしますことにて、また人候はざりけり。その御供に候ひけることの思ひ出でられて、をりしも今宵に参りあひたる、昔今のこと思ひ続けられてよみける

こよひこそ思ひ知らるれ浅からぬ君に契りのある身なりけり　（七八二）

御大葬の今宵こそ思い知られた。なき法皇には浅からぬ宿縁のあるわが身だったのだ。在俗の昔御検分の御供をした安楽寿院の御墓所への御葬列に、たまたま高野から出京して参りあわせたとは……。

をさめまゐらせける所へ渡しまゐらせけるに

道かはるみゆきかなしきこよひかなかぎりのたびと見るにつけても　（七八三）

同じく御幸と申しても、あの世への今宵の御葬送の御幸は悲しいなあ。これが法皇を拝する最後の折と思うにつけ。

保元の乱はこの直後に、起こるべくして起こった。内乱の経緯は『愚管抄』『保元物語』に譲り、ここには大正十五年初版東京大学史料編纂所編纂『史料綜覧』の見出しだけを抜書きしておく。

七月

五日、検非違使ニ勅シテ、武士ノ京師ニ入ルヲ禁ゼシム、

六日、左衛門尉平基盛、源親治ヲ捕フ、

八日、鳥羽天皇ノ御仏事ヲ、安楽寿院ニ修ス、是日、諸国ニ勅シテ、忠実、頼長ノ徴発ニ応ズルコトナカラシメ、又源義朝等ヲ遣シテ、頼長ノ東三条第ヲ収メシム、

九日、上皇、竊ニ鳥羽田中殿ヨリ、白河前斎院御所ニ御幸アラセラル、

十日、上皇、兵ヲ白河殿ニ集メ給フ、禁中亦、兵ヲ召シテ、戦ヲ議セシム、

十一日、彗星、東方ニ見ハル、将軍塚鳴動ス、

清盛、義朝等ヲ遣シテ、白河殿ヲ攻メシメ、三条殿ニ行幸シテ、兵乱ヲ避ケ給フ、白河殿陥ルニ及ビテ、還御アラセラル、……関白忠通ノ氏長者ヲ復シ、清盛、義朝ニ昇殿ヲ聴シ、義朝ヲシテ、父為義ヲ捕進セシム、

十二日、反徒ヲ追捕ス、

「主上上皇の御国争ひ」(『保元物語』)に敗れた新院は如意山に逃げ入って山中をさまよった末、市中のゆかりある人々の家によるべを求めるが、かくまう者はいなかった。ここで少々『保元物語』に語らせよう。

世界広しといへども、立ち入らせ給ふべき所もなし。五畿七道も道狭くて、御身を寄すべき陰もなく、東西南北塞《ふた》がりて、御幸なるべき所もなし。（中略）山中にて水きこしめしつるばかりなれば、とかくして知足院の方へ御幸なしたてまつり、あやしげなる僧坊に入れまゐらせて、重湯《おもゆ》などをぞ勧めたてまつりける。上皇これにてやがて御髪《ぐし》下ろさせ給ひければ、家弘《いへひろ》ももとゞり切りてけり。「かくては遂にあしかりなん。いづくへか渡御あるべき」と申せば、「仁和寺へこそ行かめ。それもよも入れられじ。ただ抑へて輿をかき入れよ」とありしかば、御室へこそなし奉れ。（中略）

新院は御室を頼みまゐらせられて入らせ給ひしかども、門跡には置き申されず、寛遍法務が坊へぞ入れまゐらせられける。御室は五の宮にてわたらせ給へば、主上にも仙洞にも、御弟にておはしましけり。このよし五の宮より内裏へ申されたりければ、佐渡式部大夫重成《しげなり》をまゐらせられて、院を守護したてまつられけり。余りの御心うさにや、御心のとゞまることはましますまじけれども、かくぞおぼしめし続けける。

思ひきや身をうき雲になしはててあらしの風にまかすべしとは

うきことのまどろむほどは忘られてさむれば夢のこゝちこそすれ　（古活字本『保元物語』巻中）

新院が仁和寺に入ったのは軍敗れて二日後の十三日のことである。

西行はその仁和寺に駆けつけた。空には十三夜の月が美しく澄んでいた。

世の中に大事出で来て、新院あらぬさまにならせおはしまして、御髪《みぐし》おろして、仁和寺の北院におはしましけるに参りて、兼賢阿闍梨《けんげん》出で会ひたり。

月あかくてよみける

かゝる世に影もかはらずすむ月を見るわが身さへうらめしきかな　(一二二七)

このようなひどい世の中に、光も変らぬ美しさで澄んでいる月を見るこの身さえもうらめしく思われます。

仁和寺の北院は喜多院とも書く。『保元物語』で新院の警護に当っていたという佐渡式部大夫重成は、先に西住の俗縁で言及した源季貞と同門の清和源氏で、季貞の父季遠と重成がいとこ同士という関係である。兼賢阿闍梨はもと高野山に住していたが仁和寺に入って出世した人で、『山家集』にはそのことを痛烈に皮肉った歌(九一九)もある。おそらくそのような知合いのいたことが警護厳重な仁和寺に近付きえた理由であろう。

崇徳院については、さまざまな思い出があったに違いない。その一つに、「ゆかりありける人」がこうむった院勘を取りなして赦してもらったことがある。

ゆかりありける人の、新院の勘当なりけるを赦したぶべきよし申し入れたりける御返事に

最上川《もがみがは》綱手引くとも稲舟《いなふね》のしばしがほどはいかりおろさむ　(一二二三)

御返したてまつりける

強く引く綱手と見せよ最上川その稲舟のいかりをさめて　(一二二四)

かく申したりければ、赦したひてけり

先に言及した鳥羽法皇臨終の際、怒って親範の目を打ってつぶしたなどというデマが流れるほど、烈しい気象、強

い性格の帝王であった。その烈しさ、強さは、かの『小倉百人一首』の、

瀬を早み岩にせかるゝ滝川のわれても末にあはむとぞ思ふ　（『詞花集』恋上）

という恋歌にも窺われる。おそらくそれは鳥羽法皇にも、また曾祖父であってしかも実の父とされる白河法皇にも通ずるものであったのだろう。そして時にはそれが近臣を勘当するという形で爆発することもあったとみえる。

勅とかや下《くだ》すみかどのいませかしさらばおそれて花や散らぬと　（一〇六）

浪もなく風を治めし白河の君のをりもや花は散りけむ　（一〇七）

と白河院政への憧憬を隠そうとしない西行にとって、それは魅力的であったと思う。おそらく西行自身は怒りを爆発できない内向的な性格の人間であっただろうから、自身とは反対の性格に惹かれもしたのではないか。その新院は同母弟後白河天皇の名において、七月二十三日、讃岐へ配流された。

言葉の情を解する君だったという思いをしまっておくことができなくて、友人の寂然に言い送る。

讃岐におはしましてのち、歌といふことの世にいと聞えざりければ、寂然がもとへいひつかはしける

言の葉のなさけ絶えにしをりふしにあり逢ふ身こそかなしかりけれ　（一二三八）

返し　　寂然

しきしまや絶えぬる道に泣く泣くも君とのみこそあとをしのばめ　（一二三九）

そして讃岐へも、つてを求めて書き送った。

讃岐にて御心ひきかへて、後の世の御勤めひまなくせさせおはしますと聞きて、女房のもとへ申しける、この文を書き具して、若人不瞋打、以何修忍辱

世の中をそむくたよりやなからまし憂きをりふしに君あはずして　(一二三〇)

　憂い世の中を厭離するきっかけがなかったでしょう。もしもこのような憂くつらい世の乱れにわが君が際会されることがなければ。

　これもついでに具してまゐらせけれ

あさましやいかなるゆゑのむくいにてかゝることしもある世なるらむ　(一二三一)

ながらへてつひに住むべき都かはこの世はよしやとてもかくても　(一二三二)

まぼろしの夢をうつゝに見る人は目も合せでや世をあかすらむ　(一二三三)

　かくてのち、人のまゐりけるに付けてまゐらせける

その日より落つる涙を形見にて思ひ忘るゝ時のまもなし　(一二三四)

　かへし　　　　　　　　　　　　　　女房

目の前に変りはてにし世の憂さに涙を君も流しけるかな　(一二三五)

松山の涙は海に深くなりてはちすの池に入れよとぞ思ふ　(一二三六)

波の立つ心の水を沈めつゝ咲かむはちすを今は待つかな　（二三七）

新院讃岐におはしましけるに、便りにつけて女房

のもとより

水茎《みづぐき》のかき流すべきかたぞなき心のうちは汲みて知らなむ　（一二三六）

返し

ほど遠みかよふ心のゆくばかりなほかき流せ水茎の跡　（一二三七）

文に書いて過去のつらい思い出をさっぱり洗い流してしまいようもない。言うに言われぬわたしの心の内は汲み取ってほしい。

返事

讃岐からわたくしの所までの道のりは遠いので、その遠くから通わせられるお心の晴れるまで、何もかもお書きになってください。お書きになることによってこだわりを洗い流してください。

「女房」は、新院その人と考えられる。前後の叙述からは、女房を介しての消息とも、女房という形をとっての宸筆の消息とも、どちらにも解されるが、本質的な違いはないであろう。

讃岐との往反はなおも続く。

又、女房つかはしける

いとゞしく憂きにつけても頼むかな契りし道のしるべたがふな　（一二三八）

かゝりける涙に沈む身の憂さを君ならでまたたれか浮かべむ　（一二三九）

返し

頼むらむしるべもいさや一つ世の別れにだにもまどふ心は　(一二四〇)

流れ出づる涙にけふは沈むとも浮かばむ末をなほ思はなむ　(一二四一)

悔恨のうちに書写した五部の大乗経典を京に入れることすら拒まれたという新院は、瞋恚《しんい》の炎に燃え、妄執の涙にまさに沈もうとしていた。西行は新院の皇子宮法印元性法印とも近かったから(『山家集』九一六、一〇八四・一〇八五)、新院の讃岐での動静も何かと耳に入ったことであろう。

しかし、院の在世中西行がその配所を訪れた形跡はない。『発心集』その他で、配所まではるばる下ったと語られているのは、蓮如(蓮誉、蓮妙とも)という、もと陪従だった人物である。

讃岐の松山に　松の一本ゆがみたる　もぢりさのすぢりさにそねうだる　かとや　直島の　さばかんの松をだにも直さざるらん　(『梁塵秘抄』巻二)

と今様に諷された讃岐の松山は、西行にとって重く響く地名となって心を去らなかったであろう。

『古事談』に語るような、崇徳院の誕生にまつわる秘話は、「人皆これを知るか」というのだから、おそらく西行も聞き知っていたと思われる。史学の説明は他のさまざまな史的条件に内乱の要因を求めるかもしれない。しかし西行はこの乱れを自身親愛していた多くの人々の心の罪のもたらしたものと解し、これを契機として、いよいよ人の心に萌す罪、生身の犯す罪、要するに人間の存在することの罪の深さを思うようになったのではないだろうか。

船岡・鳥辺野・六道の歌

内乱を経験して人の心の罪を思うこと多かった西行は、人の死や来世をどのような歌の形で表現しているか。以下、出家者の立場で詠まれたそのような釈教歌の類をところどころ読む。もっとも、詠まれた時期は大部分不明である。保元の乱以前の作も混っているかもしれない。

永万二年（一一六六）一月十日、貴族社会の名流婦人が世を去った。平治の乱で横死した信西《しんぜい》（少納言入道藤原通憲《みちのり》）の未亡人従二位朝子、世に紀伊二位と呼ばれた人である。彼女は後白河院の乳母であった。その没した年月日は所生の息子成範《しげのり》（桜町中納言、小督局《こごうのつぼね》の父）や脩範《ながのり》（修憲）がこの時服解（服喪のため解官される）し、まもなく復任している（『公卿補任』）ことから知られる。

西行は人々とともに追悼歌十首を詠じた。そのうち若干を掲げてみる。

院の二位の局みまかりけるあとに、十首歌人々よみけるに

流れゆく水に玉なすうたかたのあはれあだなるこの世なりけり　（八一七）

船岡の裾野の塚の数そへてむかしの人に君をなしつる　（八二〇）
あらぬ世の別れはげにぞうかりける浅茅が原を見るにつけても　（八二一）
あとしのぶ人にさへまた別るべきその日をかねて散る涙かな　（八二六）
　あとのことども果てて、散り散りになりけるに、
成範、修憲涙流して、「今日にさへまた」と申し
けるほどに、南面の桜に鶯の鳴きけるを聞きてよ
みける
さくら花散りぢりになるこのもとになごりををしむうぐひすの声　（八二七）
　返し　　　　　　　　　　　　　　　　　　　　少将修憲
散る花はまた来む春も咲きぬべし別れはいつかめぐり逢ふべき　（八二八）
西行は先の「船岡の」の作について自負していたらしい。『山家心中集』にはこの十首から三首を抽いているが、この作はその中に入っている。そしてさらに、同集の跋文に次のように書き付けている。
二位局のあとの歌に、船岡とよみたること侍り。その折の人の歌に、鳥辺野とよまれたることの侍りしを、「船岡にてこそとかくのことは侍りしに、鳥辺野とはいかに」と申し侍りしかども、苦しかるまじきよしにてやみ侍りにき。その鳥辺野の歌は集に入りて侍るとかや。「沖つ白波立田山」と申すことも侍れば、白波、緑の林、同じさまのことにて、これも船岡、鳥辺山一つ筋にてさるべきことかと尋ねまほしく覚ゆれば、かく申すなり。
「その鳥辺野の歌は集に入りて侍るとかや」というので当ってみると、問題の歌はどうやら、

母の二位みまかりてのちによみ侍りける　　　　民部卿成範

鳥辺山思ひやるこそかなしけれひとりや苔の下に朽ちなむ　（『千載集』哀傷）

であるように思う。と言っても『山家心中集』の成立は『千載集』に先行するから、跋文にいう「集」は『千載集』ではなくて、打聞《うちぎき》(私撰集)の類であろう。

ともかく故人の息成範が、故人の葬地は船岡であったにもかかわらず、鳥辺野を詠んだのである。西行は、それは事実と違うではないかと異議を唱えたけれども、問題ないということでうやむやになってしまった。あまつさえ、後年それは「集」にまで入れられたと聞いて、釈然としない西行は、とんでもない例を引合いに出してくる。つまり、『伊勢物語』二十三段、「筒井筒」の歌物語で知られる、

風吹けば沖つ白波たつた山よはにや君がひとり越ゆらむ　（『古今集』雑下、読人しらず）

の古歌での「沖つ白波」は盗人を意味するという説があるのだが、その「白波」も「緑の林」もともに盗賊の異名であるのと同じく、船岡も鳥辺山も葬送地の普通名詞と解してよいのだろうかと言うのである。

西行は一つの表現にこだわっている。それが現実体験に即した歌であるがゆえに、その事実との喰い違いにこだわっている。西行自身、いくらも題詠歌を詠んでいる。「恋百十首」ではわが身を女に変身させて歌っている。けれども、切実な現実体験に即した歌の場合、そこに虚構の入り込むことには我慢がならなかったのではないだろうか。更にそのような作が評価される「歌壇なるもの」に不信の念を禁じえなかったのではないだろうか。

とにかく、この跋文は面白い。

船岡・鳥辺野の別にこだわる西行は、非常にしばしば野辺送りの歌を詠んでいる。

鳥辺野を心のうちに分けゆけばいぶきの露に袖ぞそぼつる　(七五七)

「いぶきの露」は「息吹きの露」かというが、よくわからない。「ゆふき」、「いそち(五十)」などの本文もある。

はかなしやあだにいのちの露消えて野べにわが身や送りおくらむ　(七六四)

鳥辺山にてとかくのわざしける煙《けぶり》なかより、夜更けて出でける月のあはれに見えければ

鳥辺野や鷲の高嶺の裾ならむけぶりを分けて出づる月影　(七七六)

この日本の都の東、鳥辺野は、中印度摩掲陀《まかだ》国王舎城の東北、霊鷲山の山裾なのだろうか。荼毗《だび》の煙を分けるようにして、赤みを帯びた月が出た。

ゆかりありける人はかなくなりにけり、とかくのわざに鳥辺山へまかりて帰りけるに

かぎりなくかなしかりけり鳥辺山なきを送りて帰る心は　(七九〇)

無常の歌あまたよみける中に

いづくにかねぶりねぶりて倒れ伏さむと思ふかなしき道芝の露　(八四四)

なきあとをたれと知らねど鳥辺山おのおのすごき塚の夕暮　(八四八)

波高き世を漕ぎ漕ぎて人はみな船岡山をとまりにぞする　(八四九)

死にて伏さむ苔のむしろを思ふよりかねて知らるゝ岩蔭の露　(八五〇)

露と消えば蓮台野にを送りおけ願ふ心を名にあらはさむ　(八五一)

西行に仮託される説話集『撰集抄』の巻五に、友達の聖が出京してしまったので寂しくてしかたがない西行が、広野で人骨を編み連ねて人を造ったけれども、それは色も悪く、心もない代物だった。声は出すが「吹き損じたる笛」のごとくであったので、高野の奥の人も通わぬ所に置いてきたという、荒唐無稽も極まれりという話がある。この話は中世を通じて顕著であると思われる白骨への関心を物語る一つの事例として、かねてから面白いと考えているのだが、繰り返し繰り返し野辺送りの悲しみを歌う西行は、人の死というものを単に観念として理解していただけではなく、生身が焚き木として燃え尽きて塵灰となる変化の相として、乃至は不浄な肉身が爛壊し、やがてきれいな白骨と化す過程として、まざまざと凝視しえた人であると思う。彼はその点で『閑居友』などに語られる、不浄観を行う僧にも近いものがある。そのような西行は、ああいった奇怪な話が付加されてゆく一種の必然性を、その行動の中に蔵しているのではないか。

生身が変化する相を凝視する西行は、さらに罪深い心の報いとしての輪廻転生を切実な問題として考える。考えるだけでなく、おそらく人々にも説いたであろう。『山家集』巻中には「六道歌」という作品群が存する。

六道歌よみけるに、地獄

罪人《つみびと》のしぬる世もなく燃ゆる火のたきゞなるらむことぞかなしき　（八九七）

罪人が安らかな死に就く期もなく、地獄に炎々と燃える業火の薪となるのだろうと思うと、悲しい。

本文に問題のある歌である。陽明文庫本の第二句は「しぬるよもなく」、六家集板本では同じ箇所を「しめるよもなく」、いわゆる『別本山家集』でも「しめる世もなく」とする。六家集本に拠った新註国文学叢書『西行歌集 上』

やその改編本『山家集類題』に基づく岩波文庫本が「しめるよもなく」とするのは当然であるが、「日本古典全書」や「日本古典文学大系」でも、底本の本文を斥けて、板本によって校訂し、「しめる世もなく」としている。それは「水で火が消える」(古典大系頭注)と考えているからである。そしてあるいはその背後には、地獄に堕ちた罪人は既に死んでいるのだから、「しぬる世もなく」は不合理だという現代的な感覚が暗に働いているのかもしれない。けれども、地獄とは罪人が獄卒のために幾度となく殺されては生き返らせられるという責苦が無限に続く世界なのである。西行は別の機会にも歌っている。

塵灰にくだけはてなばさてもあらでよみがへらする言の葉ぞうき　(『聞書集』)

その「よみがへらする言の葉」というのは、狂言の「磁石」ではすっぱが死んだふりをしている若い男に対して「活々の文を唱へ、磁石が上をあちらへはひらり、こちらへはひらり、ひらりひらりとひらめかし」と謡う、「活々」という呪文である。『往生要集』にも言う。

或は獄卒、手に鉄杖・鉄棒を執り、頭より足に至るまで、遍く皆打ち築くに、身体破れ砕くること、猶し沙揣《しゃだん》の如し。(中略)獄卒、鉄叉を以て地を打ち、唱へて「活々」と云ふと。(巻上、等活地獄)

それゆえ、ここは「しぬる世もなく」の本文に就くべきである。

唯心房寂然の家集にも「十法界」を詠じた作品があって、そこで「地獄」は、

心からおのがつみおくたきぎもてこりねと身をも焼くほむらかな　(『唯心房集』)

と歌われている。「つみ」は「積み」と「罪」の、「こりね」は「樵《こ》り」と「懲り」の掛詞と、技巧の勝った作だが、西行の作と似た発想で、『往生要集』や『地獄草紙』に通うむごたらしい世界が歌われている。

それが、後の実朝になると、

思フ㆓罪業ヲ㆒歌

ほのほのみ虚空に満てる阿鼻《あび》地獄ゆくへもなしといふもはかなし　（『金槐和歌集』雑）

と、歌の表現の上では黒くやせこけた姿で獄卒にさいなまれる罪人の姿を消して、ただ一面の火焔を描き出す。恐ろしいのはむしろこの地獄描写であろう。これに比べると西行や寂然の歌いぶりはいわば説経師風、絵説き法師風であると思う。

餓鬼

朝夕の子をやしなひにすと聞けば苦《く》にすぐれてもかなしかるらむ　（八九八）

餓鬼道では朝夕生んだ自分の子をわが身を養うための食物にすると聞いているので、多くの苦の中でもきわだって苦しく、悲しいことだろう。

この歌では第四句「くにすくれても」の解釈が分かれる。「日本古典文学大系」「新潮日本古典集成」は「国すぐれても」と宛てる。「苦に」とするのは新註国文学叢書『西行歌集　上』、『別本山家集』も同様の表記である。「供《く》にすぐれても」とし「いくらうまい食いものでも」（『西行山家集全注解』）と解するのは、西行の心からほど遠いと思う。三十六種の餓鬼道のうち、二十四番目の婆羅婆叉というのが小児を食う餓鬼道であるという。ゴヤの「黒い絵」のうちの、息子を食い殺すサトゥルスが思い起こされる。寂然もこのようなあさましい餓鬼の苦しみは歌わなかった。けれども、『往生要集』や平康頼《やすより》、法名性照《しょうしょう》の編とされる『宝物集』にはこの種の餓鬼道の苦患も語られている。

或は鬼あり。昼夜におのおの五子を生むに、生むに随ひてこれを食へども、なほ常に飢ゑて乏し。（『往生要集』

巻上）

或いは自ら脳《なづき》を破りて食らひ、或いは子を食らひて飢を助く。「我夜生五子、随生皆自食、昼生其亦然、雖尽而不飽」と申すはこれなり。（九冊本『宝物集』第二）

畜生

神楽歌に草取り飼ふはいたけれどなほその駒になることは憂し　（八九九）

神楽歌の「其駒」に歌われているように、草取り飼うのはかわいいが、やはりその馬になることはつらいよ。

神楽歌の「其駒」の「末」は次のように歌われる。

その駒ぞ　や　我に　我に草乞ふ　草は取り飼はむ　水は取り　草は取り飼はむや

この歌を踏まえていることは確かである。

それにしても、「畜生」の題でなぜ馬が選ばれたのであろうか。寂然は同じ題で「鳴く鹿も燃ゆる蛍もあはれなり（『唯心房集』）と歌っている。後の慈円は「馬と牛とをあはれとぞ見る」（『拾玉集』春日百首草）という。

ひょっとして、人を馬にする話がここには影をさしているのではないだろうか。仏典に由来する話だが、『宝物集』に語られている。

安族国の商人は二度父を人になすと云ふは、天竺に国あり。名を安族国と云ふ。かの国の国王、馬を好み飼ひて年月を送る。幾千疋と云ふ事を知らず。余り馬を飼ふ徳至りて、人を馬になす術を知れり。一人の商人、この事を知らず、父を尋ねてかの国の方へ行きて、宿を取りて宿したりけるに、家主教へて云はく、「この国には人を馬になす事侍るなり。馬になされ給ふな。近くも商人の来りしを馬になして侍れ」と語るに、わが父、馬になされにけりと思ひて、心憂く悲しかりければ、事の有様を細かに問ふに、「葉細かなる草あり、ひつはら草と云ふ。その草を食はせつれば、人、馬になるなり。葉広き草あり、しやうはら草と云ふ。その草を馬に食はせつれば、又、馬、人になる」と云ひければ、この事を細かに習ひて、近く商人をなしたる馬の有様を問ふに、「栗毛なる馬の肩に斑有るなり」と云ひければ、家主の教へに任せて行きて見るに、この馬、子を見て泪を流してはためきければ、人目をはからひて、家主の教へに任せて葉広き草を食はせたりければ、人になりたるを、具して本国へ帰りたる事を云ふなり。子なからましかば、生きながら畜生になりてこそ止みなまし。（九冊本、第一）

泉鏡花の『高野聖』みたいな話だが、草が重要な役割りを果している。草を取り飼うことによって馬になったり、人に戻ったりするのである。西行もこの話を知っていたのではないだろうか。なお、『宝物集』ではこの先（第二）でも、「或生驢中の心を」という詞書を有する大僧正覚忠《かくちゅう》（藤原忠通の息。治承元年六十歳で示寂）の、「前の世に法《のり》をやあしとそしりけむ難波堀江にあさる春駒」という歌を引いている。

修羅

よしなしな争ふことを楯にして怒りをのみもむすぶ心は　（九〇〇）

つまらないことだなあ。争うことを宗として瞋恚の種ばかりを作り出している阿修羅の心は。

インドの神話で、阿修羅は須弥山で帝釈天と戦うと語られる。

須弥のうへはめでたき山と聞きしかど修羅のいくさぞなほ騒がしき　（『拾玉集』春日百首草）

人

ありがたき人になりけるかひありて悟りもとむる心あらなむ　(九〇一)

　享けがたい人の身としての生を享けたその甲斐あって、悟りを求めるまともな心があってほしい。寂然も似たような詠み方をしている。

たれもみな常なき世をばいとはなむ心あるをぞ人といふなる　(『唯心房集』)

ともに説経師の口つきである。

天

雲の上のたのしみとてもかひぞなきさてしもやがて住みしはてねば　(九〇二)

　雲の上の楽しみといっても甲斐がない。そんな楽しみを極めてもそのまま住みおおせられないのだから。いわゆる天人の五衰で、天界も永遠の生を約束するものではないのである。『往生要集』や『宝物集』は忉利天《とうりてん》の天人も五衰を現じた後には林間に捨てられ、地獄に堕ちて無量の苦患を受けると語っている。「当《まさ》に知るべし、天上もまた楽《ねが》ふべからざることを」(『往生要集』巻上)。

　以上で六道の歌を終るが、もう一首、能説の説経師に利用されてもおかしくないような歌を読んでみる。

范蠡長男の心を

捨てやらで命をふる人はみなちゞのこがねを持て帰るなり　(七六九)

　この歌も古典を読む難しさと面白さとを十分味わわせてくれる作であろう。

　まず、最初に掲げた本文は校訂本文であることをおことわりしておく。「日本古典文学大系」も「日本古典全書」

「新潮日本古典集成」も、すべて第二句は「命をこふる」とする。これらの翻刻での底本である陽明文庫本が「いのちをこふる」としか読めない字形なのだから、それは当然のことだと、一応は考えられる。一方、六家集板本ではここを「命をおふる」とする。また、松屋本書入れによれば同本は「命ををける」という本文であったらしい。新註国文学叢書本『西行歌集 上』はこの六家集板本を底本とするので、「命を終《を》ふる」という本文を制定している。岩波文庫本は板本の本文に基づく改編本『山家集類題』の翻刻だから、「命をおふる」としている。

一般的に言って訛伝の少なからぬ板本を斥けて比較的すぐれているとされる陽明本に就くのはもっともである。だが、今の場合はどうであろうか。そのことを考えるために、まず「范蠡長男の心を」という詞書から検討する。「日本古典文学大系」の頭注に指摘するように、これは『史記』巻四十一越世家第十一に語られる故事に基づく題である。

呉越同舟で有名な越王勾践《こうせん》の賢臣范蠡《はんれい》は、勾践のために会稽《かいけい》の恥を雪《そそ》いだのち、将軍とされたが、上表して湖に舟を浮かべて去る。そして斉に赴き、長男とともに海畔を耕して富を築く。斉人はその賢なるを聞き相としたが、まもなく彼はそれをも辞して、交通の要衝たる陶に至り、またまた財を成し、自ら陶朱公と名乗った。陶で三番目の男子が生れたが、その子が壮年に達した時、真中の男子が楚の国で人を殺《あや》めて獄に繋がれた。そのことを聞いた朱公は、「人殺しは当然死刑にされる筈だが、「千金之子」は市で刑を執行しないと聞いている」(身代金を払えば赦免されるだろう)と言って、「黄金千溢」を皮製の器に入れ牛車に載せて、末子を楚に遣そうとする。すると、長男は「自分をやらせてほしい」と言う。しかし、朱公は許さない。長男は「それでは面目が立たない」と言って自殺しようとする。朱公の妻が長男のために取り成したので、朱公はやむなく長男を遣すことにする。朱公は昔の知人で現在楚王に仕えている荘生に宛てて書を認め、長男には「楚に行ったならばこの千金を荘生に進めて、その指示に従え。決してさからってはならない」と命ずる。長男は父の持たせた金とは別に自分の金を沢山持って行った。楚の荘生の家は藜藋《れいじょう》に閉された貧屋であった。長男は書を呈し、千金を進めた。荘生は「君は速かにこの国を去れ。留まってはいけない。弟は赦免されるだろうが、そのわけを問うてはいけない」。長男は荘生の許を去ったが、ひそかに留まり、自分が持ってきた金を楚国の政府高官に献じた。荘生は貧乏だが廉直の士で、楚王以下すべての人々に師として尊ばれていた。朱公から贈られた金も受ける心はさらさらなく、ただ朱公への信義のために運動して、事がうまく運んだら返そうと思っていたから、妻にもこの金はそのままにしておけと命じ、楚王にお目通りを願って、星宿が異常だからと、攘災のための恩赦を進言する。国王が恩赦の準備を始めたということは、政府高官を通じて朱公の長男の耳に届いた。長男は「恩赦で弟が出獄するなら、何もわざわざ千金を荘生に贈って無駄に弃てることはない」と思って、再びのこのこ荘生の前に現れた。荘生は驚いて「君はまだこの国を立ち去らなかったのか」と言う。長男は「はい。ところで弟は裁判をやり直しされ、赦《ゆる》されるようですね」と答える。荘生は「こいつはあの金を取り戻したいのだな」と悟って、「自分で部屋に入って、置いてある金を取ったらいい」と言う。長男は金を受け取り、事がうまく運んだと喜んでいた。荘生はこの小僧子にしてやられたことを羞《は》じ、楚王に拝謁を願い出て、「私は街で人々が噂しているのを聞きました。「陶朱公は王の左右の人々に賄賂を贈って殺人を犯した子を救おうとしている。王が恩赦を行うのは楚国の人を憐れんでではなく、朱公の子のためなのだ」と言っております」。王は激怒して、「自分は不徳だが、どうして朱公の子のために仁恵を施そうか」と言って、朱公の子を裁判にかけて殺し、翌日恩赦の令を下した。朱公の長男はついにその弟の死の知らせとともに、陶に帰った。母や邑人《むらびと》はことごとく悲しんだ。ただ、朱公だけは笑って言った。

「私は最初から長男が弟を見殺しにすることを知っていた。彼は弟を愛していないのではない。ただ顧ると我慢できないことがあるのだ。彼は若い時私とともに苦労して、財産を作ることのいかに難しいかを体験している。だから財を弃てることを重大に考えるのだ。末子は私の富を知っている。だからこれを費すことを何とも思わない。最初私が末子を遣そうとしたのは、彼が財をよく弃てられるからだ。長男はそれが出来ない。だから弟を見殺しにする結果となったのだ。これは事の道理だ。悲しむに足らない。私はもとから悲報がもたらされるだろうと思っていた」。人々は朱公を賢人だと感じ入った。

このようにこの故事を辿ってみると、これは宝の持ち腐れという諺にも似た話であると知られる。ところで、人にとっての宝とは何か。西行に言わせれば、それは先の六道歌のうち「人」でも説く「悟りもとむる心」、仏性であろう。それは憂き世を捨てなくては発揮されない。捨てずに生を竟える人はこの宝を持ち腐れする人で、それは范蠡の長男同様だ――そういうことを歌おうとしたのではないか。「命をこふる」の本文によって「恋ふる」と解し、「命を捨て得ずして惜しがる人は」(古典大系)、「この世への執着を捨て切れず命に愛着を持つ人は」(古典集成)ととるのはすっきりしない。「乞ふる(請ふる)」と見なして「命を捨て得ずして、それを乞い願う人は」(『西行山家集全注解』)と訳すのは、「乞ふ」は四段動詞だから語法的に無理であろう。おそらく、「いのちをゝふる」という本文が、一方では「いのちをこふる」と誤られ、他方では仮名遣いは歴史的仮名遣いに統一されているわけではないから、「いのちをおふる」と記されたのであろう。このように考えて、ここでは陽明文庫本ではなく、六家集板本の本文を採り、初めに示したように校訂して読もうとするのである。そうすると、大体次のようなことを歌っているのだと考えられる。

大富豪陶朱公范蠡の長男は殺人罪を犯した弟の命を助けようと黄金千溢を持参して楚国へ赴いたが、金を惜しんだばかりにみすみす弟を見殺しにして、その黄金を空しく陶に持ち帰ったそうだ。ところで、憂き世を捨てきれずにこの世での生をおえる人は、身に備わっている仏性という宝を持ち腐れするのだから、言ってみればこの范蠡の長男と同じことではないか。

一首の意を取ったところで、新たな問題にぶつかる。西行は果して『史記』越世家を読んでいたのだろうか。読んでいたかもしれないが、直接読まなくてもこの故事を耳にする機会はあっただろうと思う。というのは、これまた『宝物集』に語られているからである。

范蠡が子は惜しみて持ちて帰ると云ふは、范蠡が子、罪せられて禁められたるを、兄に千金を持たせて乞請けにやりたりけるに、遥かの道を来ながら、金を惜しさにいたづらに持ちて帰る事なり。（九冊本、巻一）

そしてまた、「范蠡長男」の句は『新撰朗詠集』の詩句に見出されるものでもある。

范蠡《ガ》長男凡草《ハ》老《タリ》　葦賢《ガ》少子《ハ》一藜残《レリ》　大江佐国《すけくに》(上、秋、菊)

『新撰朗詠集』の詩句と西行和歌とには、この他にも重なる場合が一、二ある。『宝物集』と西行和歌とに共通して取り上げられるテーマは少ないとは言えないが、両者の影響関係は軽々しくは言えない。『宝物集』も一筋縄ではいかない作品だし、『山家集』の成立も明らかではない。ただ、この程度のことは言えるだろう。すなわち、我々は北面の武士の出ということで西行の教養を見くびってはならない。そしてまた、平康頼入道性照と佐藤義清入道円位とを同一平面において捉える視点を確保しなければならないということである。『往生要集』などを媒介とする二人の知識教養はかなり類似していたかもしれない。

日の入る、鼓のごとし

浪のうつ音をつゞみにまがふれば入日のかげのうちてゆらるゝ（一四七）

浪が岸を打つ音は太鼓の音かと聞えるものだから、落日の姿も空に懸った鼓が打たれてゆらゆら揺れているように、ゆらめいて見えるのだ。

この歌は『山家集』でも目立たない作の方であろう。

尾崎久弥『類聚西行上人歌集新釈』での評は次のごとくである。「彼の技巧に堕した歌の一。彼には、かゝる内量の少ない歌は、比較的少ない。悲哀を忘れてゐた頃でなくば、かゝる歌（ママ）の歌は出来ぬ。彼自身には、かういふ歌をよめば、胸は安らかであつたらう。（鼓とうつ、うちて、縁語也）」

渡部保『西行山家集全注解』では、右の評の大部分を引いて、「詞書の意もはっきりせぬ」という。

「新潮日本古典集成」はどうかというと、「まるい入日を見て鼓を思い出し、うち寄せる波の音を鼓の音かと聞きまがい、その結果沖の波のため入日がゆらゆら揺れるように見えるのを、波に打たれて揺られていると詠じた歌」と解説している。

歌の意味はまあそんなところだろうが、まず「日の入る、鼓のごとし」という題は何を意味するか、それから考える必要があるだろう。『山家集類題』ではこの歌が「釈教歌」に分類されていることに注意すべきである。これは、浄土三部経のうち、『観無量寿経』に説く十三の観法のうち第一、日想観をさすのである。

云㆓何作㆑想、凡作㆑想者、一切衆生、自㆑非㆓生盲㆒有目之徒、皆見㆓日没㆒。当㆘起㆓想念㆒、正坐西向、諦観㆗於日㆖。令㆓心堅住、専㆑想不㆑移、見㆘日欲㆑没状如㆗懸鼓㆖。既見㆑日已、閉㆑目開㆑目、皆令㆓明了㆒。是為㆓日想㆒、名曰㆓初観㆒。

さて、どのように観想するかというと、一切の生ける者どもは、生まれながらの盲目でないかぎり見ることはできるのであるから、目明きであればみな、太陽の沈むのを見ることができよう。正坐して西に向かい、はっきりと太陽を観るのだ。心をしっかりと据え、観想を集中して動揺しないようにし、まさに沈もうとする太陽の形が天空にかかった太鼓のようであるのを観るのだ。すでに太陽を観終ったならば、その映像が眼を閉じているときにも、眼を開いているときにもはっきりと残っているようにするのだ。これが〈太陽の観想〉であり、〈最初の冥想〉と名づけるのだ。（岩波文庫『浄土三部経』下、一四・四五頁）

中村元『仏教語大辞典』での「鼓《こ》」の項には、「「く」ともよむ。打楽器の種々のものをこの語で翻訳したものらしい。経典には天鼓・金鼓・僧鼓・懸鼓などと表現され、（中略）形状も大小種々で、用材も金・玉・木・石などがあった。わが国では古来、太鼓と桴《ばち》でたたく鼓《つつみ》についで、台付の羯鼓が最も広く行なわれ、太鼓は寺院常用具となった」と解説されている。

ということであれば、この題は日想観の具体的方法をそのまま歌題としたもので、鼓は寺院常用具として鼓楼に懸っていた太鼓を意味すると考えられるのである。

日想観を行うのにふさわしいと考えられていた場所は天王寺である。『拾遺往生伝』に語るところによれば、河内国の僧安助が天王寺に近い地の小堂でこれを行なって往生したという。『新勅撰集』の釈教歌には、天王寺の日想観を詠んだと思われる郁芳門院安芸や定家の姉後白河院京極などの作がある。

天王寺の西門にてよみ侍りける　　郁芳門院安芸

さはりなく入る日を見ても思ふかなこれこそ西の門出なりけれ

老ののち天王寺にこもりゐて侍りける時、物に書き付けて侍りける

後白河院京極

西の海入る日をしたふ門出して君の都に遠ざかりぬる

西行よりのちのことになるが、藤原家隆も日想観を行い、

契りあれば難波の里にやどりきて波の入日をおがみつるかな

など、七首の歌を詠じて、臨終正念のうちに世を去った(『古今著聞集』巻十三、哀傷)。

となると、西行のこの作では、難波の海に沈む夕日などが思い描かれているのかもしれない。

岸打つ浪の音を太鼓の音と聞き紛えるというのは、もとより「日の入る、鼓のごとし」という題にもとづいての趣向だが、それはさほど無理ではないのではないか。歌舞伎の下座で波音は太鼓によって表現される。小刻みに打ってきて、終りに強くドンと打つあの芝居の波音は、海岸の場面に欠かせないものだが、本当にそれらしい感じを与える効果音である。

「入日のかげのうちてゆらるゝ」というのは、もちろん実際にそんなことがあるわけではないが、大きな夕日がまさに沈もうとする時には目の錯覚で、そのようにも見えるのではないだろうか。やや合理的に考えれば、入日がいよいよ水平線に近づくと、入日の真下の海面は当然金色に輝くはずだが、それは水だから黄金の波が寄る。そのゆらめきが真上の入日自体も揺れているように見せるというようなことが考えられないであろうか。テレビドラマのタイトルシーンなどに、円というよりは長楕円形に近い、実に巨大な、まさに海に沈もうとする太陽の映し出されることが

ある。おそらくそのような風景なのであろう。

先に天王寺の日想観に言及したが、天王寺に舞台を取り、盲目の少年が日想観を行うという筋が展開する能の「弱《よろ》法師《ぼし》」に、

シテ〽一セイ東門に、向ふ難波の西の海、

地謡〽入日の影も舞ふとかや。

という句がある。この「入日の影も舞ふ」という箇所は謡曲の注釈の方でもよくわからないらしいが、あるいは西行のこの歌と同じようなことを形容しているのかもしれない。

その「弱法師」で、「思ひのあまりに盲目とな」った俊徳丸《しゅんとくまる》は、

シテ〽ワカ住吉の、松の隙より眺むれば、

地謡〽月落ちかかる、淡路島山と、

シテ〽詠《なが》めしは月影の、

地謡〽詠めしは月影の、今は入日や落ちかかるらん、日想観なれば曇も波の、淡路絵島須磨明石、紀の海までも

見えたり見えたり、満目青山は心にあり、

シテ〽おう、見るぞとよ見るぞとよ。

と興じる。

この歌でも、西行は浪音を鼓楼の太鼓の音と聞き、黄金に輝く落日を西天極楽浄土世界の懸鼓と見て、法悦の世界に恍惚としているのである。それはたあいない子供の見立てにも似て、そのような見立てを思いもよらない現代のわ

れわれに羨望の念を起こさせずにはおかない。
これまで重苦しい歌、心沈む歌を読んできた。これらを無視しては西行を読んだことにならないと思うからである。一方でこのように歌わざるをえないからこそ、西行は花月に陶酔したのだと考えるからである。そして、これらの作があるからこそ、『山家集』の花月の歌は際立つのだと感ずるからでもある。この章の終りに、そのような花月に陶酔している歌を少々掲げておく。

おしなべて花の盛りになりにけり山の端《は》ごとにかゝる白雲 (六四)
花にそむ心のいかで残りけむ捨てはててきと思ふわが身に (七六)
願はくは花のしたにて春死なむそのきさらぎの望月のころ (七七)
風越《かざごし》の峯のつゞきに咲く花はいつ盛りともなくや散りなむ (八三)
ながむとて花にもいたくなれぬれば散る別れこそかなしかりけれ (一二〇)
かぞへねど今宵の月のけしきにて秋のなかばを空に知るかな (三三〇)
老いもせぬ十五の年もあるものを今宵の月のかゝらましかば (三三五)
ゆくへなく月に心のすみすみてはてはいかにかならむとすらむ (三五三)
影さえてまことに月の明かき夜は心も空に浮かれてぞすむ (三六五)
もろともに影を並ぶる人もあれや月のもりくる笹のいほりに (三六九)

紅の色なりながら

巻中雑部の最後に、「題しらず」というそっけない詞書の下に一括されている計百七首の歌群は、『山家集』の中でも難解な作を相当含んでおり、それだけに読む側の意欲をそそるものである。

大体において、百七首という数は偶然であろうか。巻下には「恋百十首」という作品群がある。これなどは西行と交渉があった登蓮《とうれん》(『聞書集』によれば、覚雅《かくが》僧都の六条の房で共に詠歌している)の『登蓮法師恋百首』などと関連づけたくなるのだが、この百七首の雑歌群も「雑百首」を意図したものではなかっただろうか。百首歌で百首以上を詠むことは、後の慈円などに見られる。その場合は余剰を詠んでおいて、入れ替えさし替えをし、意に適ったもの百首を定稿としたのであろう。西行の「恋百十首」やこの「題しらず」百七首も、それぞれ「恋百首」や「雑百首」を意図し、それらが草稿のまま伝わったのではなかったかという想像を捨て切れない。

ただ「雑百首」を意図したとしても、やはり慈円や定家の早率《そうそつ》百首のように、一気に詠まれたものではないであろう。さまざまな機会に詠み溜められたものであろうと思われる。というのは、「大部分が山里の生活を詠じた歌」(新潮日本古典集成)には違いないが、その素材はかなり変化に富んでおり、作者は必ずしも山里の庵にじっとしておらず、途中からあちこち旅をし出すのである。そして、季節も春・秋・冬と移り変るのである。さらに、そのような展開が全くでたらめではなく、隣接する二首の間に引き合う連想の糸が張られてあったり、あるまとまりが一区切りつくと次のまとまりへ移るというような、一種の構成を有するように思われるのである。「雑百首」のごときものを意図したのではないかという想像は、百七首という数とともに、そのような構成や連想の糸に注目するからである。また、

こがらしに木の葉の落つる山里は涙さへこそもろくなりけれ　(九三五)

と歌い出されて、

この世にてながめられぬる月なればまよはむ闇も照らさざらめや　(一〇四一)

と閉じるところにも、多分に意識的な編集がなされていることを感じるからでもある。

この「題しらず」歌群は「雑百首」ではなかったかもしれない。が、少なくとも遁世者西行の心裡に去来したさまざまな感情——それは山里での生活感情を中心とするが、必ずしもそれのみではない——を集約したものではあろう。その意味では、これこそ『山家集』の中核であり、詞書を有し、説明を伴っている歌よりもむしろこれらの作にこそ、西行の心を探る鍵は隠されているかもしれないのである。

この作品群とほぼ似たことが言えると思われるのが前述の「恋百十首」であり、また、巻中恋部で、「月」と「恋」の二つのブロックから成る計九十六首であろう。この恋歌群にもやはり編集意識のごときものが感じられる。

およそ和歌の鑑賞に際して、歌番号だけで処理するということはいかにも機械的、殺風景で、はなはだ気が進まないのだが、「日本古典文学大系」だと十四ページ、「新潮日本古典集成」だと二十三ページにも及ぶこの作品群をそっくり引くことは大変だから、目をつぶってまず歌番号によってこの「題しらず」歌群の構成を分析し、その見取図を描いてみたい。

歌番号	主題	歌番号	主題
九三五―九三七	山里	九九七	鳥(鳩)
九三八・九三九	鐘	九九八―一〇〇四	海
九四〇―九四四	山里	一〇〇五―一〇〇七	近江の歌
九四五―九五五	月	一〇〇八―一〇一二	珍しい民俗、辺境
九五六―九六六	山里	一〇一三―一〇二四	植物・動物
九六七・九六八	旅路で見た風景	一〇二五	ひた
九六九	稲田	一〇二六―一〇二八	植物・動物
九七〇―九七九	旅路で見た風景	一〇二九・一〇三〇	古郷
九八〇―九八二	田家	一〇三一・一〇三二	涙
九八三	山家の風	一〇三三	植物
九八四―九九四	春の雑歌	一〇三四―一〇三七	花(桜)
九九五	海上の雲	一〇三八・一〇三九	風
九九六	花	一〇四〇・一〇四一	述懐に寄せた月

ブロックの大小に従って、大きな括り方と細かいまとめ方とが混在しているが、ざっとこんなことになるかと思う。そして、大きく括った中ではさらに細かいまとめ方というか、区分が可能である。たとえば、最初の二つの「山里」の歌のブロックでは、それぞれその中に、

九三五・九三六　山里の風
九四三・九四四　山里の水

という小さなまとまりがあるようだし、「月」のブロックでは、

九四六・九四七　水に宿る月
九四八―九五〇　庵にさし入る月
九五二―九五四　月を隠す雲

というまとめ方が考えられる。三番目の「山里」のブロックでは、

九五七―九五九　山里の鳥

「春の雑歌」では、

九八六―九九〇　花(桜)
九九一―九九四　鶯

「海」のブロックでは、

九九八―一〇〇一　磯
一〇〇三―一〇〇四　潮路

というようなまとまりが存在するであろう。

ところどころ一首だけ孤立する歌は、編集が中途で打ち切られたためか、変化をつけるために意図的に挿入されたものか、どちらとも考えられる。『山家集類題』で試みたように、この歌をあそこへ入れたら一層まとまりがよいの

にと思う箇所はあちこちにあるけれども、それをあえてするのはさかしらであろう。われわれはともかくこの百七首をこのままの形で味わい、おそらく草庵にいながらにして、時空を超えてさまざまな物を見聞きし、それらの一つ一つに感じ、それらの意味を思ったであろう西行の心の旅を、自らも追っていかなければならないのである。

この「題しらず」歌群の中で特にじっくり読んでみたいと思うのは、「旅路で見た風景」「海」「珍しい民俗、辺境」「植物・動物」「古郷」などとまとめてみた小歌群である。それはつとに名著の誉れ高い加藤周一『日本文学史序説上』における西行の評価に対して、いささか異を唱えたい気持もあるからだ。同書において加藤氏は言う、

しかし西行の旅の歌の圧倒的多数は、『古今集』以来の月並の主題による。花鳥風月。旅の自然をほとんど自分の眼でみていないという点では、平安朝の宮廷知識人と変らない。(中略)春は花、花は桜、というのは、貴族文化の月並であって、日本国の植物分布とは全く関係がない。他のどんな花も、貴族の眼にはみえなかったのであり、だから貴族文化に組みこまれた西行にもみえなかったのである。

ねがはくは花のしたにて春死なんそのきさらぎの望月の頃　(『山家集』上)

これこそはすでに彼の同時代から、西行の歌のなかでもっとも有名なものである。おそらくこの歌が北面の武士の貴族文化への降伏の証言に他ならなかったからであろう。

加藤氏の世代にとって、桜という花がある種の暗いイメージを伴う、否定的に見たくなる花であることは容易に想像される。昭和一桁のしんがり近くに生れた世代にも、たとえば「同期の桜」という軍歌は記憶を去ることはなく、一時期しばしば見られた光景をまざまざと蘇らせるのである。

だからといって、専らそればかり歌った西行は貴族文化に降伏したのだというのは、やはり短絡ではないだろうか。そしてまた、そこには切り捨てがあると思う。

西行は決して桜ばかりを歌ってはいない。「植物・動物」の小歌群には、たとえば次のような歌が見出される。

くれなゐの色なりながら蓼の穂のからしや人の目にも立てぬは　（一〇一六）

蓬生《よもぎふ》はさまことなりや庭の面にからすあふぎのなぞ茂るらむ　（一〇一七）

月のためみさびすゑじと思ひしにみどりにもしく池の浮草　（一〇二二）

み熊野のはまゆふ生ふる浦さびて人なみなみに年ぞ重なる　（一〇二三）

いそのかみ古きすみかへ分け入れば庭の浅茅に露のこぼるゝ　（一〇二四）

風吹けばあだにやれゆくばせを葉のあればと身をも頼むべきかは　（一〇二八）

「蓬生」も「浅茅」や「ばせを葉」も所詮王朝貴族の趣味の枠内の植物と言われれば、それはそうかもしれない。しかしながら、それぞれの植物には西行独特の思い入れがあるように感じる。そして、「桜」についても、というか「桜」に対しては特に深い思い入れがあるようだ。それらの「思い」の内容や度合いを無視して、貴族文化への無条件降伏ときめつけられては、西行としても立つ瀬がないのではないかと、つい同情されるのである。

まず、これらの植物の歌で、西行以前の貴族の歌では比較的珍しいと考えられる蓼《たで》の歌を取り上げてみる。

くれなゐの色なりながら蓼の穂のからしや人の目にも立てぬは　（一〇一六）

同じようにくれないの色をしていながら、くれないの末摘む花は人目につくというのに、つらいなあ、ひりひりと舌にからい蓼の花穂を人が注目しないということは。

蓼は昔から日本に生えていたのであろう。『万葉集』には三例が見出される。

わが屋戸《やど》の穂蓼古幹《ふるから》採《つ》み生《おほ》し実になるまでに君をし待たむ　（巻十一・二七五九、寄物陳思）

幣帛《みてぐら》を　奈良より出でて　水蓼　穂積に至り……　（巻十三・三二三〇）

小児《わらは》ども草はな刈りそ八穂蓼を穂積の朝臣《あそ》が腋《わき》くさを刈れ　（巻十六・三八四二）

草そのものとしての蓼を歌ったのは「わが屋戸の」の歌一例で、あと二例はともに蓼の穂から「穂積」を起す序ないし枕詞のように用いられている。「小児ども」は著名な嗤笑《ししよう》歌。「腋くさ」は素直に考えれば腋毛であるが、一説に腋臭を掛けるかと言う。いずれにせよ、こういう歌に用いられている「八穂蓼」はいくら序だとはいっても、美しくない草というイメージを払拭しきれない。これら、『万葉集』の蓼について、松田修氏は次のように解説する。

たでの名古今通名、たで属種類多く、たでの名は総名である。然し一般には茎に辛味のあつて食用に供せられるものはヤナギタデの一群で、万葉の歌もこれを指してゐると思はれる。「水蓼」(三二三〇)とあるのはヤナギタデの水中に生へたものである。たで漢名蓼、これを代表するヤナギタデは原野並に河辺に生ずる一年生草本で、時に水中に生じて多年生草本となる。秋日花を開く、食用の蓼は皆この種より出た変種である。（『万葉集大成』8民俗篇、「万葉集の植物二」）

西行の歌に接した時、「紅の色」をした「蓼の穂」ということで、すぐイヌタデ、中野重治が「お前は赤まゝの花やとんぼの羽根を歌ふな」(「歌」)と歌った、あの赤まんまを連想したのだが、すると、西行の作での蓼もヤナギタデであろうか。ヤナギタデの花は淡紅色だがまばらで、花の穂は長い。イヌタデはヤナギタデよりも紅が濃く、花は密生し、穂は短い。

刺身のつまになる芽蓼はヤナギタデの類の双葉のもの。鮎の塩焼きに欠かせない蓼酢はこの類の葉をすって混ぜたもの。同じく、蓼の葉をもんで川に流すと、これは魚類の麻酔薬として作用する。これが蓼流し。

ミ山ガハノボルコアユノタデナガシカラクモニゴルヨニムマレケム　（『新撰六帖』第三、アユ、藤原知家）

この歌によって、少なくとも十三世紀の半ば、鎌倉時代の中期頃にはこのような川漁の行われていたことが知られる。

西行の歌に戻る。「くれなゐの色」はもとより紅色の意だが、くれなゐはそのまま末摘む花、今日のベニバナ（紅花）をも意味していた。これまた万葉植物の一つである。再び松田氏によれば、『万葉集』では「くれなゐ（紅）（呉藍）（久礼奈為）を詠める歌二十三首、（中略）漢名紅藍花、菊科に属する越年生草本で、夏日枝頭に花を開く。花色紅黄色、形薊類に似てゐる」。だから、ここで直接歌われているのはもとより蓼の穂だけれども、その背後にはやはり「くれなゐ」、ベニバナと対比する気持がひそんでいると見てよいであろう。『源氏物語』で人の悪い源氏の君に、

なつかしき色ともなしに何にこのすゑつむ花を袖にふれけむ

くれなゐの花ぞあやなくうとまるる梅の立ち枝はなつかしけれど

などと、陰で笑われているあの末摘花の赤鼻ではないけれど、ベニバナは目立つ花である。この一・二句につき、「日本古典文学大系」の注で「「紅は園生に植ゑても隠れなし」の諺によって言うか」と想像しているのに賛成したい。この諺は用例としては、『義経記』や謡曲「安宅」よりも古い例が見つかっていないようだが、しかし諺というものは一般的にずいぶん古くから言い続けられてきたものが多いから、今の場合も、

外《よそ》のみに見つつ恋せむ紅の末摘花の色に出でずとも　（『万葉集』巻十・一九九三、夏相聞）

人知れず思へばくるし紅の末摘む花の色に出でなむ　（『古今集』恋一・四九六、読人しらず）

などの古歌での「くれなゐの末摘む花の色に出づ」という発想に沿って、「くれなゐの末摘む花は隠れなし」といった類の諺があって、それを念頭に置いての詠が、西行の作なのであったと思う。だから、ややあげ足を取るようなことになるが、「人の目につく紅の色をして居りながら蓼の穂は」という「新潮日本古典集成」の訳はちょっと物足りない。『西行山家集全注解』や、「蓼の穂はよく目につく紅の色でありながら」という『西行山家集全注解』や、「蓼の穂はよく目につく紅の色でありながら」という「新潮日本古典集成」の訳はちょっと物足りない。蓼の穂自体はやはり目につかないのだと思う。「よく目につくはずの紅の色でありながら」、実際には「くれなゐの末摘む花」――ベニバナと違って目につかない地味な花なのだ。西行はそのことを蓼の穂に代って、「からしや」と嘆いているのである。

先に引いた知家《ともいえ》の蓼流しの歌はもとより西行よりのちの作であるが、蓼が辛《から》いということは、西行以前の歌人によっても歌われている。

みな月の河原におふる八穂蓼《やほたで》のからしや人にあはぬ心は　（『古今六帖』第六）

八穂蓼も河原を見ればおいにけりからしやわれも年をつみつゝ　（『曾丹集』三百六十首和歌、四月中）

庭見れば八穂蓼生ひて枯れにけりからくしてだに君がとはぬに　（『源順集』あめつちの歌、夏）

これらの古歌では、いずれも穂蓼のひりひりする辛さ、味覚としての「辛し」から、つらい、せつないという心理表現の形容詞「からし」へと展開させている。そのつらさは、『古今六帖』や源順《みなもとのしたごう》の作では、恋人に逢えないつらさであるのに対し、曾禰好忠《そねのよしただ》の詠ではいたずらに老いてしまったことである。

西行の作は、第三句から第四句への言葉続き、結句などが『古今六帖』の作に通うが、好忠の作に通ずるところもある。これらの作の影響を考えてもよいであろう。

西行より後代の歌人達も、同様「からし」という言葉によって、蓼を歌っている。

カヒモナシホタデフルカラカラクノミ身ノウキフシハヲモヒツメドモ　藤原為家

ウキセニハ身オ《（ヲ）》ノミツミシミヅタデノカラキメニコソナミダヲチケメ　藤原光俊（『新撰六帖』第六）

からきかな刈りもはやさぬいぬたでのほになるほどに引く人のなき　（『夫木抄』巻二十八、蓼、藤原為家）

イヌタデ、例の赤のまんまも「からきかな」と歌われるのだが、本当に辛いのだろうか。

先に、蓼の穂に代って嘆いた歌であると言った。西行自身がそれまで見過していた蓼の花の可憐な美しさに気付いた時、ちょうど芭蕉が、

よくみれば薺《なづな》花さく垣ねかな

と吟じたように、ふと浮かんだ愛憐の情を、このような形で表したのだと考えてみたのである。が、今見たごとく、『古今六帖』や『曾丹集』の古歌との発想の類似ということを重視すれば、これはやはり寄物陳思の歌の系列に属する詠であり、「蓼の穂の」は序詞的役割りを果していることになる。すると、これは蓼の花の歌であって、しかもそれにとどまらない。蓼の穂は西行自身であってもよいのかもしれない。この歌は『西行上人集』にも『山家心中集』にも見出され、自身愛着を抱いていた作らしいことを窺わせるが（『山家心中集』には、批点のごときものが加えられている）、『西行上人集』では「述懐の心を」という詞書の下に一括されているのである。

この世の中には、同じように「くれなゐの色」――美質を蔵しながら、「くれなゐの末摘む花」のように、どこでも目立つ派手で美しい人間と、「蓼の穂」のように外見はあくまでも地味な、すなわち美しいとはお世辞にも言い難い人間とがいる。全く不公平なことだが、それが現実である。その地味な人間のつぶやきと読むことも出来る歌では

ないだろうか。

しかし、蓼の花はもとより、蓼の草もみじした有様も、それなりに美しいと思う。そして、西行は「からしや人の目にも立てぬは」と嘆いたものの、そのような小風景は古の歌人や詩人によっても歌われてきてはいるのである。

たでといふ草の紅葉したるを　恵慶法師

たでの葉《ほイ》もみぢしぬればよそめには唐錦とぞ見えまがひける　（『夫木抄』巻二十八、蓼）

サギノトブカハベノホタデクレナヰニヒカゲサビシキ秋ノミヅカナ　藤原家良

カキホナルホタデイロヅクツユジモニムベサムカラシヨハノコロモデ　藤原知家　（『新撰六帖』第六）

緑蘿墻繞《ツテ》田家近《シ》　紅蓼花残《ツテ》水岸高《シ》　大江佐国

林径帯《ビテ》レ風《ヲ》梨葉落《ツ》　池塘経《テ》レ雨《ヲ》蓼花開《ク》　藤原敦基

柳葉墻斜《メニシテ》山影近《シ》　蓼花岸旧《ウシテ》水声微《ナリ》　中原広俊　（『本朝無題詩』巻六）

恵慶《えぎょう》は『後撰集』撰者達とも交渉のあった歌僧。好忠の百首に追和したりして、好忠を強く意識していた人である。すると、蓼の草紅葉に着目するその眼は、やはり一般の王朝歌人とはやや異なるものがあるのかもしれない。この歌はその家集『恵慶集』には見出されない。

大江佐国《すけくに》・藤原敦基《あつもと》・中原広俊《ひろとし》等の詩句は、ともに『本朝無題詩』から対句だけを抽いた。佐国のこの句は『新撰朗詠集』雑の田家にも採られている。出典は「暮秋城南別業即事」と題する排律である。敦基の場合も同題の排律。おそらく同じ詩会での詠で、ここで歌われている「城南別業」というのは土御門《つちみかど》右大臣源師房《もろふさ》が営んだ久我《こが》水閣ではないかと考える。広俊の句は「秋日陶化坊亭即事」と題する律詩に見出されるもの。

実は西行が「くれなゐの……蓼の穂の」と歌った背景には、『新撰朗詠集』あたりを通じて、右の佐国の詩句の影響が認められないだろうかということも考えてみるのだが、決定的なことは言えない。とにかく、いずれの詩句も秋景を詠じたものである。『新撰六帖』の二首にしても同様である。西行の「くれなゐの」の歌を『山家集類題』では（従って、岩波文庫本の『新訂山家集』でも）夏歌に分類しているのだが、それでは古来の蓼の花に対する季節感からは外れてしまうことになる。

「くれなゐの」という歌に取り上げられている蓼の穂は西行自身であってもよいかもしれないと言った。それならば、次の二首に歌われているはまゆうや芭蕉葉などにも、西行自身の姿は重ね合されているとも読めるのではないだろうか。

み熊野のはまゆふ生ふる浦さびて人なみなみに年ぞ重なる　（一〇二三）

はまゆうの生える熊野灘の浦はものさびしく、波が寄せては返している。その浦辺で一遁世者のわたしも世間の人並みに年を重ねる。ちょうどすがれたはまゆうの株の葉が幾重にも重なるように。

風吹けばあだにやれゆくばせを葉のあればと身をも頼むべきかは　（一〇二八）

風が吹くとはかなく破れてゆく芭蕉の葉のように、生き永らえているからといってはかないこの身をあてにできるだろうか。

熊野や伊勢・和歌の浦などを旅することが少なくなかったであろう西行にとって、はまゆうは馴染み深い草だったに違いない。『聞書集』には、伊勢からこの植物を俊成に送り届けた時の贈答歌も見出される。

五条三位入道のもとへ、伊勢よりはまゆふつかはしけるに

はまゆふに君が千歳《ちとせ》の重なればよにたゆまじき和歌の浦波

返し　　釈阿

はまゆふに重なる年ぞあはれなる和歌の浦波よにたえずとも

「五条三位入道」と記し、「釈阿」としているので、これは安元二年(一一七六)の九月末以降のことであろう。治承四年(一一八〇)六月の福原遷都を西行は伊勢で聞いているから、その頃のことかもしれない。安元二年に俊成は六十三歳、治承四年には六十七歳。九十一歳の長寿を保った俊成ではあるが、当時としては六十代はわれ人ともに老人という感を深くする年齢であったに違いない。すなわち、出家後の俊成は和歌の浦——宮廷和歌界の長老であった。その長老の長寿を言寿《ことほ》いだのは、言われているように俊成が『千載和歌集』撰者とされたことを聞き知ってか、または同集完成の報に接してのことかもしれない。ともかく、ここでは、柿本人麻呂によって、

み熊野の浦の浜木綿百重《ももへ》なす心は思へど直《ただ》に逢はぬかも　(『万葉集』巻四・四九六)

と歌われたはまゆうは、齢重なる俊成を祝う引出物となっている。おそらく「み熊野のはまゆふ生ふる」の作は、この贈答歌に先立って詠まれたものであろう。そして、そこで既にはまゆうは年齢が重なることによそえられている。ただし、それは自身の年だから慶祝の意を籠めるのではなく、歳晩の感慨をもって歌うのは当然であるとしても、自身が老いることを「浦」の縁語で「人なみなみに」と形容している点に注意したいのである。「人なみなみに」とい

う言い方は、自身を人並みではない、それ以下の存在だという気持があって生れるものであろう。それは単なる謙辞であろうか。謙辞というよりも、むしろ自嘲に近い響きをそこに感じるのである。

出家の境涯は西行自身が択び取ったものであった。それに対して悔いはなかったであろう。けれども、たまたまある年の暮れ近く、人っ子一人いない熊野灘の海岸を旅しながら、あるいは海岸近くに宿って、冬の海の波は荒く、潮風は烈しく、にもかかわらず海南の風土に適して、夏の間白木綿を振り乱したような大きな花を咲かせたあとの、花茎などはすがれ、横倒しになりながらも、青々と海浜に茂るはまゆうの太い株を目にした西行は、都人とはいたく異なった自身の越年のさまを痛感せずにはいられなかったのであろう。〝自分は世外の者だ。人並みの人間ではない。しかし、それでも年だけは一人前にとるよ〞——そういう自嘲めいた気持がこの一首を生んだのではないか。

おそらく、最初の陸奥への旅を試みた際のことであろう、西行は陸奥で越年して、

つねよりも心ぼそくぞおもほゆる旅の空にて年の暮れぬる　（五七二）

と詠んでいる。「心ぼそく」と素直に言っているのはいかにも実感があるが、ここでは自身を振返る余裕がまだ無いようである。それに対して、「人なみなみに」というあたりには自嘲的な口吻と共に自身をもやや距離を置いて客観的に見る目も感じられる。ふと、

年暮《くれ》ぬ笠きて草鞋はきながら　（『甲子《かっし》吟行《ぎんこう》』）

という芭蕉の句なども思い浮かぶのだが、はまゆうの歌で自らを見る西行の目は、芭蕉の自身を顧る目に通うものがありはしないだろうか。

芭蕉葉の歌も、はまゆうの歌同様、『西行上人集』『山家心中集』に共に見出されるものである。やはり愛着があっ

た作なのであろう。

ただし、この作はさほど独創的だとは思わない。おそらくこれは維摩《ゆいま》の十喩のうち、「この身芭蕉葉のごとし」という比喩を詠じたものであろうが、それには既に、

風吹けばまづやぶれぬる草の葉によそふるからに袖ぞ露けき　（『公任集』、『後拾遺集』釈教）

というお手本がある。同じ比喩を題に、赤染衛門は、

秋風にくだくる草の葉を見てぞ身のかたからぬことは知らるゝ　（『赤染衛門集』）

と嘆じた。植物の芭蕉は早く『古今集』物名の歌に、

さゝ　まつ　びは　ばせをば　　紀乳母

いさゝめに時まつまにぞ日は経《へ》ぬる心ばせをば人に見えつゝ

と歌い入れられているから、貴族の家などには栽植されていたのであろう。けれども、西行の庵近くにあったかどうか。ほとんど維摩の十喩の紹介に終始しているようで、俳人芭蕉の、

芭蕉野分《のわき》して盥に雨を聞《きく》夜哉

に籠められた「茅舎ノ感」は伝ってこない。とは言うものの、「芭蕉は破れて残りけり」と留める能の「芭蕉」は「袖ぞ露けき」と涙する公任の作よりは西行の詠に近いものがあるのではないか。また、「唯此かげにあそびて、風雨に破れやすからむ事を愛」した俳人芭蕉（「芭蕉を移す詞」）にとって『山家集』は愛読書であったから、この歌も「芭蕉野分して」の句の誕生に全く関わりがないとは言えないかもしれない。

次に少し戻って、すみれの歌を読む。

すみれさく横野のつばな生ひぬれば思ひ思ひに人かよふなり　(一〇一五)

すみれの花が咲く横野の茅花《つばな》が生えると、それぞれ、すみれを摘もうとしたり、茅花を抜こうとしたり、思い思いに人が通うよ。

この歌では「横野」という語がまず問題になるであろう。「日本古典文学大系」でも「新潮日本古典集成」でも「河内国中河内郡」と注している。歌枕と見ているのである。その見方でよいと思う。おそらくこの「横野」は同時代人である俊成の『久安百首』での詠、

むらさきの根はふ横野のつぼすみれ真袖に摘まむ色もむつまし

と無関係ではあるまい。そして、この俊成の作が、

むらさきの根はふ横野の春野には君を懸けつゝ鶯鳴くも　(『万葉集』巻十・一八二五)

という古歌に基づくことは明らかである。この万葉歌での「横野」には地名説と普通名詞説とが並び行われているようだが、多分俊成は、従ってまた西行も、万葉の昔を想起させる歌枕として用いているのであると考える。そう考えれば、河内国中河内郡でも同国渋川郡(契沖著、一巻本『勝地吐懐編』)でも、さして問題ではないであろう。河内国は西行にとって馴染み深い地であったとは言え、これを現実の風景の素朴なスケッチと見ることはないと思う。むしろ、それこそ高松塚古墳の女性達のような装いの女達が思い思いに通う風景であってよいのではないだろうか。事実、すみれ(菫菜)は『万葉集』以来歌われてきた春の野の花である。それらの中では、おそらく山部赤人の、

春の野に須美礼《すみれ》採みにと来しわれそ野をなつかしみ一夜寝にける　(巻八・一四二四)

という歌が最も有名であろうが、

山吹の咲きたる野辺の都保須美礼《つぼすみれ》この春の雨に盛りなりけり　（巻八・一四四四）

という高田女王の作、

茅花《つばな》抜く浅茅が原の都保須美礼《つぼすみれ》いま盛りなりわが恋ふらくは　（巻八・一四四九）

と、大伴田村大嬢《たむらのおおいらつめ》がつぼすみれに寄せて異母妹坂上大嬢への親愛の情を吐露した作などもある。また、大伴池主《いけぬし》は家持と応和した長歌の中で、

山傍《やまび》には　桜花散り　貌鳥《かほどり》の　間《ま》なくしば鳴く　春の野に　須美礼《すみれ》を摘むと　白栲《しろたへ》の　袖折り反《かへ》し　紅の　赤裳裾引《び》き　少女《をとめ》らは　思ひ乱れて　君待つと　うら恋ひすなり　心ぐし　いざ見に行かな　事はたなゆひ　（巻十七・三九七三）

と歌っている。

「星菫派」という、半ば忘れられかけている（のではないかと思う）文学史用語や、「菫の花咲く頃、初めて君を知りぬ」という宝塚の歌などからも、それよりもまず第一にこの花の姿・形からも、すみれには女性的なイメージがついてまわるが、『万葉集』の昔から実際に少女らが好んで摘んだ草、そして時には自らの心情を託した花であったということが知られる。

この「すみれさく」の歌以外でも、すみれの花を、西行もしばしば歌っているのである。『山家集』では春の景物として二首、雑歌として他にもう一首、『西行上人集』では春の歌として一首。そのことの意味をいささか考えてみたい。

他の作は次のようなものである。

すみれ

跡たえて浅茅しげれる庭の面《おも》にたれ分け入りてすみれつみてむ　(一五九)

人の通った跡もとだえて浅茅の生い茂っている庭園に、いったいだれが分け入ってすみれの花を摘もうとするのだろう。

たれならむあら田のくろにすみれつむ人は心のわりなかるべし　(一六〇)

いったい誰だろう、荒田の畔ですみれを摘んでいる人はわりきれない心を抱いているのであろう。

つばな抜く北野の茅原あせゆけば心すみれぞ生ひかはりける　(一四四)

人々が茅花を抜く北野の茅原もさびれてゆくと、心をすますすみれが茅がやに代って生え変ったよ。

すみれ

ふるさとの庭のむかしを思ひ出ですみれつみにと来る人もがな　(『西行法師家集』春)

以前住んでいた家の庭の、その昔の有様を思い出して、すみれを摘みにやってくる人がいたらなあ。

これらのすみれの歌では「すみれさく」の作では必ずしもはっきりしなかったことが明瞭に語られている。すなわち、すみれは浅茅とともに荒れた庭や原、時には荒田などに咲く花というイメージを持っている草花であるということである。

これは西行に始まったことではない。『徒然草』の読者は、

風も吹きあへずうつろふ人の心の花に馴れにし年月を思へば、あはれと聞きし言の葉ごとに忘れぬものから、わ

が世のほかになりゆくならひこそ、なき人の別れよりもまさりて悲しきものなれ。

と書き出される第二十六段に、『堀河百首』で「菫菜」の題を詠んだ東宮大夫藤原公実《きんざね》の、

昔見し妹《いも》が垣根は荒れにけりつばなまじりのすみれのみして

という歌が引かれていて、兼好が「さびしきけしき、さること侍りけん」と深い共感を示していることを思い出すであろう。

このようなすみれに対する感じ方の比較的早い例は、能因に見出される。

西院《さいゐん》の院に早う見し人を問はするに、その人も今はなしといはせて、女のすみれつむあり、それを呼びてかく聞えよとて

いそのかみふりにし人を尋ぬれば荒れたる宿にすみれ摘みけり　（『能因集』）

西行のすみれに対する感じ方は決して彼独特なものではなく、このあたりまで遡れるように思うのだが、そういうイメージを有するすみれを、多くの場合そのイメージを十分生かす形で何度か歌っているところに、彼の胸裡に秘めた想いがふと洩らされていると読んではいけないだろうか。

次には、可憐なすみれよりも雑草という印象の強い草や花の歌を一読する。

蓬生はさまことなりや庭の園にからすあふぎのなぞ茂るらむ　（一〇一七）

月のためみさびすゑじと思ひしにみどりにもしく池の浮草　（一〇三二）

いそのかみ古きすみかへ分け入れば庭の浅茅に露のこぼるゝ　（一〇二四）

これらの歌は、ブロックとしては「古郷」として分けた、

ふるさとの蓬は宿の何なれば荒れゆく庭にまづ茂るらむ　（一〇二九）

ふるさとは見し世にも似ずあせにけりいづち昔の人ゆきにけむ　（一〇三〇）

などの作とも似通った雰囲気を湛えている。それらには、既に「たはぶれ歌」でも見た廃園の風景が捉えられている。特に「蓬生は」や「ふるさとの」などの詠は、「蓬生」「蓬」などの語の存在から、たとえば『源氏物語』の蓬生の巻に描かれている末摘花の荒れはてた屋敷のようなものを連想させる。それはかつて訪れた男によって、「ふるきすみか」「ふるさと」と呼ばれてもいい場所であろう。『源氏物語』の末摘花はひたすら源氏の再訪を信じて、周囲の人間の甘言に乗ぜられることもなく、腹心の侍女に見捨てられても、頑なにお化け屋敷みたいな「ふるさと」を動こうとしなかった。そして、源氏との再会という幸せを獲得した。しかし、「ふるさとは」の歌では、再訪した作者は、主のいないままに荒廃した「ふるさと」を見出すのである。

この歌にはかすかな甘美さを伴った喪失感のごときものが漂っているように思われ、そのことからその背後に「失われた恋」のようなものを想像したくなるのだが、それは『源氏物語』のような王朝物語や、『今昔物語集』『古本説話集』などに見出されるお姫様の零落する説話に引き付けた読みかもしれない。

しかしながら、西行が物事の隆盛な状態よりも荒廃してゆく状態に対して鋭敏で、そういう状態を痛みをもって受け留める際に必然的に選ばれた草が、先の「すみれ」であり、また「蓬」や「浅茅」であり、「からすあふぎ」であったという程度のことは言えると思う。

陸奥《みちのく》へ

現在われわれが見ることのできる『山家集』の写本は三巻から成っているのが普通である。しかし、六家集板本（「山家和歌集」と題する）は二巻仕立てで、三巻本の巻中恋部までを上巻、同じく雑部からを下巻としている。先にも言及したように、三巻本の写本である陽明文庫本には、巻中雑部の初めに、これ以下を下帖とする本があったことを示唆する注記がある。おそらくその本は上下二帖仕立てで、三巻本の巻中恋部は上帖に属していたのであろう。そうすると、六家集板本の形に近い本が古くもあったことになるが、しかしそれが最も古い形であるとは思われない。三巻本によって全体の組織や各部の歌数を示すと、次のようなことになる。

上　春　一七三
　　夏　八〇
　　秋　二三七
　　冬　八七
中　恋　一三四
　　雑　三三〇

下　雑　四一一 ┌ 雑　一九九
　　　　　　　├ 恋百十首　一一〇
　　　　　　　└ 雑　一〇二

百首　一〇〇

一見して明らかなように、「恋百十首」を取り込んでいる三巻本の巻下は未整理のまま放置されているという印象を与える。それは二巻仕立ての場合も同様であろう。

もしも三巻本の巻中までを一つのまとまりとして考えると、これは各部がほぼバランスを保っていて、歌集としてのまとまりがよいように思われる。春より秋がかなり上回るのはうなずけるし、この範囲でも雑歌が一番多いのは、西行の本質を物語っているようだ。

想像するに、三巻本の巻上と巻中までが原『山家集』の段階から存していた部分で、巻下の内容は何次かにわたって増補された部分ではないだろうか。

増補されたといっても、それがそのまま時代的に新しい作品であるということを意味するものではない。もとより、前の二巻の作より新しい作もあるに違いないが、比較的初期の詠で、編集の初段階では外していたものを最終的には追加したということもあるであろう。それも、作品として劣っているからというよりは、他見を憚るような気持から一時は収載を見合せていたのだが、どうせ集としてまとめるならば思いきって入れてしまおうと性根を据えて追補するというような編集心理も働いたのではないか。保元の乱関係の歌が巻下に収められている理由などは、そのような点に求められるのではないであろうか。

もしもそのような意識を働かせながら、『山家集』を編み、作品を追補していった人がいたとしたら、その人はやはり西行自身であるとしか考えられない。『山家集』の大部分は西行自撰と見てよいのではないだろうか。ただし、一三六九番の作の次、「又ある本に」との注記の下に掲げられる八十三首と巻末の「百首」を補ったのは、西行自身ではないかもしれない。むしろ、ない可能性の方が大きいであろう。これらの部分の歌は『西行上人集』や『山家心中集』とは全く重ならないのである。おそらく『西行上人集』編集の際に全然参照されていないのであろう。ということは、その時点ではこれらの部分は西行の手許に無かったということを思わせるのである。多分既にその生前から存在していたであろう西行の心酔者の手に渡り、書写されていたこれらの歌稿が後日結集され、自撰部分に付加された時に、ほぼ今見るごとき『山家集』が成立したのではないかと、考えてみる。

一応以上のように想像すると、巻下には前二巻以上に西行の素顔のうかがえる作が多く含まれているということになるのかもしれない。

この巻下から三度の長途の旅で得られた作をところどころ垣間見ようと思う。最初に、第一回目の陸奥への旅で詠まれたと目される作品群からいくつか選んで読んでみる。

陸奥の国へ修行してまかりけるに、白河の関にとゞまりて、所がらにや、常よりも月おもしろくあはれにて、能因が「秋風ぞ吹く」と申しけむ折、いつなりけむと思ひ出でられて、なごり多く覚え

ければ、関屋の柱に書き付けける

白河の関屋を月のもる影は人の心をとむるなりけり　（一二六）

白河の古関――関守さながら関屋に洩れ入る月の光は、旅人の足をとどめるなあ。

西行は生涯に少なくとも二度、父祖の本貫の地である陸奥に旅をした。最初は壮年の頃、もう一度は最晩年である。この歌はその初めの旅での作である。それは、この歌が藤原為経《ためつね》（寂超《じゃくちょう》）の私撰集である『後葉《ごよう》和歌集』に採られていることによって確かである。上覚《しょうかく》の『和歌色葉《わかいろは》』に「詞花集を破したる為経長門前司の後葉集」と言うように、『後葉集』は『詞花和歌集』を批判する目的で撰ばれた打聞である。その成立については、実は集中作者の官位記載を調べるという面倒な手続きを経る必要があるのだが、ここでは結論的なことだけを記せば、久寿二年（一一五五）七月末の後白河天皇践祚ののち、久寿三年正月末以前のことと考える。西行が三十八から三十九歳の間に相当する。

そのような集に採られているので、少なくとも二十三歳で出家後、三十七歳くらいまでの間にこの旅が行われたのであろう。

『後葉集』では詞書は簡略で、歌の形も若干変っている。それは、次のごとくである。

修行してみちのくにまかりけるに、白河関にて月のあかく侍りければ、関屋の柱に書付け侍りける　西行法師

白河の関屋を月のもるからに人の心はとまるなりけり　（旅）

この歌は『西行上人集』にも『山家心中集』にも選ばれているが、その詞書や歌の形は『山家集』にほぼ同じである。

これはやはり『山家集』のような詞書とともに読みたい。「能因が「秋風ぞ吹く」と申しけむ折」というのは、能因法師のかの有名な、

陸奥国に下りけるに、白河の関にてよみ侍りける

都をば霞とともに立ちしかど秋風ぞ吹く白河の関　（『後拾遺集』羇旅）

の歌をさすことは言うまでもない。そしてまた、この能因の歌がどうして有名になったかというと、彼は都にいながらにしてこの歌を詠じ、しかもそれを最も効果的に発表するために、わざわざ陸奥国へ旅に出たと偽り、頃合いを見計らってこの歌を披露したためであるという説話によることも、人口に膾炙《かいしゃ》する所であろう。

能因実《まこと》には陸奥に下向せず、此歌を詠まむ為に窃《ひそか》に籠居して奥州に下向の由風聞すと云々。二度下向の由ありて、一度においては実か。八十島《やそしま》記を書けり。（『袋草紙』雑談）

しかし、この『袋草紙』の記述も実は正確ではないので、能因はまさしく白河の関で「都をば」と詠じ、しかも少なくとも二度下向したであろうというのが、昨今の能因伝の教えるところである。『能因集』によればそう考えざるをえない。そして、「都をば」の歌は初めの方の旅で、それは万寿二年(一〇二五)、能因三十八歳の時の詠であったということも知られる。すなわち、『能因集』のこの歌の詞書は「二年の春、陸奥国にあからさまに下るとて、白河の関に宿りて」というのである。

西行はこの歌の詠作事情やこの歌にまつわる説話を、一体どの程度知っていただろうか。『袋草紙』には前に引い

た記述の直前に、

竹田大夫国行と云ふ者、陸奥に下向の時、白河の関過ぐる日装束を殊にし、みづびんかくと云々。人問ひて云はく、何等の故ぞや。答へて云はく、古曾部《こそべ》入道(能因)の、「秋風ぞ吹く白河の関」とよまれたる所をば、争《いかで》かけなりにては過ぎむと云々。殊勝の事か。

という説話もあるのだが。

『袋草紙』の第一次成立は、前に述べた『後葉集』よりもやや遅れる平治元年(一一五九)とされる。すると、初めて陸奥に下った時の西行が『袋草紙』を読めるわけはない。しかし、この種の歌話は歌人の間でさまざまに語られ、そのあげく『袋草紙』にも書き留められたのであろうから、彼もどこかで聞き知っていたのかもしれない。むしろそのように想像する方が自然であろう。本当の詠作事情を知っていたかどうかは、やや疑わしい。この歌を『能因集』の一首として読んでいたかどうかわからないからである。ただ、能因にとってそれは「あからさまに(ついちょっと)」という程度の旅で、最初だった可能性もあり、三十八歳の時のものだったとすると、西行の方が若いことは確かだが、西行自身の今回の旅とかなり状況が似てくるということになる。もしそういうことまで知っていたならば一層感慨は深いものがあっただろうと思うのだが、これ以上確かめることはできない。他の作品との関係などから、直接『能因集』を読んでいたような気もしないではないが、軽々しくは断定できないのである。

関に入りて、信夫と申すわたり、あらぬ世のこと
に覚えてあはれなり。都出でし日数思ひ続けられ

て、「霞とともに」と侍ることの跡辿り詣《ま》で来に
　　ける心ひとつに思ひ知られてよみける
　都出でて逢坂越えしをりまでは心かすめし白河の関　（二二七）

　都を旅立って逢坂の関を越えた時までは、いつ越えるのだろうかと心をかすめていた陸奥国白河の関、今わたしはそこをも越えてきた。

「信夫と申すわたり」は、今の福島市のあたりをさすのであろう。信夫山は市中の山というにはかなり深い感じを与える山である。

　昔、陸奥の国にて、なでふことなき人の妻《め》に通ひけるに、あやしうさやうにてあるべき女ともあらず見えければ、
　　しのぶ山忍びて通ふ道もがな人の心の奥も見るべく
　女、限りなくめでたしと思へど、さるさがなきえびす心を見ては、いかゞはせむは。（『伊勢物語』十五段）

この地ももとより能因曾遊の地であった。彼にとって少なくとも二度目の陸奥の旅での詠に、

　　陸奥の国に行き着きて、信夫の郡《こほり》にて、早う見し
　　人を尋ぬれば、その人はなくなりにきといへば
　浅茅原荒れたる野べはむかし見し人をしのぶのわたりなりけり　（『能因集』、『後拾遺集』雑一にも）

とある。『山家集』の詞書のうち、「あらぬ世のことに覚えてあはれなり」という記述について、「日本古典文学大系」では「昔のことのように思われて。能因をなつかしんでのもの」、「新潮日本古典集成」でも「この世のことではないように、或いは、昔能因が辿ったその昔のような気がして」と注している。すぐあとに又も「「霞とともに」と侍る

ことの跡」などと言っているところを併せ考えると、そう解するのが自然であろう。とすれば、詞書中には歌句を引かず、西行の「都出でて」の歌にも直接関わらないのだけれども、ここで我々はこの「浅茅原」の歌を念頭に置き、この歌を詠じた時の能因その人になったようなつもりで、西行が自身見てはいない「あらぬ世」を思い、感慨にふけっていると想像してよい。

その能因の詠は懐旧の歌には違いないが、表現の上で「長恨歌」の心を詠んだ道命《どうみよう》阿闍梨の、

ふるさとは浅茅が原と荒れはててよすがら虫の音《ね》をのみぞ鳴く（『後拾遺集』秋上）

に通うところがある。すると状況もある程度近いものがあって、「早う見し人」は女性であり、能因には『伊勢物語』十五段にも似た体験があったのではないだろうか。そしてそれを「あらぬ世のことに覚えてあはれなり」と深く共感している西行にも、身につまされることがあったのではないかと、つい勘ぐりたくなる。これは深読みかもしれないけれども、この詞書の叙述はそのような想像をも掻き立てるのである。

「都出でて」の歌自体は、さほど問題ではないと思う。「心かすめし」というのは、能因の「霞とともに」の縁で、行く手の空も遠く霞み、ああ白河の関までは遠いなあ、越えるのは何時の日のことかという、不安のようなものが心をかすめたという気持で選ばれた表現であろう。巧みな技巧とも思われないが、出立時遥か遠くへ行くのかと心細く感じていたその地を現に踏んだ者の、はるけくも来たものだなあという感慨は、確かに伝わってくる。この種の感慨は、すべてがスピード化され、機能的になった現代においても失われてはいまい。それは多分人間が本来ある特定の土地に生える木にも似た、風土的な生物だからだと思う。とすると、この歌などは余りにも当り前の感想の表白なのだが、それがこの歌の捨て難い点でもある。

武隈《たけくま》の松も昔になりたりけれども、跡をだにとて

見にまかりてよみける

枯れにける松なき跡の武隈はみきといひてもかひなかるべし　(一一二八)

枯れてしまったあとすらない武隈の松の旧跡は、見たといってもその甲斐がないだろうよ。

武隈の松も陸奥の歌枕として名高い。現在は宮城県岩沼市。お稲荷さんとして知られた竹駒神社がある。武隈の松の由来は『奥義抄』や『袖中抄』に詳しい。それらによると、古く陸奥の国府がこの地に置かれていた頃、国司宮内卿藤原元善《もとよし》が初任の際に植え、後年再任された時、その木が健在だったので、

植ゑしとき契りやしけむ武隈の松をふたたび逢ひ見つるかな　(『後撰集』雑三)

と詠んだという。ただし、『後撰集』の詞書によれば、元善が最初に植えたのではなく、既にあった松が枯れていたので、小松を植え継がせたものらしい。その後、その松は野火で焼けてしまった。そして、源満正(満仲の弟)の時にまた植えたが、それも失せた。その後、橘道貞(和泉式部の先夫)が植えたが、孝義なる者が伐って橋材としてしまってから、すっかりなくなってしまったという。けれども、『おくのほそ道』には、

武隈の松にこそ目覚むる心地はすれ。根は土際より二木にわかれて、昔の姿失はずと知らる。

というから、その後また植え継がれたのであろう。

能因は初めの時は枯れた幹を見たが、次の度ではそれもなくなっていた。

武隈の松、はじめのたびは枯れながらも杭《くひ》などは

ありき、このたびはそれもなし

武隈の松はこのたびあともなし千歳《ちとせ》を経《へ》てやわれは来つらむ　（『能因集』、『後拾遺集』雑四にも）

この歌は『能因集』では、先の「浅茅原」の詠の直後に位置している。「松は千歳の寿を保つというが、それが跡形もないところを見ると、わたしは千年以上経ってこの地を再訪したのだろうか」と、一寸諧謔めいた口吻で嘆じているのだが、「浅茅原」の詠と共に、喪失感や懐古の情は深いものがあるだろう。西行がこの能因の作を念頭に置いていることは確かである。

しかし、それだけではない。『後拾遺集』雑四では、能因の「武隈の松はこのたび」の作の直前に、次のような歌を置いている。

則光朝臣の供に陸奥の国に下りて、武隈の松をよみ侍りける

武隈の松は二木《ふたき》を都人いかがと問はばみきと答へむ　橘季通

そしてまた、同集の誹諧歌にはこの季通《すえみち》の歌を「つてに聞きて」詠んだ僧正深覚《しんかく》の、

武隈の松は二木をみきといふはよくよめるにはあらぬなりけり

と揶揄した作も採られている。季通（母は清少納言か）の歌での「みき」はもとより「見き」に「三木」を掛け、さらに松の「幹」を響かせており、深覚はそれを承知の上で、「下手な洒落だ」とからかったのである。深覚はジョークの名人だったらしく、その類の話は説話集に散見される。

西行の「みきといひても」はこの季通の作に基づいている。彼もまた口軽に下手な洒落を――それも二番煎じ、三

番煎じの——叩いている。そして能因の喪失感を追体験しようとしているのであろう。しかし、この場合それは成功しなかったようだ。

陸奥《みち》の国にまかりたりけるに、野の中に常よりもとおぼしき塚の見えけるを、人に問ひければ、「中将の御墓《みはか》と申すはこれがことなり」と申しければ、「中将とは誰《た》がことぞ」とまた問ひければ、「実方《さねかた》の御事なり」と申しける、いとかなしかりけり。さらぬだにものあはれに覚えけるに、霜枯れのすゝきほのぼの見えわたりて、のちに語らむも言葉なきやうに覚えて

朽ちもせぬその名ばかりをとゞめおきて枯野のすゝき形見にぞみる　（八〇〇）

実方の中将、いつまでも朽ちることない歌びととしての名声だけをこの世にとどめて、あなたはこの辺境の地にかばねを埋め、土と化し、わたしは今こうして枯野に靡くすがれたすすきの穂だけをその形見として見ている。

武隈の松の旧跡を見た西行は、おそらく同じ時に実方中将の塚を訪れたのであろう。「新潮日本古典集成」で「初度の陸奥への旅か、晩年の旅か、説が分かれる」というのは慎重な態度だが、『山家集』には最晩年に近い陸奥旅行

詠は含まれていないと見るのが自然であると考える。すると、これが巻下に位置する他の初度陸奥旅行歌群から離れて孤立的に存することの方が不自然ではないかということにもなるのだが、おそらくこの作はこの旅行歌群の中でも自信作だったので、早々と巻中の雑に入れられているのだと思う。先にも述べた巻上・巻中が原『山家集』だったのではないかという想像は、この歌の位置からも強められるのではないか。あるいはまた、懐旧や哀傷という主題がこの作をここに位置づけるまで強く作用したとも見られる。ともかく、ここでは初度の陸奥旅行での詠と見る。

藤原実方について、「日本古典文学大系」も「新潮日本古典集成」も、ともに藤原行成との争い、左遷の話を注する。これまた能因の「都をば」の歌話同様、旧聞もいいところという向きもあるに違いないが、『古事談』に語るところを挙げておく。

一条院の御時、実方、行成と殿上に於いて口論の間、実方、行成の冠を取りて小庭に投げ弃てて退散すと云々。行成繆気なく静かに主殿司を喚び冠を取り寄せ、砂を擺ひ之を着して云はく、「左道にいますする公達哉」と云々。主上小蔀より御覧じて、「行成は召し仕ひつべき者なりけり」とて、蔵人頭に補せられ時に備前介前兵衛佐なりき、実方をば「歌枕見てまゐれ」とて、陸奥守に任ぜらると云々。任国に於いて逝去すと云々。（第二臣節）

同書はこの他にも、臨時祭の試楽に遅刻して挿頭《かざし》の花を賜らなかった実方が竹台の呉竹の枝を折って挿頭としたのが後にしきたりとなったとか、陸奥で歌枕を見て回るうちに老翁からあこやの松のことを教わったとか、菖蒲が無いので五月五日にはかつみを葺かせたのが後年例になったとか、蔵人頭になれなかったのを怨んで死後その霊は雀となって殿上の小台盤にとまっていたとか、実方説話を数多く集めている。いずれもその基底には薄幸の貴公子実方に対する同情が働いているのであろう。

西行が冬枯れの野中の塚の前に涙するのも、『古事談』編者源顕兼《あきかぬ》の心情と似たものに動かされているからに違いない。ただ、西行の場合は顕兼よりも歌びとの先達としての専崇の念が遥かに強かったと想像される。長文の詞書、「いとかなしかりけり」以下の抒情的な表現がそう思わせる。

ただ、これまた能因の歌話同様、口論が原因の左遷というのはあくまで説話であって、事実はどうやら自ら望んで、少なくとも中央貴族達になごりを惜しまれながら赴任したらしいということも、大体において認められている見方である。が、そのような史実はこの場合の西行にとって、確かにどうでもよいことである。挿頭の花の代りに呉竹の枝を挿してもさまになった貴公子のきゃしゃな肉体が、この蕭条たる霜枯れたすすき原の下に朽ちていることの哀切さが、西行の胸を締めつけるのである。

そのことに哀慟をとどめえない西行自身、都人以外の何者でもないと言っていいだろう。確かに陸奥は佐藤氏の本貫の地である。しかし、西行はそこに帰ってきたのではない。彼は旅路にある都人として、うら枯れた異土の風景に打たれ、非命に死した貴公子に涙しているのである。

説話の類に言及したついでに記せば、実方が笠島道祖神のために蹴殺されたのであると伝えるのは『源平盛衰記』である。すなわち、阿古屋の松のいきさつを述べたのち、次のように語る。

加様《かやう》ニ名所ヲバ注シテ進《まゐら》セタレ共《ども》、勅免ハナカリケル。終《つひ》ニ奥州名取郡笠嶋ノ道祖神ニ被㆓蹴殺サ㆒ニケリ。実方馬ニ乗ナガラ彼《かの》道祖神ノ前ヲ通ラントシケルニ、人諫《いさめ》テ云ケルハ、「此神ハ効験《かうげん》無双《ぶさう》ノ霊神、賞罰分明也。下馬シテ再拝シテ過給ヘ」ト云。実方問テ云、「何ナル神ゾ」ト。答ケルハ、「コレハ都ノ賀茂ノ川原ノ西、一条ノ北ノ辺ニオハスル出雲路ノ道祖神ノ女《むすめ》也ケルヲ、イツキカシヅキテヨキ夫ニ合《あは》セントシケルヲ、商人ニ嫁《とつぎ》テ親ニ勘当セラレテ此国ヘ被㆓追下サ㆒給ヘリケルヲ、国人是ヲ崇敬《あがめうやまひ》テ、神事再拝ス。上下男女所願アル時ハ、隠相ヲ造《つくり》テ神前ニ懸荘《かけかざ》リ奉テ是ヲ祈申ニ、叶ハズト云事ナシ。我ガ御身モ都ノ人ナレバ、サコソ上リ度《たく》マシマスラメ。敬神再拝シ祈申テ、故郷ニ還上《かへりのぼり》給ヘカシ」ト云ケレバ、実方「サテハ此神下品《げぼん》ノ女神ニヤ。我下馬ニ及バズ」トテ、馬ヲ打テ通ケルニ、神明怒《いかり》ヲ成テ、馬ヲモ主《ぬし》ヲモ罰シ殺シ給ケリ。其墓彼《かの》社ノ傍《かたはら》ニ今ニ是有《あり》トイヘリ。人臣ニ列テ人ニ礼ヲ不㆑致サバ被㆓流罪セ㆒、神道ヲ欺《あざむい》テ神ニ拝ヲ不㆑成サレバ横死《わうし》ニアヘリ。実《まこと》ニ奢ル人也ケリ。（巻七）

笠島の道祖神は都の神の落魄した姿であるという縁起自体興味あるが、その神が都人である実方の無礼を怒って蹴殺すと語られるところに、実方の非運が透けて見えるようだ。話としては蟻通《ありとおし》明神と紀貫之の説話によく似ており、いわばその裏返しのようであるが――貫之は明神に咎められ、歌を手向けて事無きを得た――、都に出自を持ちながら無視されたと怒る笠島の神の怒りは、説話の世界での実方その人の憤りとほとんど同じようなものではないか。ということであれば、実方の死はやはり憤死に近いことになる。『源平盛衰記』の編者は『古事談』の編者と異なって実方に対してかなり冷やかのようであるが、それでも都の貴公子としての実方の誇高さを描き出してはいるのである。

和歌は白楽天がなき友元稹《げんしん》の集に題した字句、

遺文三十軸　軸軸ニ金玉ノ声アリ　竜門原上ノ土　埋ンデ㆑骨ヲ不㆑埋マ㆑名ヲ　（『和漢朗詠集』文詞付遺文）

を念頭に置いたもの。この句によって実方の身は朽ちて異郷の土と化していることを改めて想起しなければならない。「枯野のすゝき」「枯野」は西行がしばしば歌う景であった。

垣こめし裾野のすゝき霜枯れてさびしさまさる柴の庵《いほ》かな　（五〇五）

霜かづく枯野の草のさびしきにいづくは人の心とむらむ　（五〇八）

花におく露に宿りしかげよりも枯野の月はあはれなりけり　（三一九）

時代は下るが、

ある歌読みの、基俊に「歌をばいかやうに詠み侍るべき」と尋ね申されければ、「枯野の尾花有明の月」と答へられ侍りき。（『梵灯庵主返答書』）

という言説なども思い合される。

おそらく西行は、自身も実方が甘受したような宿命の下に死ぬかもしれないということを予感しつつ、塚の前に凝然と佇んでいるのであろう。霜枯れのすすきの穂先が靡いて、その塚の姿も定かではない。陸奥の冬空は早くも暮れようとしている。

十月十二日、平泉にまかり着きたりけるに、雪降り、あらし烈しく、ことのほかに荒れたりけり。いつしか衣河見まほしくてまかり向かひて見けり。河の岸に着きて、衣河の城しまはしたることがら、やう変りて物を見る心地しけり。汀こほりてとりわきさえければ

とりわきて心もしみてさえぞわたる衣河みにきたるけふしも　（一一三一）

格別寒気が身にも心にもしみて冴えわたるよ、衣を身に着るのではなく、衣川を見にやって来た今日と

いう今日は。

奥州藤原氏の本拠地平泉に着いたのが十月十二日というと、都ならさしずめ、

神無月降りみ降らずみさだめなきしぐれぞ冬のはじめなりける　（『後撰集』冬）

といったところで、初冬には違いないが、陸奥の冬の訪れは早い。西行を迎えたものは、「雪降り、あらし烈しく、ことのほかに荒れたりけり」という、厳しい天象であった。その荒天を冒して、西行は「いつしか衣河見まほしくて」——一刻も早く衣川が見たくて、出かけて行く。なぜ、衣川がそのように西行の心を駆り立てるのであろうか。もとより歌枕として馴染んでもいただろう。

詠まれた時期は明らかではないのだが、『聞書集』には、

双輪寺にて、松河に近しといふことを人々のよみけるに

衣川みぎはによりて立つ波は岸の松が根洗ふなりけり

という作もある。

しかし、それだけではなく、このすぐあとに述べられる「衣河の城」にまつわる、都とこの地の人々との戦いの歴史、奥州藤原氏の陸奥経営の歴史への関心が彼を動かしたことは、ほとんど疑いないという気がする。

というと、先に実方追悼歌で述べたことと矛盾することになるだろうか。つまり、ここではむしろ西行の内にも確かに流れているはずの奥州藤原氏の血が目覚めたということを意味するのだろうか。

事はそれほど簡単ではないと思う。「衣河の城しまはしたることがら、やう変りて物を見る心地しけり」というの

は、やはり根本的には都人としての見方ではないか。以前、私はこの箇所について、「これを違和感の表明と見ることは当らないであろう」と述べ、いずれかと言えば都人的な目で見たという立場の臼田昭吾氏の見解に異を唱えたことがあった(拙著『新古今歌人の研究』第一篇第二章)。けれども、それはやはり一方的に過ぎたと反省してみる。「いつしか衣河見まほしくて」という所には確かに歴史や現実への旺盛な関心がほの見えているが、「やう変りて物を見る心地しけり」という表現に、全く違和感が無いとは言い切れない気がしてきたのである。と言って、長袖流なら初めからそんなものを見ようとしないことも事実であろう。となると、「衣河の城」を凝視し続ける西行は、常に都から出発し、都へ回帰しようとする心情と、もはや遠くかすかなものとはなっているといっても決して消えることはない、陸奥の土地との繫がりの記憶と、自己の内なるこの二つの心の働きの矛盾に気付かなかったであろうか。都になずんだ心ではむくつけきものと感じずにはいられない、けれども惹き付けられる事実を如何ともしがたい。そんな矛盾した気持を窺わせる詞書のようにも読めるのである。

歌は諸注でも指摘されているように、技巧たっぷりである。「しみて」はおそらく「沁みて」に「衣」の縁語「染《し》みて」を掛けているのであろう。と言っても、これはほとんど同語のようなものである。「わたる」は「亘る」に「河」の縁語「渡る」を掛ける。「みにきたる」は「見に来たる」と「身に着たる」の掛詞。

このように、歌枕「衣河」を取り上げる時、衣の縁語ずくめで仕立てることは、王朝和歌でのほとんど約束事のようになっている。

音にのみ聞きわたりつる衣河たもとにかゝる心なりけり　(『元真集』)

浅からず思ひそめてし衣河かゝる瀬にこそ袖も濡れけれ　(『元輔集』)

衣河みなれし人の別るればたもとまでにぞ波は寄せける　（『重之集』）

などはその例である。おそらく西行はそれらに学んでいるのであろうが、これら先人達の作では衣川の寒気は捉えられていない。おそらく観念的にではあろうが、衣川の寒さを取り上げたのは、気付いた範囲内では、『木工《もく》権《のごん》頭《のかみ》為忠《ためただ》家百首』で「氷上雪」という題を詠じた、源仲正（源三位頼政の父）の、

とぢわたす氷に雪のうはぎして寒げにみゆる衣河かな

という一首ぐらいなものである。これは確かに西行の初度陸奥下向以前に詠まれたものである。軽々しく影響・被影響の関係を云々しようというのではない。ただ、これ以外の作からも、仲正と西行との間には、対象の感覚的な捉え方という点で、ある共通なものが認められそうである（拙著『西行　長明　兼好』所収「蝶の歌から」→本書所収）。するとそれはまた、先の都と陸奥の矛盾にも似て、雅と俗の問題に還元されそうである。

波に流れてこし舟の

長寛二年(一一六四)八月二十六日、崇徳院は讃岐の配所に崩じた。四十六歳。その在世中に西行が配所を訪れることはなかったであろうと前に述べた。せめてその墓所に詣でねばならない。真言宗の沙門として弘法大師ゆかりの地を訪れたいという願いも当然あったであろう。それから三、四年経った仁安年間、西行は西国への旅に赴く。

そのかみ参りつかうまつりけるならひに、世を遁れてのちも賀茂に参りけり。年高くなりて四国の方《かた》へ修行しけるに、また帰り参らぬこともやとて、仁安二年十月十日の夜参り、幣《ぬさ》参らせけり。内へも入らぬことなれば、棚尾《たなう》の社にとりつきて、参らせ給へとて志しけるに、木の間の月ほのぼのに、常よりも神さび、あはれに覚えてよみける

かしこまるしでに涙のかゝるかなまたいつかはと思ふあはれに　(一〇九五)

賀茂の御神のみ前にかしこまり捧げまつる、榊に掛けた木綿四手《ゆうしで》に涙が懸かるよ。再びこうしてお参り

できるのはいつの日のことか、ひょっとしてこれが最後になるのではないかと思うと、昔からこの御社に参詣し続けてきたことなどもしみじみと思い出されて。

西行伝の上で問題になるのは、まず第一に、この中国・四国への旅に先立っての賀茂社参詣が仁安二年（一一六七）、同三年のいずれかということである。陽明文庫本では右に掲げたように仁安二年とし、妙法院本『山家心中集』も同様だが、伝自筆本『山家心中集』や『西行上人集』には仁安三年とある。仁安二年ならば五十歳である。昔は「人生僅か五十年、うまくいっても又十年」だったから、そこでの五十か五十一かは西行自身にとっては相当大きな違いだと思うのだが、どちらかに決定できる材料は見当らない。伝自筆本『山家心中集』の書写の古さを尊重して、ここでは仁安三年、五十一歳の時のことかと一応考えておく。

次に、この詞書によって、西行が在俗時代賀茂社にしばしば参詣していたこと、そして出家後もその習慣は保たれていたという事実が知られるのも貴重である。先にも「述懐十首」を検討した『山家集』巻末の百首には「神祇十首」という部もあるが、それは神楽・賀茂・石清水男山八幡宮・熊野権現・伊勢大神宮（内宮）の歌各二首から構成されている。

「賀茂二首」は次のようなものである。

御手洗《みたらし》に若菜すゝぎて宮人の真手《まて》にさゝげて御戸《みと》開くめる　（一五三五）

長月の力あはせに勝ちにけりわが片岡を強く頼みて　（一五三六）

これらの作や賀茂祭に参詣した際の詠、斎院関係の歌も併せて考えるべきだろう。

詞書で「内へも入らぬことなれば」というのは、「日本古典文学大系」に「出家の身であるから、内へは入れないのである」という通りであろう。

歌で「涙のかゝる」という「かゝる」は「しで」の縁語と見る。

　榊葉にゆふしでかけてたが世にか神のみ前にいはひそめけむ　（『拾遺集』神楽歌）

など、木綿四手は榊、玉串に掛けるものだから。

　西の国の方《かた》へ修行してまかり侍りけるに、美豆野《みづの》
　と申す所に具しならひたる同行の侍りけるが、親
　しき者の例ならぬこと侍るとて具せざりければ
山城の美豆のみ草につながれて駒ものうげに見ゆる旅かな　（一一〇三）

　この度の旅路では、わたしの馬は山城の美豆の御牧の草に心惹かれて、元気なく見えるよ。

美豆野は皇室の牧場である美豆の御牧のあった場所。「具しならひたる同行」は、諸注とも西住と考えている。「日本古典文学大系」ではこれ以前、

　年久しく相頼みたりける同行に離れて、遠く修行
　して帰らずもやと思ひける、何となくあはれにて
定めなしいくとせ君になれなれて別れをけふは思ふなるらむ　（一〇九二）

の「同行」に注して、「集中では西住を指す」という。西住だとすると、彼がふだん美豆野に住んでいたこと、彼の没年は未詳なのだが、少なくとも仁安二、三年には生存していたことなどが知られるわけである。

この歌の場合も、主として素材の共通することから、巻末百首の「神祇十首」のうち「男山二首」の第一首目に、

けふの駒は美豆のさうぶをおひてこそかたきをらちにかけて通らめ　（一五三七）

とある歌などを併せ考えるべきだろうが、さらに能因の、

陸奥国に語らふ人なくなりにけりと聞きて、行きて見れば、荒れたる家に荒き馬を繫ぎたり

とりつなぐ駒とも人を見てしがなつひにはあれじと思ふばかりに　（『能因集』）

という作、そしてまた先にも触れた六道の歌のうち「畜生」の歌などでの発想をも顧みてよいだろう。

『西行の研究』に「駒ものうげに見ゆる旅かな」の句について、「美豆の縁で西住を駒として歌っている」と述べている通りで、そこに「異常なまでの親愛感を認めていい」のだろうが、同書のこの作についての以下のような読みには、いささか首をかしげる。すなわち、

このようなことを背景として読みとるとき、案外にゆとりのある語調に注意させられる。しかし、これは西住を中心として、慰める心から歌い出されているのを理解すれば、不思議はない。西行自身の個人的な立場や気持に触れてこないのは、出家遁世した者の心境のひろさを、西住に寄せる愛情とともに考えあわせてもいいであろう。「つながれて」という三句は俗縁の余儀なさというべき範囲のものであるが、それをも認容しており、遁世の説話などに見る非情なものとは異なって、人間的である。この歌に詠まれている心などが、この人たちの現実の姿であったと考えられる。

西行は「慰める心から歌」っているのだろうか。俗縁に繫がれて修行の旅への同行をことわった「同行」を容認し

ているのだろうか。むしろ、親しいがゆえの不満の表出と見たい。同行をことわるのもやむをえないとは考えただろう。けれども、この一首から「出家遁世した者の心境のひろさ」は直ちには出てこないと思う。この作は後に『新千載集』の誹諧歌に採られている。もとより「同行」を「駒」に見立てた点が誹諧歌的要素なのだが、西行はそのような滑稽諧謔の裡にやはり「同行」への片想いにも似た満たされぬ想いや批判を籠めていると読む。

しかしながら、結局この「同行」は少し遅れて西行のあとを追いかけて旅に出、西行は摂津国山本で彼を待っていて、ここで落ち合い、四国の旅路を共に歩んだのち、「同行」が先に帰京の途に就いたらしい。

津の国に山本と申す所にて、人を待ちて日数経ければ

なにとなく都のかたと聞く空はむつましくてぞながめられける　(一一三五)

四国の方へ具してまかりたりける同行、都へ帰りけるに

帰りゆく人の心を思ふにもはなれがたきは都なりけり　(一〇九七)

ひとり見置きて帰りまかりなんずるこそあはれに、いつか都へは帰るべきなど申しければ

柴のいほのしばし都へ帰らじと思はむだにもあはれなるべし　(一〇九八)

西行は昔も中国路を旅したことがあった。それら曾遊の地のうち、野中の清水は昔と変らなかったが、児島の八幡の松はすっかり老木となっていた。自然が変らぬにつけ変ったにつけ、彼は年月の経過を思い、自らの老いを顧る。

播磨の書写へ参るとて野中の清水を見けること、一昔になりにけり。年経てのち修行すとて通りけるに、同じさまにて変らざりければ

昔見し野中の清水かはらねばわが影をもや思ひ出づらむ　（一〇九六）

西国へ修行してまかりける折、児島と申す所に八幡の祝はれたまひたりけるに籠りたりけり。年経てまたその社を見けるに、松どもの古樹になりたりけるを見て

昔見し松は老木になりにけりわが年経たるほども知られて　（一一四五）

この児島で、西行は海人達のなりわいをまざまざと見る。

備前国に小島と申す島に渡りたりけるに、あみと申す物とる所は、おのおのわれわれしめて、長き竿に袋を付けて立て渡すなり。その竿の立て始めをば一の竿とぞ名付けたる。中に年高きあま人の立てそむるなり。立つるとて申すなる詞聞き侍りしこそ、涙こぼれて申すばかりなく覚えてよみけ

る

立てそむるあみとる浦の初竿は罪の中にもすぐれたるかな　（一三七二）

「あみと申す物」は、佃煮になる醬蝦《あみ》である。『新猿楽記』で「備前の海糠《あみ》」は「越後鮭」「周防鯖」「伊勢鰶《このしろ》」「隠岐鮑」などとともに「諸国の土産」に数えられている。

この詞書は漁師の営みを写して、リアルなタッチで描かれた油絵を見るようだ。それに対して歌はさほどでもないという見方もあるのだが、そうは思わない。「罪のなかにもすぐれたるかな」という嘆きはやはり目のあたりこういう光景に接しなければ得られなかったであろう。

日比《ひび》、渋川と申す方へまかりて、四国の方へ渡らむとしけるに、風あしくてほど経けり。渋川の浦と申す所に、幼き者どものあまた物を拾ひけるを問ひければ、つみと申す物拾ふなりと申しけるを聞きて

降り立ちて浦田に拾ふあまの子はつみより罪を習ふなりけり　（一三七三）

「たはぶれ歌」の章で見たように、うない童が貝を拾う有様は源俊頼によっても歌われていた。

江の淀に溝貝《みぞ》拾ふうなゐこがたはぶれにても問ふ人ぞなき　（『散木奇歌集』雑上）

それは「たはぶれ」であった。しかし、海人の子のつみ拾いは遊び戯れではないであろう。それはそのまま彼等の

糧となるに違いない。小さな貝を丹念に拾い、細かいあみを掬い取り、それを食うことによって生きてゆく罪深い存在、人間——そのいじらしい姿に西行は涙する。

讃岐にまうでて、松山の津と申す所に、院おはしましけむ御跡尋ねけれど、かたもなかりければ

松山の波に流れて来《こ》し舟のやがてむなしくなりにけるかな　(一三五三)

波に漂い松山の津に流れ着いたうつお舟は、そのまま空しく朽ちてしまったのだな。降居《おりい》の御門《みかど》はついに都にお帰りになることなく、この地に崩ぜられた。

松山の波のけしきは変らじをかたなく君はなりましにけり　(一三五四)

松山の津に寄せては返す波の有様はいつまでも変ることはないであろうが、わが君はそのお住まいの跡までもあとかたもなくなってしまわれた。

『保元物語』は崇徳院の配所での住まいを当初は松山であったが、次いで直島に遷されたと語っている。

讃岐に着かせ給ひしかども、国司未だ御所を造り出されざれば、当国の在庁、散位高季といふ者の造りたる一宇の堂、松山といふ所にあるにぞ入れまゐらせける。されば事にふれて都を恋しく思食しければ、かくなむ。

浜千鳥跡は都にかよへども身は松山に音《ね》をのみぞ泣く

(中略)

新院、八月十日に御下着の由、国より請文《うけぶみ》到来す。このほどは松山に御座ありけるが、国司すでに直島といふ所

に御配所を造り出されければ、それに遷らせおはします。四方に築垣《ついがき》築き、たゞ口一つ開けて、日に三度の供御《くご》参らする外は、事問ひ奉る人もなし。さらでだに習はぬ鄙の御住まひは悲しきに、秋もやうやう更けゆくまゝに、松を払ふ嵐の音、叢に弱る虫の声も心細く、夜の雁の遥かに海を過ぐるも、故郷に言伝《ことつて》せまほしく、暁の千鳥の洲崎に騒ぐも、御心を砕く種となる。わが身の御歎きよりは、僅かに付き奉り給へる女房達の伏し沈み給ふに、いよいよ御心苦しかりけり。（古活字本『保元物語』巻下）

この松山・直島を歌い込んだ諷刺的な今様のあることはすでに述べた。

譲位した御門を「むなしき舟」という。住吉御幸での後三条院の詠が著名である。

住吉の神もあはれと思ふらむむなしき舟をさしてきつれば　（『後拾遺集』雑四）

ここではただ「流れて来し舟」といっているのみであるが、下の「むなしく」と響き合って、その舟はもともと「むなしき舟」であり、それが松山の浜辺に空しく朽ち果てたという悲しい風景を描き出す。この西行の新院御陵参詣のことは『撰集抄』、『保元物語』諸本や読本系『平家物語』などで説話化され、能の「松山天狗」を経て、上田秋成の『雨月物語』の冒頭「白峯」へと発展するが、それらのあるものではこの「松山の波に流れて」の作を新院の亡霊の詠としている。それが不自然に感じられない歌いぶりである。

新院は白峰に葬られていた。ここは荼毘に付した場所とされている。

さしも御意趣深かりし故にや、焼き上げ奉る烟の末も都をさして靡きけるこそ怖しけれ。御墓所はやがて白峯に構へ奉る。（金刀比羅本『保元物語』巻下）

遥かに時代下って、上田秋成が、

松柏は奥ふかく茂りあひて、青雲の軽靡《たなびく》日すら小雨そぼふるがごとし。児が嶽といふ嶮しき嶽背《みねうしろ》に聳《そば》だちて、千仞の谷底より雲霧おひのぼれば、咫尺《まのあたり》をも鬱悒《おぼつかなき》こゝ地せらる。木立わづかに間《すき》たる所に、土墩《たか》く積たるが上に、石を三かさねに畳みなしたるが、荊蕀薜蘿《うばらかづら》にうづもれてうらがなしきを、これならん御墓にやと心もかきくらまされて、さらに夢現をもわきがたし。(『雨月物語』巻之一、白峯)

と筆を揮った白峯御陵である。

　白峯と申しける所に御墓の侍りけるにまゐりて
よしや君昔の玉の床《ゆか》とてもかゝらむのちは何にかはせむ　(一三五五)

　わが君、たとえこのような辺土の仮のお住まいでなく、その昔のまま玉座にあられましても、このように一度無常の風が訪れたあとはどうしようもございませぬ。どうかそのように思召し、安らかにお鎮まりますように。

『撰集抄』はもとより西行仮託の書にすぎないが、この歌の心はある程度説き得ている。

始めある物は終りありとは聞き侍りしかども、未だかゝる例をば承り侍らず。されば思ひをとむまじきはこの世なり。一天の君万乗の主も、しかのごとくの苦しみを離れましまし侍らねば、刹利《せつり》も首陀《すだ》も変らず、宮も藁屋もともに果しなき物なれば、高位も願はしきにあらず。我等も幾度かかの国王ともなりけんなれど、隔生即忘《かくしやうそくばう》して、すべて覚え侍らず。ただ行きてとまりはつべき仏果円満の位のみぞゆかしく侍る。とにもかくにも思ひ続くるまゝに涙の洩れ出で侍りしかば、

よしや君昔の玉の床とてもかゝらむのちは何にかはせむ　（宮内庁書陵部本、巻一の七）

讃岐の国へまかりて、みのつと申す津に着きて、月明くて、ひゞの手も通はぬほどに遠く見えわたりたりけるに、水鳥のひゞの手につきて飛び渡りけるを

しきわたす月のこほりをうたがひてひゞのてまはるあぢのむら鳥　（一四〇四）

さながら千里までも遠く敷いた氷のように冷たく輝く月の光。それを本当の氷かと疑って、海の面に降りもせず、篊《ひび》の手を飛びまわっているあじ鴨の群。

「みのつ」は三野津であろう。香川県三豊《みとよ》郡に三野町《みのちょう》がある。善通寺の西、観音寺の北に当る。瀬戸内海に注いでいる高瀬川の下流域に位置する。西行がこの港に着いたのは、白峯の崇徳院御陵参拝や善通寺巡礼の前だろうか後だろうか。これは説の分れるところだが、ともかく今述べている中国・四国の旅路での冬のことであろう。

「ひゞの手」は篊を支えるための支柱。われわれのように海岸から眺める者にとっては、篊そのものといってもよい。篊がこれより前に歌われたという例を知らない。

「あぢのむらどり」は、群をなすあじ鴨、現在巴鴨と呼ばれるもの。

雁鴨目の水禽。小形で美しく、雄の顔には淡黄褐色と緑色から成る巴形の斑紋がある。背は灰青色で黒・白の斑がある。秋季、東部シベリア地方から渡来。アジガモ。（『広辞苑』「ともえがも」の項）

『万葉集』で、「あぢむらの」「あぢむら騒き」、また枕詞で「あぢの住む」などと歌われている鳥である。

あぢ群《むら》のとをよる海に舟浮けて白玉採ると人に知らゆな　(巻七・一二九九)

など、海面を飛ぶ「あぢ群」を歌った例は三例見出されるが、「あぢのむらどり」という言い方は『万葉集』にはない。西行に近い時代の人々には、

水鳥　待賢門院堀河

蘆そよぐ潮風さむみ片岸の入江につどふ《つたふィ》あぢのむら鳥　(『久安百首』冬)

氷を　三条入道内大臣(藤原公教)

夕されば真野の池水こほりして夜がれがちなるあぢのむら鳥　(『夫木抄』巻十七、水鳥)

三百六十番歌合　覚盛法師

吹く風を岩にへだてて山川のぬるみにつたふあぢのむら鳥　(同右)

のような例がある。直接これらに学んだのではないかもしれないが、「たづのむら鳥」「鴨のむら鳥」などという言い方にならって、比較的新しく用いられ始めた句ではなかったか。

「しきわたす月のこほり」は、もとより冬の冴えた月光を氷に譬えたものだが、それは『西行山家集全注解』も指摘するように、『和漢朗詠集』十五夜の最初に掲げられている、

秦甸之一千余里　凜々《トシテ》氷鋪《キ》　漢家之三十六宮　澄々《トシテ》粉餝《レリ》

の詩句によった表現でもある。西行はこれ以外にもこの本文によって、

難波潟月の光にうらさえて波の面に氷をぞ敷く　(三六、題「海辺ノ明月」)

とも歌っている。ここではおそらく難波潟の歌枕敷津の浦をも暗示しているのであろう。その他、やはりこの中国・四国の旅のうち、善通寺での詠、

曇りなき山にて海の月見れば島ぞ氷の絶え間なりける　（一三五六）

にしても、

水なくてこほりぞしたる勝間田の池あらたむる秋の夜の月（三二三、題「月似《ル》㆑池《ニ》」）

にしても、月光を氷に見立てている背後には、同じ詩句が意識されていると考える。おそらく、遥か遠くまでを明るく照らし出す月の光の壮麗さに感動すること多かった彼は、月光のそのような性質をよく表しているこの詩句をも愛していたのであろう。この詩句を和歌表現の中に取り込むことは新古今時代にはやったように思われるのだが、あるいはその本家は西行ではないだろうか。

まるで昼のように明るい海上の月、金銀ときらめく海の面、その海面に針を挿したようにこまかく立てられた篊、空を舞う黒い鳥の群。この歌はさながらコントラストの強い風景写真にも似ている。その風景を西行はどんな気持で見ているのか。『新古今集』に冬の水鳥を歌ったものとして次のような作がある。

夏刈の荻の古枝は枯れにけり群れゐし鳥は空にやあるらむ　（『新古今集』冬、源重之）

幾度も幾度も同じ方向に空を旋回する鳥の群は、それを見ている人間の心にある種の感動を呼び起こす。それは安息の地を求めがたいものの悲しく空しい行動とも見えるのだが、特に旅路にあって見る時、旅人はそこに自身の姿にも通うものを感じるのかもしれない。

「ひゞのてまはるあぢのむら鳥」を見つめている西行は、卒然と旅愁に襲われた。五十路を過ぎて、氷のような月

明りの冬の海に舞う鳥の群を旅人として見つめるのは、彼が自ら選んだ道であった。

神路の奥

既に見たごとく、西行は世を遁れてまもないと思われる頃伊勢に下向して、「鈴鹿山憂き世をよそにふりすてて」と歌った。その後も伊勢に赴くことは多かったようである。『山家集』には伊勢の地での詠、伊勢大神宮の神主達との交渉を物語る作が散見される。たとえば、次のような作が残されている。

　同じ心（海辺霞）を、伊勢に二見といふ所にて
波越すと二見の松の見えつるはこずゑにかゝる霞なりけり　（一三）

　伊勢に、もりやまと申す所に侍りけるに、庵に梅
　のかうばしく匂ひけるを
柴の庵《いほ》にとくとく梅のにほひきてやさしきかたもあるすみかかな　（四〇）

　伊勢にまかりたりけるに、三津と申す所にて、海
　辺暮（「春」脱カ）といふことを神主どもよみけるに
過ぐる春しほのみつより舟出して波の花をや先に立つらむ　（一七〇）

右のうち、「柴の庵に」の作は出家以前の「柴の庵と聞くはくやしき名なれども」の詠を思い出させる。在俗の昔

心惹かれた東山の阿弥陀房のそれにも似た閑雅な草庵生活が伊勢の「もりやま」においては実現されていたことが想像されるが、その時期は明らかではない。

ここにまた、『山家集』の成立とからめて、詠まれた時期について議論される作が存在する。それは次の一首である。

伊勢に斎王おはしまさで年経《へ》にけり。斎宮、木立ばかりさかと見えて、築垣《ついがき》もなきやうになりたりけるを見て

いつかまたいつきの宮のいつかれてしめのみうちに塵を払はむ　(一二三六)

いつまた昔のように斎王が人々に斎きかしずかれて、斎宮御所の清らかな御注連の内で永らく積もった塵を払われることだろうか。早くそのようになってほしいものだ。

今までの注ではこの第三句を、「斎きましまして」(新註国文学叢書)、「斎かれて—神に奉仕遊ばされて」(古典大系)、「潔斎をなさって」(古典集成)のように解している。すなわち「れ」を尊敬の「る」ととっているのだが、これは受身の「る」であろう。歌では尊敬の表現は不可欠ではない。

「新潮日本古典集成」に、「伊勢に斎王おはしまさで」の詞書について、「承安二年(一一七二)惇子内親王が伊勢に薨ぜられ、次の功子内親王は野宮より下座、次の潔子内親王が文治三年(一一八七)卜定されるまで十六年間欠」と注する。その通りなのだが、十六年間のどのあたりの詠と見るかが問題である。

窪田章一郎『西行の研究』はこの歌を伊勢移住以後の作とする。目崎徳衛『西行の思想史的研究』でも、『山家集』

に高野から伊勢移住後の作を全く含まないとは速断しがたいという、拙著『新古今歌人の研究』での意見をも援用して、「この歌はその下限たる文治二年にできるだけ近い所まで、年代を下げてみたい気がするのである」としている。文治二年を下限とするのは、この年西行は沙金勧進のために陸奥に下向するからである。

しかし、豹変したようで大変申しわけないのだが、その後この前後の歌群を少し検討してみた結果、少なくともこの作は治承四年（一一八〇）の六月以前とされる伊勢移住後の詠とは考えにくいと思うようになった。それは前後に位置する賀茂斎院の荒廃を嘆く作品との時代的関連に注目するからである。目崎氏の前記の推定は詞書にいう「築垣もなきやうになりたりける」という斎宮の荒廃は「六―七年どころでなく従来例を見ないほどの長い空白が続き、しかも新斎王の卜定や野宮入りの兆さえもない、内乱期間の特殊な事情を反映しているのではあるまいか」（前掲書）という理由に基づくのだが、この作の直前に位置する次の贈答歌は、氏も五辻斎院頌子内親王（鳥羽法皇皇女）の承安元年八月十四日の斎院退下の直後の詠と見ている。

斎院下りさせ給ひて、本院の前を過ぎけるに、人の内へ入りければ、ゆかしく覚えて、具して見侍りけるに、かうやはありけむとあはれに覚えて、下りておはしましける所へ、宣旨の局のもとへ申しつかはしける

君住まぬみうちは荒れて有栖《ありす》川忌む姿をもうつしつるかな　（一二二四）

返し

思ひきや忌みこし人のつてにして馴れしみうちを聞かむものとは　（一二三六）

斎院は仏教を忌み遠ざけることから、自らの僧形を「忌む姿」と言った。

斎院の本院が斎院退下後まもなく、「かうやはありけむ」と思われるほど荒れたものとして西行の目に映じたのならば、斎宮の場合も同じではないだろうか。荒廃感というものは多分に主観的な感情である。「斎宮、木立ばかりさかと見えて、築垣もなきやうになりたりける」という詞書には、文飾といって悪ければ、西行のそのような主観的な思い入れが加わっていないとも限らない。それゆえ、この「君住まぬ」の作は、承安二年（一一七二）五月五日の斎宮惇子内親王の没後、治承元年（一一七七）十月二十八日の功子内親王斎宮卜定以前の六年間の詠、伊勢移住以前の詠と考える。そしてこの一連の神祇歌群中に位置する次の作も、ほぼ同じ頃の詠と考えるのである。

伊勢にまかりたりけるに、大神宮にまゐりてよみける

榊葉に心をかけむゆふしでて思へば神もほとけなりけり　（一二二三）

榊葉に心をかけて伊勢の御神に祈ろう、木綿四手を取って垂らして。思えば、日の本の神もその本地は仏なのであったのだなあ。

なぜこうも詠作時期にこだわるかというと、もとより『山家集』の成立に関わるからでもあるが、そればかりではない。これらの作の多くには神の信仰の衰微を慨嘆する心が表白されていることにも注目したいからである。

九条兼実の日記『玉葉』を見ると、承安元年八月十五日の条では、彼は斎院のことを憂い、同二年五月五日斎宮惇子内親王危篤の報に接した時は、「斎院御坐さず已に二年に及び了んぬ。今又此の如し。神、国を捨つ。豈憑みあら

んや」(原漢文)と記した。西行の慨嘆は兼実のそういう畏怖と重なる。一捨て聖にすぎない西行も、右大臣として国政に当る兼実に近い危機感を抱いていたのであった。

北祭の頃、賀茂に参りたりけるに、折うれしくて待たるゝほどぞ使ひ参りたり(ママ)、橋殿につきてつい ふし拝まるゝまではさることにて、舞人のけしき振舞ひ、見し世のことども覚えず。東遊《あづまあそび》に琴打つ陪従もなかりけり。さこそ末の世ならめ、神いかに見給ふらむとはづかしき心地してよみ侍りける

神の代もかはりにけりと見ゆるかなそのことわざのあらずなるにも　(一二二二)

更けけるまゝに、御手洗《みたらし》の音神さびて聞えければ

みたらしの流れはいつもかはらじを末にしなればあさましの世や　(一二二三)

西行もまた末法思想に深く染められていた。染められつつも神に祈らずにはいられなかった。それは「思へば神もほとけなりけり」という信仰の支えを失っていなかったからである。

おそらく、日本の神々のすべてが「ほとけなりけり」と観じられていたのであろう。が、わけても伊勢の御神は真言行者円位にとって、大日如来であった。

高野の山を住みうかれてのち、伊勢国二見浦の山寺に侍りけるに、大神宮の御山をば神路山と申す、

大日如来の御垂跡を思ひてよみ侍る
深く入りて神路のおくをたづぬればまたうへもなき峯の松風　(『千載集』神祇)
神路山の奥深く分け入って尋ね求めると、無上の高嶺を吹く松風の音が颯々と聞える。
右の作は、それまでは時折「もりやま」あたりに一時的に止住することはあっても、大体において旅人として伊勢を訪れていた西行が、住み馴れた高野を離れて、伊勢の二見浦に移り住んだことを物語っている。しかし、その時期は、次の作によって治承四年(一一八〇)六月以前であるということが言える程度で定かではない。
福原へ都遷《うつり》ありと聞えし頃、伊勢にて月の歌よみ侍りしに
雲の上やふるき都になりにけるすむらむ月の影はかはらで　(『西行法師家集』雑)
九重の雲の上は人も住まない古都となってしまったのだろうか。月の光だけはきっと昔と変ることなく澄んでいて。
『方丈記』、『平家物語』巻五都遷などにおいて、めでたく美しい平安京に加えられたほとんど災害のごとく描写されている福原遷都は、治承四年六月二日のことであった。西行は伊勢の地でその報に接した。「月の歌」として詠んだというのだから、この作はあるいはその年の八月十五夜前後の詠であろうか。六月でも七月でも、月の美しい頃ならこのように歌う機会もあったであろう。ただ、八月十五夜の頃とすると、やはり『平家物語』巻五の月見で語られる、徳大寺の左大将実定《しってい》の卿の今様、
旧き都を来て見れば　浅茅が原とぞ荒れにける

月の光はくまなくて　秋風のみぞ身にはしむ

と呼応するようで、興味深い。

西行の作の「すむ」は「澄む」に「住む」を掛ける。「雲の上」の衰えを嘆く心は、今まで見てきた神への信仰の衰えを悲しむ心と同じである。西行はもともと新しい時代に直ちに順応できるような意識の持ち主ではなかった。そして伊勢国に定住し、内宮の禰宜である荒木田氏の人々としばしば接触した経験は、いよいよ現実を超えて蒼古ないにしえへと彼の想いをいざなったと考える。

源平の動乱を通じて、伊勢国は必ずしも戦いの渦の外にあったわけではない。養和元年(一一八一)九月十六日神祇少副大中臣定隆が伊勢の離宮院で頓死したが(「中臣氏系図」)、このことについて、『平家物語』巻六の横田河原合戦では「九月一日、純友追討の例とて、くろがねの鎧甲を伊勢大神宮へ参らせらる。勅使は祭主神祇の権大副大中臣定隆、都を発《たつ》て近江国甲賀の駅より病ひつき、伊勢の離宮にして死ににけり」と語っている。朝敵追討を祈るべき勅使が頓死したということは、伊勢大神宮が清盛の専横によって帝位に即いた安徳天皇を守護しないのではないかという危惧を人心に与えたに違いない。同じ年の十月二日には、伊勢行幸のことが議されている。「伊勢ニ行幸シテ、兵革ヲ大神宮ニ祈ラレントシ、摂政及ビ左右大臣ヲシテ、之ヲ議セシム、例ナキニ依リテ、果シ給ハズ」(『史料綜覧』巻三)。

伊勢大神宮の禰宜達の中には、機を見るに敏で、早くも関東の頼朝に接近する者も出て来た。伊勢行幸の件が問題とされた養和元年十月二十日、権禰宜度会光倫が鎌倉に至り、頼朝に見参している。彼は先の定隆の頓死のこと、本宮正殿の棟木に怪異があったことなどを述べて、「朝憲を軽んじ、国土を危ふくする凶臣、此の時に当りて敗北すべきの条、兼ねて疑ひ無し」(『吾妻鏡』巻二)と言上した。それに対して頼朝は、永暦元年(一一六〇)流人として京を出た際夢想のお告げがあってからというものは伊勢大神宮を渇仰していると語り、所願が成就したあかつきには必ず新たな御厨を寄進しようと約束した。頼朝はその後、神馬や砂金を大神宮に奉献している。このことが京都にも知られ、寿永元年(一一八二)十一月十七日、廟堂においては東国に同意した禰宜達を処罰すべきか否かが議せられ、狼狽した度会光倫はそのことを頼朝に注進している。翌二年四月二十六日、公卿勅使として参議源通親が伊勢に発遣されたのは、「宸筆宣命ヲ伊勢大神宮ニ奉リ、天変兵革ヲ祈禳セシム」(『史料綜覧』巻三)という目的の下に行われたことであるが、おそらく今見てきたような伊勢と東国との繋りを絶とうという狙いをも持っていたのであろう。

西行はその通親を五十鈴川のほとりで見た。

公卿勅使に通親《みちちか》の宰相の立たれけるを五十鈴《いすず》のほとりにて見てよみける

いかばかり涼しかるらむ仕へ来て御裳《みも》濯《すそ》川を渡る心は

とく行きて神風めぐむ御戸《みと》開け天《あめ》の御影に世を照らしつゝ

同じ折節の歌に

神風にしきまくしでのなびくかな千木《ちぎ》高知りて取り治むべし

宮柱下つ岩根にしき立ててつゆもくもらぬ日の御影かな

千木高く神《かむ》ろきの宮ふきてけり杉のもと木を生剝《いけはぎ》にして

世の中を天の御影のうちになせ荒潮浴《あ》みて八百合《やほあひ》の神

今もされな昔のことを問ひてまし豊葦原の岩根木《こ》の立《たち》　(『聞書集』)

公卿勅使通親の威儀を正した姿に感動している西行は、いち早く鎌倉の頼朝に款を通じようとする度会光倫とは明かに政治的立場を異にしているであろう。この一連の作品群には、既に言われてもいるように、祝詞の影響が著しいのだが、それらの中では、「天津御量《あまつみはかり》もちて事問ひし磐根木《いはねこ》の立《たち》、草のかき葉をも言止《ことや》めて」(『祝詞』大殿祭)という祝詞の字句を逆用して、「今もそのようにこの豊葦原の岩や木立が物を言ってほしいな、そうしたらこの国の神代のことを問おうものを」と、ほとんど神々の時代を幻視しようとする「今もされな」の作が特に注目されると思う。

確かにこの作品群は「皇室の危急にあたっての祈願をこめた歌」(『西行の研究』)であった。そしておそらくこの時の西行の意識においては、「朝敵」としての頼朝や義仲、その他諸国の源氏の蜂起は、禳うべき罪穢れのごとく捉えられていたのではないかと思う。ふと、第二次世界大戦下の歌人達の時局詠を連想しないわけにはいかない。けれども、もとより西行は「撃ちてしやまむ」式に戦いを肯定するものではない。むしろそこに愚かしい人間の罪を見て深く嘆き、憤った。

世の中に武者おこりて、西東北南、軍《いくさ》ならぬ所なし。打ち続き人の死ぬる数聞く、おびたゝし。まこととも覚えぬほどなり。こは何事の争ひぞや、あはれなることのさまかなと覚えて

死出の山越ゆるたえまはあらじかしなくなる人の数続きつゝ

武者のかぎり群れて死出の山越ゆらむ、山賊《やまだち》と申す恐れはあらじかしと、この世ならば頼もしくや。

宇治の軍かとよ、馬筏とかやにて渡りたりけりと

聞えしこと思ひ出でられて

沈むなる死出の山川みなぎりてむまいかだもやかなはざるらむ

木曾と申す武者死に侍りにけりな

木曾人は海のいかりを沈めかねて死出の山にも入りにけるかな　（『聞書集』）

義仲の討死は寿永三年（一一八四）一月二十日のことである。すると、「宇治の軍」というのは『平家物語』巻九の宇治川先陣に語られる、宇治の渡河作戦をさすのであろうか。

人と人とが殺し合う戦いをこの世ながらの地獄と見て、そのあさましさを慨嘆する西行のやり場のない悲しみ、憤りは詞書に尽くされている。そして、歌としてはもはや痛烈な皮肉を誹諧歌めいた表現に託すのみである。これに限らず、西行の作品に少なからず見出される誹諧歌的発想の意味は、もっともっと考えられていい。

動乱は平氏の敗北に終った。元暦二年（一一八五）三月二十四日、平家の一門は壇浦で滅び、死におくれた宗盛・清宗等父子は一旦鎌倉へ護送され、頼朝の前に引出されたのち、六月二十一日、上京の途中、近江の篠原で斬られた。

西行はその昔、平忠盛の八条の泉で「高野の人々」が仏像を描いて供養した時、同家に赴いて、

さよふけて月にかはづの声聞けばみぎはも涼し池の浮草　（『聞書残集』）

と詠んだことがある。また、和田の泊りにおける入道相国清盛主催の千人の持経者を集めての万燈会供養にも参加し、

消えぬべき法《のり》の光のともしびをかゝぐる和田の泊りなりけり　（八六二）

とも歌っている。清盛は同い年でもあった。西行が心理的に源氏よりも平氏に近かったことはおそらく間違いあるま

い。彼は虜囚の辱しめを受けた宗盛のことを次のように歌う。

八島内府鎌倉へ迎へられて、京へ又送られ給ひける、武者の、母のことはさることにて、右衛門督のことを思ふにぞとて泣き給ひけると聞きて

夜《よる》の鶴の都のうちを出でてあれなこの思ひにはまどはざらまし　（『西行法師家集』雑）

夜の鶴（宗盛の大臣）は囚われている籠の内を出てほしい。そうしたらわが子への愛に迷わないであろうに。

ここには一案としての解釈を示した。その根拠や異なった解釈などについては、旧著『西行山家集入門』で既に述べたので、ここには繰り返さない。右の解釈への批判は山木幸一『西行の世界』に見える。同書では「母」を右衛門督清宗の母と解するのだが、『源平盛衰記』では清宗母も義宗（副将）母も、この時既に故人であったと語る。

伊勢は海に縁取られた国である。かつて中国・四国の旅で目のあたりに見た海人の営みを、西行はこの国でもつぶさに見た。それはやはりこの上なく罪深い所行と映じたに違いない。そのような受けとめ方は伊勢の海人達を詠じた作品から窺うことができる。しかし神路山に神鎮まります大神宮は神饌として鱗類を求める神であったと思われる。「総じてこの浦を阿漕が浦と申すは、伊勢大神宮御降臨よりこのかた、御膳調進の網を引く処なり」（謡曲「阿漕」）。

神風が木綿四手を吹き靡かす伊勢と罪深い所行を見ることの多い伊勢、大日如来の垂跡であるにもかかわらず深く仏法僧を忌み遠ざける伊勢——伊勢国は西行にとって、やはり謎ではなかっただろうか。

円寂

文治二年(一一八六)、藤原定家や寂蓮・慈円・藤原家隆等、そして伊勢大神宮の祠官達に内宮奉納の百首歌を勧進した西行は、俊乗房重源との約諾に応じ、東大寺大仏再興事業の一助にと、沙金勧進の目的で陸奥へ下向した。途中、鎌倉鶴岡八幡宮社頭で折しも参詣した頼朝に見つけられ、終夜語り明かしたのは、八月十五夜のことである(『吾妻鏡』巻六)。既に六十九の齢を算える身であった。

吾妻の方へ相知りたりける人のもとへまかりけるに、佐夜《さや》の中山見しことの昔になりたりけるに、

思ひ出でられて

年たけてまた越ゆべしと思ひきやいのちなりけり佐夜の中山　(『西行法師家集』雑)

「相知りたりける人」は奥州藤原氏の雄、秀衡であろう。彼が死ぬのはこの翌年の文治三年のことである。「昔」は最初の陸奥への旅をさすに違いない。それから少なくとも三十年以上は経っている。決して短いとはいえない歳月、しかも振返ると、往事は渺茫としてすべて夢に似ている。「旧遊零落して半ば泉に帰す」と歌われたように、鳥羽法

皇も崇徳院も、待賢門院堀河、上西門院兵衛の才媛姉妹も、同行西住も、親しかった人々はほとんど故人となってしまった。そして自分だけは昔と同じ道筋を、昔のままの山坂を越えてゆく。七十に手の届く老軀に杖して。「いのちなりけり」――これは他の句をもって置き換えがたい重みを持つ。

風になびく富士のけぶりの空に消えてゆくへも知らぬわが思ひかな　(『西行上人集』恋)

風に吹かれて靡く富士の煙は碧空に溶けて消えてしまい、あと方もとどめない。ちょうどそのように行方を突き止められないわが思い。

『新古今集』では「あづまの方へ修行し侍りけるに、富士の山をよめる」と詞書して、雑歌の扱いをする。けれども、『西行上人集』では無題の恋歌群中の一首である。もはや終り近くなって煩瑣な成立についての考証はさて措くが、結論的には『西行上人集』は『山家心中集』に先行して成り、のちに若干の追補がされているのではないかと思う。もしも最晩年の西行自身がこの作を恋歌群に入れたのだとしたら、それはこの作の解釈を大きく左右するであろう。しかしまた、他人の所為であるとしても、これが恋歌としても読みうるという一つの証拠にはなるのである。「ゆくへも知らぬわが思ひ」、そこに万感は籠められている。それは分析的な解説を拒否する「思ひ」である。

陸奥から帰った西行は『御裳濯河歌合』『宮河歌合』の自歌合二巻を自撰し、俊成・定家父子に加判を依頼する。おそらくそこには先の百首歌の勧進の場合と同様、伊勢の神慮を清《すず》しめるものとしての和歌の力への信仰心が働いているのであろう。そして同時に自らの言葉の力に対する自信がその行動を裏付けているのであろう。

親しかった平家の人々の手によって、大仏は焼け落ち、この国は法滅に曝された。朝敵とされ、東夷とさげすまれた頼朝が新たな支配者となりつつあった。けれども、大仏は復興の途に就いている。西行自身は熊野詣での道で、「末の世もこのなさけのみ変らず」という夢想を得た。嘆くことはない——そのような心が最晩年の西行の行動を方向づけたのであろう。

そして彼は叡山の無動寺に慈円を訪れる。

円位上人無動寺へ登りて、大乗院の放ち出に湖《うみ》を見やりて

にほてるやなぎたる朝に見わたせば漕ぎゆく跡の波だにもなし

帰りなむとて、朝《あした》のことにてほどもありしに、「今は歌と申すことは思ひ絶えたれど、結句をばこれにてこそつかうまつるべかりけれ」とてよみたりしかば、ただに過ぎがたくて和し侍りし

ほのぼのと近江の海を漕ぐ舟の跡なきかたにゆく心かな（『拾玉集』）

西行は明らかに沙弥満誓の歌を意識している。すなわち、『万葉集』の原歌よりは次の形で、無常感を嘆じた作として広く知られていたであろう、

世の中を何にたとへむ朝ぼらけ漕ぎゆく舟の跡の白浪（『拾遺集』哀傷）

の歌である。そしてまた、おそらくこの古歌にまつわる次のような話をも熟知していたと思われる。

恵心僧都は、和歌は狂言綺語也とて読み給はざりけるを、恵心院にて曙に湖を眺望し給ふに、沖より船の行くを見て、或人、「漕ぎ行く舟の跡の白波」と云ふ歌を詠じけるを聞きて、めで給ひて、「和歌は観念の助縁となりぬべかりけり」とて、其より読み給ふと云々。扨、二十八品幷に十楽歌なども其の後読み給ふと云々。（『袋草紙』雑談）

ただ、この時の西行にとって「和歌は観念の助縁」と考えられていたのだろうか。そうではなくて、和歌を詠ずることがとりも直さず観念することだったのではないだろうか。慈円は西行の作を受けて、「跡なきかたにゆく心かな」と応じた。これはさながら「空に消えてゆくへも知らぬわが思ひかな」のリフレインである。噴煙を溶かし込んだあとの青空がどこまでも澄んで広がっているように、白い航跡が消えたあとの朝の鳰の海は鏡のように静かに青い水を湛えている。しかし、それを眺める人の心は明鏡止水の譬えのように静止することはない。たとえ思い悩み、波立つというのではないとしても、遥かなものにあこがれてどこまでも広がってゆくものが人の心である。慈円はそのようなわが心を率直に表白した。

西行はおそらくその後、河内国弘川に下り、文治六年（一一九〇）二月十六日、未の時に七十三歳の生涯をおえた。

円位聖が歌どもを伊勢内宮の歌合とて判請け侍りしのち、又同じき外宮の歌合とて、「思ふ心あり。新少将（定家）にかならず判して」と申しければ、記し付けて侍りけるほどに、その年去年文治五年河内の弘川といふ山寺にて患ふことありと聞きて、急ぎつかはしたりしかば、限りなく喜びつかはしてのち、少しよろしくなりて、年のはての頃京に上りたりと申ししほどに、二月十六日になむかくれ侍りける。かの上人先年に桜の歌多く詠みける中に

ねがはくは花のしたにて春死なむそのきさらぎの望月のころ

かく詠みたりしをかしく見たまへしほどに、つひに如月十六日、望《もちの》日終りとげけること、いとあはれにありがたく覚えて、物に書き付け侍る

ねがひおきし花のしたにてをはりけり蓮《はちす》のうへもたがはざるらむ　（冷泉為秀本『長秋詠藻』）

人々の感動はおしなべて深くはげしかった。が、西行の自問「いかにかすべきわが心」（『聞書集』）に、「地獄絵を見て見るも憂しいかにかすべきわが心かゝる報いの罪やありける」という問いを自らの問いとして、生涯誠実に苦しんだ人は、西行の精神的息子ともいうべき慈円であっただろう。慈円にとって「わが思ひ」はいつまでも「ゆくへも知らぬ」ものであり、「跡なきかたにゆく」ものであった。

あとがき

この本は著者自身にとっては、『新古今歌人の研究』(東京大学出版会、一九七三年)、『西行山家集入門』(有斐閣、一九七八年)、『西行　長明　兼好』(明治書院、一九七九年)、編著『西行全集』(日本古典文学会、一九八二年)などにおける試行錯誤を受けての、現時点での西行和歌に関する、ささやかな読みのノートである。ノートだから転合書めいた走り書きがあったり、言わでものあげつらいをしたり、先学の業績に言及しそこねたりしているところも少なくないであろう。そのことをまずお詫びしておきたい。ただ、この本では前記の旧著、特に『西行山家集入門』との重複を努めて避けようとした。それでも「たはぶれ歌」では、一部同様な記述を繰り返さざるをえなかったが、同書とはできるだけ選歌を異にしたり、同じ歌でも作品群の中で扱ったり、伝記や作品集の概説を同書に譲ったりして、なるべく同じことは繰り返さぬように心がけた。それゆえ、関心をお寄せの方が同書をも併せて御覧くださるならば、著者としては望外の喜びである。

この初校をあらあら読み終えた四月の初め、所用あって京へ赴いたのち、吉野山奥の千本に西行庵を訪れた。金峰《きんぷ》神社の横の杉木立の間を縫う小径をしばし登ってから、谷あいに下ると、僅かの平地にぽつんと置かれた、壊れかかった箱のような土壁の庵がそれであった。現代の空気を吸っている人間のさがとして、西行がここに住んでいたのだと素直に信じることはできかねる。しかし、この場所ではなくても、このような壊れかかった土壁の庵ではなくても、西行がこの奥深い吉野山にさびしさに堪えて住んだことは確かなのである。

山深くさこそ心は通ふとも住まであはれを知らむものかは　（『新古今集』雑中）

またもや西行に対して心ない所行を重ねてしまったのであろうか。けれども、彼もまた、

世の中を捨てて捨てえぬ心地して都離れぬわが身なりけり　（四一七）

と嘆じた時もあったのだ。都塵にまみれた小市民のわが身に引付けた作品の読みをも、彼は笑いこそすれ、深くは咎め立てしないのではないだろうか。そんな勝手なことを思いながら、急坂を上る。吉野の桜はまだ蕾が硬そうである。

（一九八三・四・六）

II

『山家集』巻末「百首」読解考

『山家集』巻末「百首」

一

一首の和歌、一句の発句で、要するに一篇の短詩型文学において、作者自身が何を表現しようと意図したかということと、その作品が作者自身の意図とは関りなく、どのような解釈に堪えうるか、どのような解釈の可能性を蔵しているかということとは、明らかに次元を異にする問題である。そして、国文学の研究者に要求されている課題は、まず作者自身が何を表現しようと意図したかという疑問の解明であろう。その次の段階として、その作品についてどのような読みが可能であるか、その可能性を最大限に探ることも試みられてよいであろうが、それは研究者の仕事の枠を超えて、批評家の仕事となり、又は鑑賞者の自由な精神の領域に属することであるように思う。もとより、研究者と批評家や鑑賞者が両立しえないわけではなく、むしろすぐれた研究者は同時に鋭い批評家であり、卓抜な鑑賞者であるのだろうが、その研究の確かさは先に述べた最初の課題を追究するその度合如何によるところが大きいのではないかと考えられるのである。

西行の和歌について考える時、私はいつもこのことを思う。というのは、西行の和歌の大部分が作者自身の表現意図が必ずしも明確でない状態で我々の前にあるからである。それはたとえば藤原定家の和歌の比ではない。そして過去においてそれらについてはさまざまな解釈が試みられ、現代の我々にとってすら更に新たな読みが可能であるかもしれないからである。そのような多様な解釈を許容する幅の広さという点では、西行はおそらく定家を凌駕するであろう。西行の和歌の面白さと共に、難しさ、そして怖さはここにある。

西行という作家はこちらの思い入れが深ければ深いだけ、さまざまに読めてくる、さまざまに解しうる人であると思う。それだけに読む当人には面白くてならない存在ということにもなるのであるが、それが果して彼の文学の真実の姿であり、彼の実人生であったか否かという問題になると、それは保証の限りではない。

それ故、西行の和歌の解釈に際しては、(実は西行に限ったことではないのだが)まずこちらで既に抱いている西行その人に対する思い入れ、思い込みを極力排除して、歌の言葉そのものの意味を一つ一つ辿って全体に及ぶという、当然の手続きを経ないことには、収拾がつかない結果となるのではないであろうか。(1)

思い入れを極力排除し、冷静に、あくまでも表現に即して、作品そのものが語りかけてくる声に耳を傾けること――これは思った以上に難しいことであったが、私は「古典を読む」シリーズの一冊として『山家集』を書く機会を与えられた際に、(同書の全体を一貫してと言うのではない)西行の「題しらず」歌群や『山家集』巻下巻末に附載されている作歌年次未詳の「百首」のうちの「述懐十首」などに関して、この方法を適用してみた。そして、それらに関する従来の解釈が必ずしも満足すべき状態ではないことを知らされた。もとより、それらに対する自身の解釈が常に妥当であると主張するものではないが、ただ従来の解釈には和歌表現の伝統の根強さや厚さ、深さにさほど顧慮することなく、研究者各自の既成の西行像に作品の方を当てはめるといった慊いが無くはなかったと感じるのである。

同書でその一部(十分の一)だけを読んだ「百首」については、その後同様な方法で読解を続けているのであるが、従来の諸家との解釈の違いは少なくないと思われる。そしてその違いの大部分は、諸家がこの百首をあらかじめそれぞれの思い描く西行伝のある時点に位置づけ、その時点までの西行の人生と思想(但し、それらはあくまでも諸家の想像の領域に属する)を作品解釈の場に持ち込むのに対して、私の方法では努めてそれを避け、つまり人生や思想とは一応切り離して、作歌年次に関しては結論を留保したまま、ひとまず和歌表現の点から解釈しようとすることに起因するようである。

けれども、私自身それだけで事が終ったと考えているわけではない。明徴を全く欠く『山家集』巻末「百首」の作歌年次がたやすく明らかになるとは思われないが、それを可能な限り追究し、西行の和歌世界全体におけるその意味を考えることは、やはりこの時代の文学を研究する者の課題の一つであろう。本稿は本作品の発想・表現と巨視的にはほぼ同時代と見られる作品群でのそれらとを対比、検討することによって、この課題に対する一つの答えを企てようとするものである。

二

この百首歌の成立年次に関する従来の諸説は、窪田章一郎著『西行の研究』及び山木幸一「山家集巻尾「百首」考」(『国語国文研究』第三十八号、一九六七年九月)に整理されている。論を進める都合上、改めてそれらを紹介すると、およそ次のごとくなるであろう。

①「余程若い時分、即ち出家前の作と見え、幼稚である」(尾山篤二郎編・創元文庫本『西行法師全歌集』、風巻景次郎校注・日本古典文学大系『山家集 金槐和歌集』、後藤重郎校注・新潮日本古典集成『山家集』にこの説を引く)。

②「その調より見るも、猶年少の時代に成れるものか」(佐佐木信綱等編『西行全集』伊藤嘉夫脚注、伊藤嘉夫校註・日本古典全書『山家集』頭注も同趣旨)。

③「比較的若年の頃の作と思はれる」(三好英二校註・新註国文学叢書『西行歌集 上』頭注)。

④「出家後数年、遁世者としての心境を育てながら、作歌勉強にも打ち込んでいた頃のものとして、第二期(引用者注、保延六年〔一一四〇〕—久安三年〔一一四七〕、二十三歳—三十歳が著者のいう第二期である)の業績としてとり上げようと思う」(窪田章一郎著『西行の研究』)。

⑤「『久安百首』などに刺戟され、在俗の頃の歌のうちより左様なものを編んでみたのではあるまいか」(尾山篤二郎著『西行法師評伝』、①より以前に発表された説)。

⑥「この百首の作年を決めることは至難だと思ふ。相当の年月に亙つた作が混在すると観るべきではなからうか」(川田順著『西行の伝と歌』)。

⑦「聞書集成立の後であり、両宮歌合成立の前であると推測される。西行もまた、二見百首の作者の一人であり、それが、この巻尾百首であったのではないかと推測するのである」(山木幸一「山家集巻尾「百首」考」『国語国文研究』第三十八号。同誌第四十七号所載同題論文続稿も同趣旨)。

これらの諸説の根拠は、主としてそれぞれの提唱者自身による本百首自体の読み、解釈であり、若干の状況証拠がその補助的役割を果している。それ故に、前述のごとく私もまた百首全体の読みを続けているのであるが、それは結果的には従来の読みに異を唱える形となる場合が少なくない。

それらの幾つかについては別稿の用意があるが、(2) それはかなり限られた範囲にとどまる学会誌なので、ここで改めてそのうち二、三の例を要約的に取り上げてみる。

たとえば、本百首には「月十首」という一群が存するが、その第五首目、

おもひとけばちさとのかげもかずならずいたらぬくまも月にあらせじ (一四七)

の作については、おそらく尾山篤二郎編著『西行法師全集』での頭注あたりをその嚆矢として、殆どすべての注釈書が、紀伊国日高郡岩代の千里の浜に照る月を詠んだ歌と考えている。紀伊国に歌枕としての千里の浜が存在すると考えられていたことは、『枕草子』の「浜は」の段や『夫木和歌抄』所載の作例などから確かであるが、歌の例は西行以前のものではない。そして歌枕千里の浜の存在は、浜や海、水などを連想させる表現を何等含んでいないこの歌をもその浜の月夜を詠んだものと解さねばならないということを意味するものではない。この歌の解釈に有効なのは、日本古典文学大系本その他が引いている『和漢朗詠集』の、

秦甸之一千余里 凜々《トシテ》氷鋪《キ》 漢家之三十六宮 澄々《トシテ》粉餝《レリ》 (秋・十五夜付月・二四〇)

の詩句であって、その月が浜を照らしているのか、はたまた右の詩句のごとく都城を照らし出しているのかは、決め難いと考える。先学がためらいなく千里の浜の月夜を詠んだと解したのであるとすれば、それは一にはそれ以前の四首が連続して明らかに海浜乃至は池辺の月を詠じたものであるために、何となくその連続性が第五首目まで及ぶと錯覚されたからではないだろうか。そして又、紀伊国は作者西行がしばしば行脚した筈の土地であるという先入主が、この歌と千里の浜とを容易に結び付けたのかもしれないと想像してみる。

けれども、たとえ連作中の一首であっても、一首の歌は一首としての完結性を有する筈である。故に、前四首からの連続性、特に直前の一四七六番での「しららのはま」からの連想によって、この「ちさとのかげ」に千里の浜が暗示されていると解することは無理であると考える。このようにして、名所の月を歌った作とは見なされないとすれば、この作は単純に、ひたすら月光そのものの遍く照らす働きを讃美したものということになり、月の歌としての意味は深まるかもしれないのである。

又、やはり歌枕に関る作として、「雪十首」の第八首目、

　はれやらでふたむら山にたつ雲はひらのふゞきのなごりなりけり　(一四九〇)

での二村山がどこの山と作者自身に意識されていたかが問題となる。これについてはおそらく野村宗朔校注・校註国歌大系『六家集 下』所収『山家集』が「〇二むら山　尾張にも三河にもある。この歌では近江か」と注したのを皮切りとして、諸家の多くが近江説に傾いているように見受けられる。しかしながら、先の紀伊国の千里の浜と異なって、近江国に歌枕としての二村山が存在していたことを立証する作例は見出されないのである。尾張・三河の他に、承保元年(一〇七四)十一月の白河天皇の代での大江匡房の作、天仁元年(一一〇八)十一月鳥羽天皇の代での藤原正家の作など、大嘗会主基方和歌での名所として丹波国の二村山の作例と認められる歌は存在する。[3] けれども、近江国の二村山の作例は管見の範囲内では見出せない。校註国歌大系本が「この歌では近江か」と考えたのは、おそらく「ひらのふゞきのなごり」としての「たつ雲」が望まれる「ふたむら山」は、当然比良山と同じ近江国内にある筈だという近代的合理主義を前提としているのであろう。この作について、「近江の山々の歌は、山里またはそこを離れた地域でのことで、二村山・比良山は近くの旅に出ているととることができる」「二村山と比良の山の歌は、純叙景で、現

実の大景を、主観的に強くまとめる、調子の張った作品である」と解し、評価する窪田章一郎『西行の研究』も、「題詠ではなく、実景そのものを素材としている作品であろう」という仮定を前提としているのである。

けれども、私見によれば、そのような近代的思考に基づく仮定よりは、むしろ和歌表現の世界での歌枕としての二村山の作例を重視すべきではないだろうか。もしそうであるならば、二村山が近江国の山である可能性は極めて乏しく、それは東海地方かもしくは丹波国に求める方が妥当性に富むのである。当然現実の風景そのままの純叙景ではありえなくなるであろう。そして、新潮日本古典集成本が「或いは固有名詞でなく、反物を二むら(二反)しきならべたごとく立っている雪雲の形容か」と注している、その別解の方が注目されてよいと考える。反物への見立てがなされているならば、当然「立つ」「裁つ」の掛詞が意識され、「晴れやらで」には「張れ」も響いているかもしれない。たとえそのような技巧がこの歌をつまらないものとさせるとしても(私自身はそうは感じないが)、当時の和歌にとっては、そしてその表現の機微を心得ていたであろう作者自身にとっては、そのような解釈の方が表現意図に近いのではないであろうか。

「釈教十首」の最初の三首、

きりきわうのゆめのうちに　三首

まといてし心をたれもわすれつゝひかへらるなることのうき哉　(一五三三)

ひき〳〵にわがうてつるとおもひける人のこゝろやせばまくのきぬ　(一五三四)

末の世の人の心もみがくべき玉をもちりにまぜてける哉　(一五三五)

については、校註国歌大系本が、一五三三番の作を、当時の所与の本文であった六家集板本での初句「まとひてし」に従

って、

　　まどひてし心をたれも忘れつゝひかへらるなる事のうきかな

と読み、「倶舎論頌疏の註」を引いて、迦葉仏の父訖栗枳王の十夢のうち広堅衣の夢を詠じたものと解して以来、後続の諸注はこれに従い、更に一五三四番の作も同じ夢によって解そうとした。多くの注釈書は一五三五番の作のみは和光同塵の心を歌ったものと見るが、新潮日本古典集成本ではこれをも同じく広堅衣の夢を歌ったと考えている。

私見によれば、これらはいずれも正しくないと考える。けれども、校註国歌大系本の段階では六家集板本の本文のみで解さねばならなかったのであるから、想像にも自ずと限界があったのはやむをえないとも言えるであろう。問題はむしろ、同書が炯眼にも着目した「倶舎論頌疏の註」などに説く訖栗枳王の十夢を殆ど十分に検討した形跡もなく、この三首のうち二首乃至は三首全体が広堅衣の夢であると決めてかかっていたかのごとき後続注釈書の、敢えて言えば安易さに潜むように思われる。訖栗枳王の夢は十種類存在するのである。それを題として三首詠む際に、どうしてそのうち一つの夢だけを二首乃至は三首詠んだり、夢とは無関係な和光同塵の垂跡思想を取り上げたりすることがあろうか。従来の注釈・研究書類では、題詠に際して作者に当然働いたであろう心理が顧慮されなかったと考えるのである。

訖栗枳王の十夢とは、大象・井・麨・栴檀・妙園林・小象・二獼猴(これを二の夢と数える)・広堅衣・闘諍の十種である。私は一五三三番の作については、六家集板本によって初句を校訂することなく、陽明文庫本のごとき本文を「まどいでし(窓出でし)」と読んで、第一の大象の夢の心を歌ったものと解する。[4] 法宝の『倶舎論疏』巻第九[5]に、この夢を次のように述べている。

王夢見《ニル》下一大象《ノ》被レ閉二室中《ニ》一更《ニ》無二門戸一唯《タ》有二小牕一、其象方便其身得レ出《コトヲ》　唯《タ》尾礙《レテ》レ窻《ニ》不上レ得レ出《ルコト》　也。此《レ》表《ス》下釈迦遺法《ノ》弟子能捨《クテ》二父母妻子《ヲ》一出家修道《トモ》　而於二其中《ニ》一猶懐《テ》二名利《ヲ》一不レ能二捨離《スルコトヲ》一　如中尾礙《ノカ》上レ窻《ニ》。

右の疏の文によって一首の意味を取れば、およそ次のようなことになるであろう。――大象が何とか工夫して身体だけは小窓から抜け出せたように、父母妻子を捨てて出家した際の心を誰も忘れてしまって、窓に尾っぽがつかえるためにその同じ大象が遂には部屋から出られないように、名利を求める心を抱くばかりに憂き世に引かれて、本当の意味で捨離できないでいるということはつらいなあ。

次に、一五三四番の作では松屋本の本文に従って第二句を「わがそでづまと」、第五句を「せばさくのきぬ」と校訂して読み、これは正しく第九番目の広堅衣の夢を詠んだものと見る。『倶舎論疏』では次のように説いている。

広堅衣者《トハ》王夢見《ニルハ》下有二堅衣一有二十八人一各執二少分《ヲ》一四面争攬《トモ》　衣不《ト》上レ破者、此《レ》表《ス》下釈迦遺法《ノ》弟子既分成《ニテ》二十八《ト》一顕《ヲ》中所学法《ヲ》上。

一首の意は以下のようなことであろうか。――十八人のめいめいが自分に引き付け、自分の袖褄だと思い込んで、一枚の広くて丈夫な衣を引っ張ったということだが、それらの人々の心は同じく衣に譬えてみれば、幅が狭くて裂けやすい衣のようなものだろうか。それらは仏の真の教えからは遠い、狭くて劣った見解なのだ。

一五三五番の作は第三番目の麨の夢を詠んだものであると思う。『倶舎論疏』に言う、

麨者《トハ》王夢見《ニル》下以二一升《ノ》真珠《ヲ》一博《ト》中一升《ノ》麨《ヲ》上。此《レ》表《ス》下釈迦遺法《ノ》弟子為レ求レ利《ヲ》故以二仏正法《ヲ》一為《ニ》二他人《ノ》一説《テヲ》希中彼《ノ》財物《ヲ》上。

一首の意を次のように取る。――末法の世の劣った人の心を磨くべき、真珠の玉にも譬えられるべき正法を、塵やつまらない麨(むぎこがし)にも比すべき外典と一緒くたにしてしまっているよ。

これは次の栴檀の夢と似て、釣り合わない交易の夢で、現代風に言えば、「真珠を豚に呉れてやった」というのに近いのであろう。「麨」はそのままでは歌になじまないという考えから「ちり」と置き換えられたのであろう。

たとえばこのように、従来の諸注を検討しながらこの百首歌の一首一首を読み進めるうちに、私はそれらのあるものと『久安六年御百首』、いわゆる『久安百首』の作品のいくつかとの間に、表現上の脈絡がありはしないか、もしあるとすれば、それが全く明徴を欠く西行のこの百首の成立年次を推定する際に何らかの手懸りを与えてはくれないであろうかという思いに捉えられるに至った。

以下、その仮想の検討に移ろうと思う。

三

西行の「百首」中の若干の作品と『久安百首』における崇徳院や藤原季通の詠との発想や表現の類似は、従来も指摘されていた。

即ち、まず「花十首」の第十首目、

①ねにかへる花をゝくりてよしの山夏のさかゐに入て出ぬる　(一四六二)

の歌での初句に関して、日本古典文学大系本では『和漢朗詠集』春の、

花《ハ》悔《ユレドモ》レ帰《ラムコトヲ》レ根《ニ》無《シ》レ益レ悔《ユルニ》　鳥《ハ》期《スレドモ》レ入《ラムコトヲ》レ谷《ニ》定《メテ》延《ブラム》レ期《ヲ》　(春・閏三月・六一、藤滋藤)

の詩句(但し、その前半)と共に、崇徳院の、

花は根に鳥はふる巣にかへる也春のとまりをしる人ぞなき　(部類本『久安百首』春下・二六三)

の詠を『千載和歌集』巻二春下の作として掲げている。この指摘は渡部保著『西行山家集全注解』・新潮日本古典集成本に踏襲されている(但し、両書とも詩句は対句全体を掲げている)。[6]

又、「無常十首」の第三首目、

②うつゝをもうつゝとさらにおもえねば夢をも夢と何かおもはん　(一五一五)

の歌については、校註国歌大系本・日本古典全書本・新註国文学叢書本・日本古典文学大系本・『西行山家集全注解』・新潮日本古典集成本と、近年の『山家集』の注釈本の殆どすべてが、藤原季通の、

うつゝをもうつゝといかゞさだむべき夢にもゆめをみずはこそあらめ　(部類本『久安百首』雑上・一三五六)

の歌を『千載集』巻十七雑中の作として掲げているのである。

但し、いずれも『千載集』の作として引かれているのであって、『久安百首』での詠として引かれたのではない。又、(『西行山家集全注解』を除いては)頭注形式の略注にとどまるためにやむをえないことではあるが、それぞれの注釈者が、これら『千載集』入集の『久安百首』歌と当該の西行の作との間にどのような関係を想定しているのかは、知る由もない。

ところで、西行の「百首」での作品と『久安百首』の作との発想・素材・表現の類似する例は、右二例にとどまるのであろうか。更に次のような諸例も、必ずしも和歌に普遍的、一般的な発想や表現としては処理しきれない共通項を含む類似例とは考えられないであろうか。以下、初めに西行の「百首」での詠、次に『久安百首』の詠の順でそれらを対照させながら掲げてみる。

③おほはらはせれうを雪の道にあけてよもには人もかよはざりけり　（雪十首・一四八九）

おほ原やせれうの里の煙をばまだき霞のたつかとぞみる　（部類本『久安百首』冬・八一四、季通、群書類従本初句「すみがまの」）

④我はたゞかへさでをきんさよ衣きてねしことをおもひいでつゝ　（恋十首・一五〇一）

いくたびかかへしてきまし身にふれてしたにかさねし衣ならでは　（部類本『久安百首』恋下・一一〇六、季通、群書類従本第二句「返してねまし」）

⑤いざゝらばさかりおもふもほどもあらじはこやがみねの花にむつれし　（述懐十首・一五〇三）

はこやにはふたりの君のもろ友に春と秋とにとめるとぞきく　（部類本『久安百首』雑上・一一五六、季通）

……はこやの山に　すみわたる　あらきけものを　をしなべて　おどろきはしる　事もなく……　（同・雑下・一三九一、季通）

⑥さゝがにのいとにつらぬく露のたまをかけてかざれる世にこそありけれ　（無常十首・一五一四）

さゝがにのいとよをから《（くカ）》てすぎにける人のひとなるてにもかゝらで　（雑十首・一五五二）

さゝがにのくものはたてにかくいとのとにかくにこそおもひみだるれ　（部類本『久安百首』恋下・一〇六六、親隆）

さゝがにのいかさまにかは恨むべきかきたえぬるも人のとがゝは　（同・同・一〇八三、堀河）

⑦いひすてゝ後のゆくゑをおもひ出ばさてさはいかにうらしまのはこ　（無常十首・一五二一）

浦嶋の箱のあけくれくやしきはつれなき人をおもふ成けり　（部類本『久安百首』恋上・九〇四、親隆）

⑧めづらしなあさくら山の雲井よりしたひ出たるあかぼしのかげ　（神祇十首・一五三三）

やみのうちにぎてをかけし神遊あかぼしよりやあけはじめけん　（部類本『久安百首』雑上・一一三一、崇徳院）

⑨なごりいかにかへすぐ〳〵もをしからしそのこまにたつかぐらどねりは　（神祇十首・一五四四）

をみ衣袖ふる夜はのそのこまにあさくらおきてあかしつるかな　（部類本『久安百首』冬・八一〇、安芸）

をとめ子が袖をりかへすそのこまはとよの庭火もおもしろき哉　（同・同・八一二、小大進）

やうばいのはるのにほひ、へんきちのくどくなり、

しらんの秋の色は、普賢菩薩のしんざうなり

⑩野辺の色も春のにほひもをしなべて心そめけるさとりとぞなる　（釈教十首・一五四二）

心経　色即是空　空即是色

をしなべてむなしとゝける法なくは色に心やそみはてなまし　（部類本『久安百首』雑上・一一八一、崇徳院）

なをざりにたをりし花の一枝にさとりひらくる身とぞ成べき　（同・同・一一三〇、堀河）

以上、初めに掲げた、従来の注釈作業によって既に指摘されている二例を含めて、計十組の類似例の各々について想定しうる関係は、当然次の三つのうちのいずれかでなくてはならない。

a西行の作が『久安百首』の作の影響下に詠まれた。

b『久安百首』の作が西行の作の影響下に詠まれた。

c両者の間には直接の影響関係は無い。

そのいずれであると考えるのが最も妥当か、以下各組について検討してみる。

①の場合は、崇徳院の歌も西行の詠も、共に『和漢朗詠集』の滋藤の詩句に基づいていることは明かである。その

意味では両者はいわば兄弟関係に立つのであるが、そのいずれが兄で、しかも弟が他方を兄と認めていたか否かが問題となる。ところで、滋藤の詩句に依拠する所が極めて多いのは、詩句と同じく「花は……鳥は……」と対比させて惜春の心を詠じた崇徳院の歌である。西行の詠は詩句の前半に依拠するのみである。このことは西行の詠が滋藤の詩句と共に崇徳院の歌をも意識し、それを発展させた形で詠まれたのではないかと想像させる。即ち、①の場合はaである可能性が強い。

②の場合はどうであろうか。二首の措辞・発想は極めて酷似している。が、「うつゝ」と「夢」とを対比することは和歌における常套的な表現であると見られる。その点のみを重視すれば、これは偶然の一致で、cと判断することもできないわけではない。けれども、相当長い部分で言葉続きが重なり、その上句での違いが、季通の作では「いかゞさだむべき」と、文としては一応完結する形をとるのに対し、西行の作では「さらにおもえねば」と前提条件のようにして下句を導く構造をとっていることは、両者が全く無関係ではなく、やはりaのケースを想定することが自然であると思わせるのである。

以上は二首の表現にのみ即しての想像であるが、季通と西行との世代的な差を考慮すれば、やはりaと判断することが妥当であろうと思われる。坊門大納言宗通の五男季通はおそらくその色好みの振舞などが災いして、正四位下左少将備後守に終ったらしく、(7) その生没は明かではないが、西行にとっては一世代上の歌人と意識されていたであろう。季通は永久四年(一一一六)四月四日の『鳥羽殿歌合』や元永二年(一一一九)七月十三日の『内大臣家歌合』の作者となっている。萩谷朴著『平安朝歌合大成』においては、『鳥羽殿歌合』での季通の年齢を「二一才カ」と推定している。(8)その根拠は母(修理大夫藤原顕季女)を同じくする兄弟である伊通や成通の年齢であって、ほぼ妥当なものと考えられる。

永久四年に二十二歳とすれば、嘉保二年(一〇九五)の誕生で、西行が生まれた元永元年には二十四歳、『久安百首』が成立した久安六年には五十六歳になっていた。西行が自分の父親ほど年齢の開きがあるこの先輩歌人の作品を意識したのではないかという想像は自然であるが、その逆は不自然である。

そして、②の場合がaである蓋然性が高いということになれば、同じく季通との類似例である③・④・⑤もaもしくはcであって、bである可能性は極めて乏しいということになるであろう。

③については、一応cという判断の余地もありえよう。平安後期の和歌には他にも「大原やせれうの里」という言葉続きの作が無いわけではない。但し、それらが季通や西行の作に先行する明徴はなく、それらの作者は世代的にはいずれもこの二人より遅れる人々である。[9]

④では①の場合の滋藤の詩句に相当するものとして、小野小町のかの、

いとせめてこひしき時はむばたまの夜の衣をかへしてぞきる　(『古今集』恋二・五五四)

の古歌が当然考えられる。季通の作も西行の作も小町のこの古歌を母とする兄弟である。ただ、西行は「夜の衣をかへしてぞきる」と歌った小町に異を唱える形で「我はたゞかへさでをきん」と言いながら、同時に「いくたびかかへしてきまし……衣ならでは」と歌った季通の作に対しても、「我」の態度を明示することによって異議を申し立てているのであると思う。即ち、ここでもaと判断することが妥当であると考える。

⑤における「はこやがみね」「はこや」という歌語の形式過程については、拙著『山家集』(古典を読む6)でも言及した。[10]但しそこでは季通の「はこやには」の歌について、「はこや」を仙洞御所の意で用いた古い例に属するのではないかと述べたのにとどまったのであるが、②がaである可能性が大きいとすれば、今の場合もcではなく、aと想

像するのが自然であると考えるのである。

これら以外の⑥・⑦・⑧・⑨・⑩の各々についても、影響関係の有無やその方向は当然慎重に検討されねばならない。たとえば、⑥のうち、一五四の作の場合は、西行の作の発想源としてはむしろ、

　ゆふぐれにくものいとはかなげにすがくをみはべりて、つねよりもあはれにはべりしかば
さゝがにのそらにすがくもおなじことまたきやどにもいくよかはふる　（『遍昭集』）

を想像すべきであろうし、西行が学びえた先行和歌としては、

　露
さゝがにのすがくあさぢのすゑごとにみだれてぬける白露のたま　（『長能集』）
　くものいに露のかゝれるを見て
さゝがにのいとにかゝれる白露はあれたる宿のたますだれ哉　（『能因集』）
　くものゐにつゆのかゝれるを
さゝがにのいとにかゝれるしら露は常ならぬよと(にカ)ふる身成けり　（『相模集』）

などと少なくない(11)。そして、西行の作は表現・発想の上では右のうち能因の詠に最も近く、相模の詠にも通う点が多い。ということであれば、『久安百首』での藤原親隆や待賢門院堀河の詠と西行の歌との関係はcである、影響関係は存在しないと見るべきかもしれない。けれどもまた、『久安百首』でのこれらの詠に触れたことが、「さゝがにのいと」をいわば女房的な恋の歌としてではなく、その無常な性質や表面的な美しさを歌い直すきっかけにならなかった

とは断言できないのである。親隆は西行より十九歳年長、堀河は西行と親交があったが年上であることは確かである。となると、この場合もaでありうる可能性は存すると見る。更に、一五三の歌となると、親隆や堀河の作との類似性は一五四の作よりも遥かに多い。そしてここでもaの関係を想像することがひどく見当違いであるとは思われない。

⑦の場合も、「うらしまのはこ」が過去の和歌で既に時折歌われていたことを確かめておく必要はあるであろう。たとえば、中務の、

なつのよは浦嶋のこがはこなれやはかなくあけてくやしかるらん　（『拾遺集』夏・一二三）

などは著名な作だったと考えられ、『久安百首』で親隆が「あけくれくやしきは」の序として「浦嶋の箱の」と冠したのは、この中務の作などが念頭にあったのではないかと想像する。ということは、西行もまた中務の歌を意識した可能性が大であることをも意味する。ただ、やはり親隆の作がそのきっかけをなしているのではないかとも考えるのである。ちなみに、この西行の歌の下句は、日本古典文学大系本で「無思慮に開けて忽ち老い死んだ浦島の箱のようなもので、やはりどうしたものかと心は迷う」と注され、『西行山家集全注解』や新潮日本古典集成本でもほぼ同様に解しているが、「やはりどうしたものかと心は迷う」というよりは、端的に「後悔される」と解した方が適当だと考える。「開けてくやしき玉手筥」という諺は西行の作の解釈に際しても適用されてよい。私見によれば、一首の意はおよそ次のようなことになるであろうか。――後のことはわからないと言い捨てて過ごしてきて、いざ死ぬ間際に死後の心の行方を思い出したならば、それではどうだろう、開けて悔しい浦島の子の箱同様、後悔するに違いない。

⑧・⑨は共に「朝倉」「明星」「其駒」といった神楽歌の曲名を詠み入れている点において、『久安百首』の諸歌人の作と西行の作とは共通の表現方法に拠っていると見られる。新古今時代の作者達、特に藤原定家やその周囲の歌人

達の作品にはこのような方法に拠った詠が少なくない。たとえば、

神楽

天の戸のまだあけやらぬ月かげにきくもさやけきあかぼしの声

（『拾遺愚草員外』「寿永元年堀河院題百首」）

たちかへる山あゐのそでにしもさえてあかつきふかきあさくらのこゑ

（『拾遺愚草』上「文治五年春奉和無動寺法印早率露胆百首」、題「神楽」）

かをとめしさか木のこゑにさよふけて身にしみはつるあかぼしのそら

（同・同「文治五年三月重奉和早率百首」、題「神楽」）

十二月　内侍所御神楽儀式

そらさえてまだしもふかきあけがたにあかぼうしうたふくものうへ人

（『拾遺愚草』中「文治五年十二月女御入内御屏風歌」）

などのごとくである。建久元年（一一九〇）六月の「一句百首」では、「あさくらの声」の句が冬二十首の一として、あらかじめ詠み入れられるべき句として選定されてすらいる。このことは、新儀非拠達磨歌の時代の定家やその周囲の歌人達にとって、「明星」や「朝倉」の曲名を一首の中に詠み入れることが未だマナリズムと感じられず、むしろ新鮮な方法と受け取られていたのではないかと想像させるのである。定家等にとって依然として新鮮であるならば、『久安百首』の作者達や西行にとってはなおさら新しい表現であったであろう。実際は、これより以前『堀河院御時百首和歌』の「神楽」の題で「朝倉」の曲名を詠み入れている歌が一首見出される。それは源師時の、

ゆふかけていはふやしろのかぐらにもなをあさくらのおもしろきかな　（一〇四九）

という作である。けれども、「朝倉」は「榊」や「庭火(庭燎)」ほどには手擦れしていない歌語である。そして「明星」は更に新しさを失っていない言葉で、それらを「――の声」「――の空」などと合成することによって身のひきしまるような冬の暁の感覚を喚起しうるのだという確信のもとに、定家らはこれらの句を頻用しているのであろう。それ故、『久安百首』の作者達と西行に共通するこの表現方法は以前から存在したというよりは、比較的新しいものであると考える。そしてこの場合も、西行よりは『久安百首』の作者達が先に「明星」や「朝倉」「其駒」などの曲名に着目したと想像するのが自然であろう。崇徳院は西行より一歳年少であるけれども、待賢門院安芸・花園左大臣家小大進(小侍従母)が西行より年長の女房であることはほぼ疑いない。[12]かくして、⑧・⑨の場合はcである可能性は乏しく、aである蓋然性は高いと考える。

最後の⑩の場合は、釈教歌という条件を考慮すれば、お互いに類似した作が少なからず存在することは十分ありうるわけで、従ってこれだけ単独に検討するのであれば、cの可能性が少なくないと言えるであろう。けれども、今までの諸例との関連において考察すれば、やはりaの可能性も生ずるのである。

以上、『久安百首』の作と西行の作十組の類似例の各々について検討した結果は、

a西行の作が『久安百首』の作の影響下に詠まれた。

という想像が蓋然性において比較的高く、

c両者の間には直接の影響関係は無い。

という見方はかなり説得力に乏しく、

b『久安百首』の作が西行の作の影響下に詠まれた。

という可能性は極めて少ないという結論を導き出すであろう。
『久安百首』の成立過程は、康治年間(一一四二—一一四四)給題、久安四年(一一四八)頃、藤原季通・同清輔・同実清等が作者として追加され、久安六年各人が詠進、そのうちの一人である平忠盛が仁平三年(一一五三)正月没したので、同人の代りに藤原隆季が追進し、忠盛の一〇〇首を除き、隆季の作品を含む計一四〇〇首を同年暮秋藤原顕広(俊成)が部類することによって完成したと考えられている。(13) 西行が主筋に当たる藤原公能(大炊御門右大臣)の本百首歌の下見をしていることは、西行伝においてはよく知られている事実である。即ち、『山家集』巻中・雑に言う。

新院百首哥めしけるにたてまつるとて、右大将きんよしのもとよりみせにつかはしたりける、返し申とて

いへのかぜふきつたへけるかひありてちることのはのめづらしき哉 (九三三)

返し

いゐのかぜふきつたふともわかのうらにかひあることのはにてこそしれ (九三四)

この贈答が康治年間から久安六年までのどの時点で行われたものであるかはわからない。もとより「右大将きんよし」という詞書の記載は、この贈答が『山家集』の原資料に収載された時点での公能の官職を示すにとどまり、贈答の時点でのそれを物語るものではない。(14) 従って、西行が公能の「久安百首歌」に接した時期も康治二年頃から久安五年頃、まだ新発意と言えそうなその二十六歳から三十二歳ぐらいの時のことと想像されるのにとどまるのだが、季通が追加作者の一人であるということになれば、西行が季通の「久安百首歌」を読むことができたのは、久安六年に近

い時点、同年以降である可能性が大きい。従って、その影響下に詠まれたかと想像される歌を含む西行の「百首」は、久安六年、西行の三十三歳以降まとめられた蓋然性が高いことになるであろう。

この結論は、最初に掲げた本百首歌の成立年次に関する従来の諸説のうち、『久安百首』以後とした⑤尾山篤二郎の旧説に時期的には近いことになる。但し、同説のように直ちに出家以前の旧作の再編成を考えるものではない。

では、上限は久安六年頃としても、下限をどこに引くべきかについては、目下の所成案はない。但し、⑦山木幸一氏説のように、晩年に引き下げることは説得力に乏しいと考える。山木氏説は本百首のそここに晩年の詠であることが明らかな作と共通する思想や発想を読み取り、それに『御裳濯河歌合』や『宮河歌合』に認められる一種の仮構的姿勢や、更に文治二年（一一八六）の都の若い歌人達への『二見浦百首』勧進の事実などを結び付けて、本百首晩年成立説を唱えたものであるが、そこには論理の飛躍があると考える。歌の世界では作者の年齢とは関りなく、老人の感懐を歌いうるのである。又、伊勢への信仰を吐露した一五三番の神祇の歌に伊勢に移り住んだ後の『聞書集』での詠（『新古今集』神祇歌、一八七七番の作）に通うものがあるとしても、それは西行にとって移住体験によって変る性質のものではなかったから共通の発想を取っているのに過ぎないのかもしれないのである。『二見浦百首』の勧進といった、いわば状況証拠の援用もよほど慎重に行うべきであろう。以上のような理由で、現段階においては山木氏説にも賛同しかねるのである。

『山家集』巻末「百首」にはこのように依然としてわからないことが多く残されている。そしておそらくは、『山家集』全体が、西行の和歌世界の総体が、本当の意味においては我々になお見えていないのであろう。それを可能な限り見極めるためには、やはり特定の色眼鏡を外して、思い入れを排除して、繰返し作品そのものを読むしか無い。少なくとも、私はそのように考える。

注

(1) 一九八三年六月十八日、立正大学における仏教文学会のシンポジウム「仏教と和歌――西行をめぐって――」の席で、報告者の一人として私が以上のような趣旨の発言をしたのに対して、石田吉貞氏は質疑の際に、本居宣長が『新古今集美濃の家つと』で同集の歌を語法的に理詰めで細かく解釈しながらそのよさを殺してしまったのと同様、古歌を多く援用して分析しながら西行の心から遠ざかっているという趣旨の批判を、私の方法について与えられた。しかしながら、私は古歌の用例から帰納して解釈する方法(それは『新古今集美濃の家つと』における宣長よりもむしろ契沖の一連の著述に一貫するものであるが)自体が誤っているとは考えない。宣長の犯した誤りは近世の合理主義的思考で割り切ろうとしたことであろう。それと自らの内なる西行像に当てはめて西行の作品を裁断しようとする態度は、根本的に異なるところがないと考える。

(2) 拙稿「山家集を読む――西行和歌注釈批判――」(中世文学会編『中世文学』第二十八号、一九八三年十月)。→本書所収

(3) 『江帥集』・『夫木和歌抄』巻二十山・『大嘗会和歌部類自白鳳至文正』(宮内庁書陵部蔵写本)等を参照。

(4) 拙編著『西行全集』においても「まどいてし」と読んだ。

(5) 同書の本文は東京大学附属図書館蔵板本による。

(6) 以下に引用する部類本『久安百首』の本文・歌番号は、谷山茂『藤原俊成 人と作品』(谷山茂著作集二)による。但し、清濁は私意によったところがある。

(7) 角田文衛『椒庭秘抄――待賢門院璋子の生涯――』(朝日新聞社、一九七五年)第二章参照。

(8) 萩谷朴『平安朝歌合大成』六、一七〇四頁。

(9) 片桐洋一監修・ひめまつの会編『平安和歌歌枕地名索引』(大学堂書店、一九七二年)に、覚性法親王・藤原実定・同実家・小侍従等の例歌を掲げている。

(10) 古典を読む6『山家集』(岩波書店、一九八三年)六五―六八頁。

(11) 以上の平安私家集類の本文は『私家集大成』中古Ⅰ・中古Ⅱ所収本による。但し、清濁・傍注は私意。

(12) なお、西行の「百首」での恋歌の一首(一四九四番)と『金葉集』における小大進の作との関係については、注2の論文参照。

(13) 注6所引『藤原俊成 人と作品』他。

(14) 公能は保元元年(一一五六)九月八日右大将に任ぜられた。永暦元年(一一六〇)右大臣に任ぜられるが、「大将如レ元」(『公卿補任』)とある。そして翌二年八月十一日四十七歳で没した。なお、右の公能の返歌九三四番を日本古典文学大系本は「和歌の浦の貝のように、和歌の道で甲斐ある言の葉があることによってこそ、家門の歌風を伝えたとも知ることができよう。そんな名歌があると言えるかなあ」と大意を取り、『西行山家集全注解』・新潮日本古典集成本もほぼ同様の線で解している。後者は第一・二句を「徳大寺家の歌風を吹き伝えたとしても」と訳す。しかしながら第二句の「とも」は「といふことも」の意、「かひあることのは」は贈歌での西行の讃辞をさすと見て、以下のごとく解せないであろうか。――私が閑院家の歌風を何とか受け継いでいるということも、歌の詠み甲斐があった君(西行)の今のお讃めの言葉で初めてわかったよ。

『山家集』を読む——西行和歌注釈批判

一

西行が勧進聖であったか否かという問題に関して、嘗て石田吉貞・目崎徳衛両氏の間に激烈な論争が交されたことは、多くの中世文学研究者の記憶になお新たな事柄であろう。聖としての西行の生き方についてはもとより私も無関心なわけではないが、国文学研究者としてはむしろ勧進聖論争のような思想史的問題に介入する以前に、西行の作品の一首一首を丹念に、虚心に読み込みたいと考えている。同じく石田氏によって西行和歌の不可解性が嘆かれてからも久しいものがあるのだが、(1)嘆いているばかりでは研究は進展しない。西行と我々との時代や社会がどうしようもないほど異なっている以上、できるだけ思い込みや思い入れを排除して、客観的な推理の積み重ねによって、一首一首読み解いてゆく他ないのである。そして、敢えて不遜な言辞を弄すれば、西行和歌の場合とても、そのような読み込みは決して十分であるとは言えないと思うのである。

以上のような考えから、『山家集』下、巻末の「百首」の歌数首を対象に、従来の諸注釈書、研究書、論文の説を検討しつつ、読んでみたいと思う。この百首歌は西行の作歌活動のいずれの時点に位置づけるべきか、今なお定かでないものである。既に諸家によってさまざまな見解が提示されているが、それらの中では、窪田章一郎著『西行の研究』(東京堂、一九六一年)と山木幸一「山家集巻尾「百首」考」(『国語国文研究』第三十八号、一九六七年九月)、同「山家集巻尾「百首」考(続)」(同第四十七号、一九七一年四月)の所説が詳細である。窪田氏は本百首を出家後数年、氏の言われる「第二期　保延六年(一一四〇)—久安三年(一一四七)。二三歳—三〇歳」の所産と見る。一方、山木氏は晩年期の成立と推測する。共に両氏自身の読みに基づく結論であろうが、私としてはその読み自体になお問題が存すると考える。それ故あらかじめ本百首の詠歌年次に関する推測を試みることなく、作品そのものに立ち向かうこととする。

二

やま桜ほどなくみゆるにほひかなさかりを人にまたれ〳〵て　(一四五八)

「百首」のうち「花十首」の一首である。この歌は六家集板本・松屋本とも、陽明文庫本と全く一致する。本文的には安定している作である。

校註国歌大系・日本古典全書・新註国文学叢書は、一切注を加えていない。『西行の研究』は「百首」のうちの「花十首」が群作ではなく、連作であると述べたのち、十首の排列に言及して、この作については、「吉野山へひとりで行って、まだ早い山桜を見ている心」と要約している。そして、同書の直後に刊行された日本古典文学大系では、「程なく—まもなく。○にほひ—咲く気配(けはい)」と頭注を加えている。渡部保著『西行山家集全注解』もこれらと同じ考え方で、「山ざくらにまもなく花の咲きそうな気配が見えるよ。花盛りを多くの人々から待ちに待たれているのだが」と訳している。新潮日本古典集成もまた、「山桜はまもなく咲こうとする気配の見えることだよ。花盛りを人々から待ちに待たれて」と訳し、「◇ほどなく見ゆる 「ほど」は時間をあらわす。◇にほひ ほのめき立つ気配」と注している。このように見ると、近年の注釈書や研究書はすべて、この歌をまもなく咲き出そうとしている桜を詠じたものと解しているようである。

けれども、近代の注釈書にこれらとは異なった解釈を加えているものがある。それは尾崎久弥著『類聚西行上人歌集新釈』である。即ち、同書では「○「程なく」程なく散りさうに。「にほひ」花の照り映《は》ふさま。□愛惜の情、よく表されたり」と注し、かつ評しているのである。この解釈は見当違いであろうか。

一首の花の歌として考えた場合、近年の解釈の方がむしろ不自然であると考える。「さかりを人にまたれまたれ」た挙句、「ほどなく」咲き出そうとする気配が見えるというのは、理屈の上ではありうることであっても、歌としてはおかしな言い方であろう。「またれまたれ」た末であるのならば、それはたとえば「かつがつ」咲き出すなどと表現されなければ、花を待つ人の心は表しえないと考える。『山家集』には「ほどなく」の語は他に三例見出される。それらは春の日がほどなく暮れる心地がする(一七三)と言われたり、夏の夜がほどなく明けるのだ(二四〇)と用いられたり、中陰に関してほどなく過ぎたら悲しい(八二五)と歌われている。「ほどなく」が時間に関する表現であることは確かであるが、その時間の経過が現在までのこととして捉えられているのか、未来のある時点までのこととして用いられているのかは、自明ではない。それはそれぞれの場合に即して考えねばならない。そしてこの歌の場合では、「まもなく咲こうとする気配が見える」というためには、「ほどなくみゆる」では言葉足らずだと考える。そのためには「みゆる」ではなくて、「みえむ」などとあるのがふさわしくないであろうか。

花が散ったり凋んだりすることに関して「ほどなし」と言った歌として、ほぼ同時代に次のような例がある。

山ざとなるところにありしをり、えんなるありあけにおきいでゝ、まへちかきすいがいにさきたりしあさがほを、たゞ時のまのさかりこそあはれなれとてみし事も、たゞ今の心地するを、人をも、花はげにさこそおもひけめ、なべてはかなきためしにあらざりけるなど、おもひつゞけらるゝことのみさま〴〵なり

身のうへをげにしらでこそあさがほの花をほどなき物といひけめ　（『建礼門院右京大夫集』一一五）

このような例の存在を考えるならば、「やま桜ほどなくみゆるにほひかな」の句も、「山桜はまことにあっけなく見える美しさだなあ」の意に解することは十分可能なのである。

以上は一首の花の歌として単独に考えてのことである。次に「花十首」の連作中の一首としてこの作を考えるとどうであろうか。これは十首のうちの第六首目である。一四五三から一四五七までは、大体において花を見ようとする心が歌われていると解される。この作の直前の歌は、

山桜さきぬときゝてみにゆかん人をあらそふこゝろとゞめて　（一四五七）

である。その直後に改めてまもなく咲き出そうとする気配の花が歌われるであろうか。第六首目ということは十首歌の半ばを過ぎたことを意味する。一四五九から一四六二までは明白に落花が詠まれているのだが、半ばを越したこの一四五八にお

いて山桜は既に散りそめていると解するのが当然ではないであろうか。『西行の研究』や新潮日本古典集成が十首の時間的経過による排列を指摘するのは正しい。但し、「初めの六首はまだ咲かない花を、終りの四首は散る花を詠み」（新潮日本古典集成）というのは、「初めの五首は……、終りの五首は……」と解すべきであると考える。

以上述べたことから、この歌の解釈に関しては、近年の注釈書や研究書の説には従いえない。却って、大正十二年十二月に初版の刊行された『類聚西行上人歌集新釈』の解釈に就くべきであると考える。

三

おもひとけばちさとのかげもかずならずいたらぬくまも月にあらせじ　（一四七七）

「月十首」の一首である。この歌は若干本文の異同がある。即ち、第三句「かずならず」の「かず」を松屋本は「なに」、第四句「いたらぬくまも」の「も」を松屋本は「を」とする。第五句の「月に」の「に」は六家集板本では「は」とする。

この歌の解釈上の問題点は、主として次の二点に絞られるであろう。即ち、その一は『和漢朗詠集』の詩句が作者の念頭に置かれているか否かということ、その二は第二句「ちさとのかげも」に歌枕千里《ちさと》の浜が暗示されているか否かという点である。

第一の『和漢朗詠集』の本文とは、秋・十五夜付月の、

秦甸之一千余里　凜々氷鋪　漢家之三十六宮　澄々粉餝　（二四〇）

の詩句の前半である。この詩句を引くのは日本古典文学大系・『西行山家集全注解』・新潮日本古典集成などである。尤も、三書ともこれに拠ったというのではなく、参考的に引かれているのであるが、同じ百首の「月十首」でこの歌より前に位置する、

いけ水に底きよくすむ月影はなみにこほりをしきわたすかな (一四七四)

の作での下句が既にこの詩句の前半に拠っていると考えられる。このことは諸注とも指摘していない。そして、この詩句の影響は西行の他の月の歌にもしばしば見出されるものである。西行は同じ作品群中に同じ本文に依拠した歌を混在させることを意識して避けようとしなかったのではないか。まして、今の場合は「氷鋪」と「一千余里」と、依拠する箇所を異にするということであれば、何ら躊躇することはなかったであろうと想像する。故に、この歌に右の詩句が影を落としていることはほぼ確かであろうと考える。

第二の問題はどうか。第二句を千里の浜の千里と解したのは、或いは尾山篤二郎編著『西行法師全集』が最初であろうか。「千里は紀伊日高郡岩代一帯の浜、又磐代の浜ともいふ」と注し、以後校註国歌大系や日本古典全書が、この千里の浜に「千里の遠き」の意を含めたものと考えている。たとえば日本古典全書はこの作を「思ひいたれば、千里の浜(紀伊岩代の海岸)の千里どころではなく、月はくまなく照り亘る」と注解する。そして、新註国文学叢書ではこの句に「紀伊国日高郡磐代の浜」と注した。窪田章一郎『西行の研究』でも「月十首」の構成を論じて、「構成の面からみると、はじめの五首は、海岸の歌枕を詠みこんだ月の風光で、伊勢島・さひが浦・明石・白良の浜・千里の浜などが採りあげられている」というので、やはり千里の浜の意に解していると知られる。日本古典文学大系は「「千里」を紀伊国日高郡の海辺の名と見て、それに距離を示す「千里」をかけていると見る説もある」と慎重である

が、以後の『西行山家集全注解』・新潮日本古典集成とも、この掛詞であることを疑ってはいない。山木幸一「山家集巻尾「百首」考」(『国語国文研究』第三十八号)においても同様である。

紀伊国の歌枕として千里の浜が存在したことは事実である。『枕草子』「浜は」の段に、(2)

千里の浜、広う思ひやらる。

とあるのがそれであると考えられている。契沖は『類字名所外集』第二に「千里浜」として立項し、定家・寂恵・浄忠の三首の作を例歌として掲げている。それらを出典から直接引いて示せば、次のごとくである。

『明月記』建仁元年(一二〇一)十月十四日の条

浜月似雪

雪(雲カ)きゆるちさとの浜の月かげは空にしられてふらぬ白雪

『夫木和歌抄』巻第二十五　雑部七　浜　くまのへまゐり侍とて

(ちさとのはま、未国)　寂恵法師

末とほきちさとのはまに日はくれてあき風おくるいはしろの松　(一一七五二)

弘長(安イ)三年玉津島歌合、浜霞　浄忠

見わたせば千里の浜のほかまでもなをたちあまるはるがすみ哉　(一一七五三)

右のうち、定家の詠は熊野御幸に随行した際、近露王子法楽のための和歌として詠まれた二首のうちの一首である。

同じ時やはり随行者の一人であった右中将源通光は、同題を、

雪にのみうつりはてぬる心かな千里のはまにすめる月かげ

と詠んでいる。寂恵の作が熊野詣での途中詠まれた作であることも、浄忠の歌が玉津島社奉納の歌合のためのものであることも、すべて千里の浜が紀伊国の歌枕であることを立証するものである。

しかしながら、それ故に西行の「おもひとけば」の詠での「ちさとのかげ」の「ちさと」が千里の浜を意味するということにはならないのではないか。これを千里の浜の意と解するためには、一首の中に浜や海、水などのイメージを連想させるに足る言葉がなければならない。しかし、そのような語は存在しない。『西行の研究』も言うように、「月十首」は、

いせしまや月の光のさひか浦はあかしにはにぬかげぞすみける　（一四七三）
いけ水に底きよくすむ月影はなみにこほりをしきわたすかな　（一四七四）
月をみてあかしのうらを出る舟はなみのよるとやおもはざるらん　（一四七五）
はなれたるしららのはまのおきのいしをくだかであらふ月の白波　（一四七六）

と、水辺、特に海岸の月が歌い続けられて、この「おもひとけば」の作に至っている。それ故、前からの気分の連続で（特に直前の「しららのはま」の印象などから）、これも長い海岸の遥か遠く、沖合までも月が明るく照らし出している風景を捉えたと解したのかもしれないが、しかし一首の歌は一首として独立し、完結している筈である。それならば、この歌を海浜の月と見るべき必然性はないのである。それ故、この作の場合も、歌枕の千里の浜を持ち込むことなく、「月光、豈千里と之を限らむや。思ひ解けば月光、物として之を浄化し、之を慈しみ温めざるはなく、処として之を遍照せざるはなし」と解した『類聚西行上人歌集新釈』の解釈がむしろ妥当であると判断する。

四

はれやらでふたむら山にたつ雲はひらのふゞきのなごりなりけり　(一四九〇)

「雪十首」の一首である。この作で問題にしたいことは、二村山と「ひらのふゞき」と歌われる比良山との位置関係である。比良山が近江国の山であることは言うまでもない。では、二村山はどこの山か。

『類聚西行上人歌集』では「二村山」三河にあり」とし、「比良山は近江。誇張に失したれど、また若干面白き所なきにしもあらず。そは彼が、事実旅の詩人であつた。でこれもその実感として、我々も尊ぶからである」と評する。実際の旅で三河の二村山に立つ雲を見て、それを比良山に吹雪をもたらした雲の名残だと想像したのだという解釈の上でなされた評であろう。以後の諸注を見ると、校註国歌大系では「二むら山　尾張にも三河にもある。この歌では近江か」、日本古典全書は「比良・二村山ともに近江」、新註国文学叢書は「尾張にも三河にもあるがここは近江あたりにある山の名か。比良は近江」、『西行の研究』は「近江の二村・比良の山」、日本古典文学大系は「二村山―不詳。近江の国にあるか」、『西行山家集全注解』は「ふたむら山―三河にもあるが、ここは近江にある山であろう」、新潮日本古典集成は「二村山　尾張にもあるが、ここは近江国か。或いは固有名詞でなく、反物を二むら(二反)しきならべたごとく立っている雪雲の形容か」と注する。即ち、近江国説が有力のごとくであるが、近江かと結論を保留するもの、近江と断定するものなど、そのニュアンスはさまざまである。

西行は右の作以外にも二村山を詠んでいる。即ち、

久待月

いでながらくもにかくるゝ月かげをかさねてまつやふたむらの山 (三八三)

という秋の歌の例が知られる。この歌では日本古典全書・日本古典文学大系などが「二村山は三河なり。尾張丹波にもあり。山の名賞翫なり」という『増補山家集抄』の注を引くのにとどめて、それらのいずれであるかを特に穿鑿しようとしないのに、「はれやらで」の作では近江国と見なそうとするのは、「はれやらで」の作は実体験に基づくものであると見るからではないか。その代表は『西行の研究』で、この作について「題詠ではなく、実景そのものを素材としている作品であろう」「二村山と比良の山の歌は、純叙景で、現実の大景を、主観的に強くまとめる、調子の張った作品である」と評しているのである。しかしながら、このような評価を下すためには、二村山が近江国の比良山の比較的近くに位置し、しかも歌にも詠まれうる山であることが立証されねばならないであろう。二村山の作例を調べた範囲内では、和歌の世界に登場する二村山は、尾張または三河という二村山、丹波の二村山以外には見出されない。尾張または三河の二村山は、『更級日記』『海道記』『東関紀行』などの海道文学で著名な歌枕である。尾張・三河の両国に存するようであるが、それぞれの作品がそのいずれをさすかは必ずしも明かではない。ただこの海道筋の二村山の作例は極めて多いようである。一方丹波の二村山は、たとえば天仁元年(一一〇八)十一月二十一日鳥羽天皇の大嘗会和歌主基方で正四位下行式部大輔藤原正家が歌った丹波国氷上郡の山である。(3) 即ち、『夫木抄』巻第二十山に、

二むら山(二村、参河又丹波尾張)天仁元年大嘗会　藤原正家朝臣

しづかなるふたむらやまやふもとにぞちとせの秋の花も咲ける (八六三五)

と見えるのがその一例である。その他に大江匡房の作も知られる。いずれにせよ、近江国にも二村山があり、しかもそれが歌われたという形跡はないのである。

以上のことから、「はれやらで」の作の二村山の位置は結局不明であるが、少なくとも西行自身は近江国の山とは考えていなかったであろうと判断する。海道筋の二村山である可能性が大きいが、丹波国であってもよいかもしれない。ともかく「純叙景で、現実の大景」ではないと解する方が妥当であろう。そして、新潮日本古典集成で言うような、雲を布地二反に見なす見立ての技巧は確かに試みられていると考える。更に又、「立つ」「裁つ」の掛詞の技巧も同時に用いられていると見るべきであろう。そのように見ると、この歌は必ずしも素朴な作とも言えないことが知られる。

五

くれなゐのよそなる色はしられねばふでにこそまづそめはじめつれ　(一四四)

「恋十首」の第二首目。この歌に関する注釈的な試みは日本古典文学大系から始まっているように思われる。即ち、同書では「紅の―「色」にかかる枕詞。下句の「筆に染め」に照応する語。○余所なる色―無関心な様子。○筆にこそまづ染め―紅の筆、すなわち恋文を書くことをいう」と語釈し、「相手の人の知らぬ顔の心のうちは推察できないから、まず筆を執って恋文を書きはじめたことである」と通釈する。『西行山家集全注解』や新潮日本古典集成もほぼ同様である。おそらくそれで大体の所はよいのであろうが、「くれなゐの……ふで」という語の結び付きから、『金葉和歌集』の次の歌が解釈に際して参考になるであろうと思われる。

文ばかりをこせていひたえにける人のもとにいひつかはしける
内大臣家小大進

ふみそめて思ひ返りし紅の筆のすさびをいかでみせけん《ましイ》（恋上・三七三）

作者内大臣家小大進は『久安百首』の作者でもあり、西行がこの作を読む機会は十分ありえたと想像する。そしてまた、「よそなる色」とは、無関係な様子というよりは、まだ関りを生じていない人の心の内の意であろうと考える。それは『拾遺和歌集』の次のような贈答歌における「よそなる人の心」とほぼ同じ意味ではないかと想像するからである。

ちかどなりなる所に、方がたへにわたりてやどれりときゝてあるほどに、事にふれて見きくに、哥よむべき人也とききゝて、これがうたよまんさまいかでよく見むとおもへども、いとも心にしあらねば、ふかくもおもはず、すゝみてもいはぬほどに、かれも又こゝろ見むと思ければ、はぎのはのもみぢたるにつけて、うたをなむをこせたる
女

秋はぎのしたばにつけてめにちかくよそなる人の心をぞみる（雑秋・一一二六）

返し
つらゆき

世中の人に心をそめしかば草葉にいろも見えじとぞ思　(二一七)

そして、西行の歌の大意は、

私とはまだ関りのないあの人の心はわからないので、まず紅筆を染めて思いのたけを知らせました。

というようなことになるのであろう。

六

みたらしに若なすゝぎて宮人のまてにさゝげてみとひらくめる　(一五三五)

「神祇十首」のうち「賀茂二首」の初めの作である。ここに歌われている神事がいつ行われるものであるかについて、従来の注釈類は特に注していないようである。「若な」が神前に捧げられるのであるから、正月の神事であろうという大よその見当は付くものの、文献による裏付けがほしい。

ところで、延宝八年(一六八〇)成立の『賀茂注進雑記』(4)を見ると、そのうちの「年中御神事次第」に、

(正月)七日　鶏鳴刻御戸開若菜献供自二一方一調二進之一幷白馬奏覧之儀有レ之社司衣冠楽人奏レ楽如二元日一

と見える。「みたらしに」の作に歌われている神事はこの正月七日、七草と思われる若菜を神前に捧げるそれであろう。知られてみれば余りにも当然であるが、しかしやはり文献で確かめないことには日時は決められないと思うのである。

すると、

ながつきのちからあはせにかちにけりわがかたをかをつよくたのみて　（一五三六）

という、「賀茂二首」の第二首目の「ながつきのちからあはせ」が九月のいつの神事であるかも確かめたくなる。これも従来の注釈類は特に注していない。

再び『賀茂注進雑記』の「年中御神事次第」によれば、九月八日夜陰に「大宮小山両郷者右方小野岡本両郷者左方」と左右に分けて「十番相撲内取之儀」が行われ、翌九日に「十番之相撲」が行われたということが知られる。九日の条のみを掲げると、次のごとくである。

九日　五節供巳刻御戸開内陣外陣御神供自二左右一献二進之一神前之儀事了於二細殿南庭一十番之相撲幷勝負之舞等有レ之舞近代断絶了奏レ楽如二元日一

西行が詠じたのは、おそらく夜陰の「内取之儀」ではなく、九日の昼に行われる相撲であろう。

ところで、「わがかたをか」という言い方については、早く校註国歌大系が「我が方に片山（かたをか＝賀茂山の古名）をかけた」として以来、「片山」を「片岡」と改める程度で、これが諸注に踏襲されている。校註国歌大系で「片山」と注したのは、おそらく片岡社の正称片山御子神社を意味するのであろう。それ故、この歌の下句の解釈としては、たとえば「わがかたおか（賀茂の御力と自分の味方）を強く頼みとして」（新潮日本古典集成）というのは必ずしも十分とは言えないと考える。むしろ「わが方をひいきされる片岡の御神を強く信じて」と解すべきであろう。そして又、「わがかたをか」という表現はこの西行歌以前にも作例があるのである。たとえば、寛治七年（一〇九三）五月五日『郁芳門院根合』の別本に見える、左の贈答歌などがその一例である。

又、於上御社、女房送和歌於少将忠云、

タチナラブヒトヤアラマシチハヤブル我カタヲカノカミナカリセバ
返歌云
ミソギシテイノリシコトノカヒアレバ我カタヲカノ神ゾウレシキ

先の『賀茂注進雑記』の記述によれば、小野岡本の両郷が左方の由であるが、岡本には鴨岡本神社が境外の末社としてあるので、片岡社を「つよくたの」むのは右方の大宮小山両郷の人々ではないであろうか。但し、『郁芳門院根合』で勝ったのは左方であった。

ともかく、このような神事を和歌の表現の伝統に沿って詠じたのが、「ながつきの」という作であると言える。するとそれは体験のみに基づく、さほど無技巧な作とも見なせないであろう。

七

「百首」の「釈教十首」は「きりきわうのゆめのうちに、三首」の作品群で始まっている。この三首を陽明文庫本によって掲げると、左のごとくである。なお、一五三・一五四の二首は特に清濁を分かたず掲げてみる。

きりきわうのゆめのうちに　三首
まといてし心をたれもわすれつゝひかへらるなることのうき哉　(一五三)
ひき〳〵にわかうてつるとおもひける人のこゝろやせはまくのきぬ　(一五四)
末の世の人の心もみがくべき玉をもちりにまぜてける哉　(一五五)

この作品群に注釈作業が加えられたのは、管見に入った範囲内では、校註国歌大系を以て初めとするように思われる。即ち、同書ではまず題「きりきわうのゆめ」について、次のように注する。

○訖栗枳王の夢　訖栗枳王は迦葉仏の父。倶舎論頌疏の註に「訖栗枳王十夢中一夢也、彼云王夢見下一衣堅而且広、有二十八人一竟分挽レ之衣終不レ破、此表下釈迦遺法焦子《マヽ》分二仏正法一成二十八部一雖レ有二異執一而真法尚在上」

そして、以下、一五三・一五四はそれぞれ、

まどひてし心をたれも忘れつゝひかへらるなる事のうきかな

ひき〳〵に我がめでつると思ひける人の心やせばまくの衣《きぬ》

と読んで、「○ひかへらる　衣を引かれる。○せばまくの衣　倶舎論頌疏に「頻毘沙羅王夢見下一氎裂為上十八片二」の氎か。せばむの延音か。○玉をも塵に云々　末世に仏菩薩が威徳の光を和らげ示現して俗塵に交りて衆生を済度される意」のごとく注している。

　この注はほぼそのまま後続の注釈書類に踏襲された。ただ異なるところは、一五四を校註国歌大系では頻毘沙羅王（阿闍世太子のために獄死したと伝えられる頻婆娑羅王）の夢の意かと考えたのであるが、後続の諸注はこれも訖栗枳王の夢と見ること、一五五のみは和光同塵の意を詠じたとする校註国歌大系以降の解に対して、新潮日本古典集成は「詞書により三首一連と考えて解し」、やはり訖栗枳王のこの夢によって訳していることである。注釈書のみならず、『西行の研究』での解釈も一五三・一五四の二首についてはほぼ同様で、『望月仏教大辞典』の「訖栗枳王」の項における十夢のうちの広堅衣の夢に関する解説を引用して、「仏の教えに分派ができ、各自がみずからの考えに執してゆずらないことを、「憂し」とも「心狭い」こととも歌っているのである。西行の出家は、心の清らかな隠遁者を志したのであ

って、僧界に地歩を求めるというコースは問題ではなかった。出家直後の西行の立てた心が、この作品には表現されていると認められる」と論じている。

しかしながら、従来の考え方は当時の題詠の実際を顧慮しなかった憾みがありはしないか。訖栗枳王の夢は大象・井・麨・栴檀・妙園林・小象・二獼猴（これを二夢と数える）・広堅衣・闘諍の十夢である。広堅衣の夢は十夢のうちの一夢にすぎない。その夢のみを二首乃至三首詠むのは、題詠として不自然ではないであろうか。また、「きりきわうのゆめのうちに、三首」としながら頻毘沙羅王の夢や夢と関りない和光同塵の意を詠じたと考えることも無理であろう。

結論的に言えば、十夢の第九番目広堅衣の夢の心を詠じた作は一五二四「ひき〳〵に」の作のみで、他は十夢のうちの他の夢を詠じたものと考える。即ち、一五二三は、「まどひてし」ではなく、

まどいでし心をたれもわすれつゝひかへらるなることのうき哉

と読むことによって、十夢の第一番目大象の夢の心を、一五二五「末の世の」の作はこのままの読みで第三番目麨の夢の心を詠じたものと解したいと思う。法宝の『倶舎論疏』巻第九によってそれぞれの夢を示せば、次のごとくである。(5)

王夢見《ニル》下一《ノ》大象被レ閉二室中一《ニ》更《ニ》無二門戸一唯《タ》有二小牖一、其象方便其身得レ出《コトヲ》唯《タ》尾礙《レテ》上レ窓《ニ》不《ト》上レ得レ出《ルコト》也。此表《レス》下釈迦遺法《ノ》弟子能捨《クテ》二父母妻子《ヲ》一出家修道《トモ》而於二其中《ニ》一猶懐《テ》二名利《ヲ》一不レ能二捨離《スルコトヲ》一 如中尾《ノ》礙《カ》上レ窓《ニ》。

麨《トハ》者王夢見《ニル》下以二一升《ノ》真珠《ヲ》一博《ト》中一升《ノ》麨《ヲ》上。此表《レス》下釈迦遺法《ノ》弟子《ノ》為レ求レ利《ヲ》故以二仏正法《ヲ》一為二他人《ノ》一説《テ》希《ヲ》中彼《ノ》財物《ヲ》上。

一五二三の初句は六家集板本では「まとひして」である。松屋本も同様であったらしい。これを「まどひてし」と読むことは既に『西行法師全集』において行われている。陽明文庫本を底本としている日本古典全書・日本古典文学大

系・新潮日本古典集成等は同本の「まといてし」の「い」は「ひ」の仮名遣いの違いと認定したのであろうが、当然「ひ」は「い」の誤りと考えることも可能な筈である。そして、この一首には広堅衣を暗示する語は存在しない。「ひかへらる」はむしろ「尾礙レ窻不レ得レ出」に相当すると考える。それならば、初句を「まどいでし」と読むことによって、[6]一首の意はおよそ次のように解されるであろう。

大象が何とか工夫して身体だけは小窓から抜け出たように、父母妻子を捨てて出家した際の心を誰も忘れて、その同じ大象が窓に尾っぽがつかえて出られないように、名利を求める心を抱くばかりに憂き世に引かれて本当の意味で捨離できないでいるということはつらいなあ。

次に、一五三四「ひき〳〵に」の歌には第二句と第五句とに異文が存する。即ち陽明文庫本の「わかうてつると」の「う」に相当する六家集板本の字は「そ」のようにも読める字形である。又、「た」乃至は「め」を粗雑に書いたと見られなくもない。『西行法師全集』でこの句を「我たて《或本ウテ、或本メデ》つると」とし、日本古典全書で「わがたてつると」、新註国文学叢書で「我がめでつる」と読んでいるのも根拠のないことではない。ところで、松屋本の書入れによれば、陽明本の「う」に相当する字は「そ」、諸本の「る」に相当する字は「ま」であった、つまり松屋本の第二句は「わかそてつまと(我が袖褄と)」であったと知られる。同様に第五句「せはまくのきぬ」が松屋本では「せはさくのきぬ」であったらしい。

第五句については明快な解釈を下しえない。が、第二句は「きぬ」の縁語「そでづま」と見てよいのではないか。

すると一首の意は、

十八人のめいめいが自分に引き付け、自分の袖褄だと思って、一枚の広く丈夫な衣を引っ張ったということだが、それらの人々の心はたとえてみれば幅の狭く裂けやすい布のようなものだろうか。それらは仏の真の教えからは遠い狭い、劣った見解なのだ。

ということになるであろうか。

一五三五「末の世の」歌は、次のように解してみる。

末法の世の劣った人心をも磨くべき真珠の玉にもたとえられるべき正法を、塵、つまらない麨《むぎこがし》にも比すべき外典と一緒くたにしてしまったのだなあ。

八

以上、『山家集』巻末「百首」全体の読みの作業を通じて、従来の読みに何等かの問題があると考えられるもの数首を取り上げてみた。もとよりこれら以外にも問題は少なくない。しかもこのような作業を行うことによって一層本百首の成立年次に関する推定は困難になったように思う。窪田章一郎氏の所説のごとく、出家後数年の詠と限定しうるとは考えない。ここに取り上げなかった数首に関して、『久安六年御百首』での何人かの作品の影を感じるからである。もとより影響関係の有無やそのいずれからいずれへの影響かについての判定は極めて微妙であって、慎重になされなければならないが、私はやはり西行の本百首が『久安百首』の影響下にあるのではないかと考える。しかしながら、晩年期の成立と見る山木幸一氏の論にも、特に「述懐十首」の検討などから、(7)与しえないものを覚える。要するに、本百首の成立についてはなお結論を留保せざるをえない。ただ、敢えて言えば、詠作年次の推定は西行の和歌世界を解明するための究極目的ではないであろう。その世界の多様性、それから想像される西行の心の多面性の確認こそが必要であろう。そのために我々は更に綿密な読みを重ねなければならないと考える。

注

(1) 石田吉貞「西行の歌の不可解性」(『国語と国文学』第四十一号、一九六四年一月)、同著『新古今世界と中世文学 上』(北沢図書出版、一九七二年六月)所収。
(2) 『枕草子』の引用は日本古典文学大系による。
(3) 『大嘗会和歌部類自白鳳至文正』・『大嘗会和歌』(共に宮内庁書陵部蔵写本)などを参照。
(4) 『賀茂注進雑記』の引用は続々群書類従第一神祇部による。
(5) 『倶舎論疏』の引用は東京大学附属図書館蔵板本による。
(6) 拙編著『西行全集』においてもこの初句を「まどいてし」と読んだ。
(7) 拙著、古典を読む6『山家集』(岩波書店、一九八三年)。↓本書所収

追記

山木幸一氏の諸論考は遺著『西行和歌の形成と受容』(明治書院、一九八七年)に収められている。

仏教と和歌――西行釈教歌注釈贅言

一

『山家集』巻末「百首」の釈教十首のうち、「きりきわうのゆめのうちに　三首」と題する三首については、既に別の機会に従来の解釈の問題点を指摘し、私見をも提示したので、(1) ここでは残りの七首について考えてみたい。

まず、「無量義経三首」について検討してみる。

さとりひろきこの法《ノリ》をまづとき置てふたつなしとはいひきはめける　(一五三六)

題の「無量義経」については、多くの注釈書で法華三部経の一であることに言及しているが、それらの中では三好英二校註、新註国文学叢書『西行歌集 上』が最も詳しい。即ち、「法華三部経の一。曇摩伽陀耶舎(どんまかだやしゃ)の訳。法華経の序論をなすもので、法華経の真理の生ずべき予言を説いたもの」と注する。しかしながら、近代の諸注にはこの歌に関して無量義経の法文を引いて注したものがない。窪田章一郎『西行の研究』では「「二つなしとはいひきはめける」と歌っているのは、「唯有一乗法・無二亦無三」(方便品)と説かれた中心点である。声聞・縁覚・菩薩の三乗に本来区別がなく、菩薩だけが成仏するのではなくて、すべて皆一仏乗に帰して成仏するという意である」

と解説するが、ここに引かれている法文も法華経方便品第二の偈であって、無量義経ではない。
　しかしながら、畑中多忠の『類題法文和歌集注解』巻第一においては、

此経の説法品に無レ有二二法一といへり。又法花経に唯有二一乗法一ともいへり。かく無量義をときはじめ給ひて後に法花経をばとき給ひて、二つなしと仏道をいひきはじめ給ふとの心にて侍り。

と注している。(2) 即ち、無量義経説法品第二の次の部分を提示しているのである。

菩薩、欲レ得レ修二学無量義一者、応当二観察一、一切諸法、自本来今、性相空寂、無レ大無レ小、無レ生無レ滅、非レ住非レ動、不レ進不レ退、猶如二虚空一、無レ有二二法一

それ故、この作の解釈はやはりこの法文に即してなされるべきであろう。それはおよそ次のようなことになるであろうか。

仏は法華経の前に、悟りに入るために広大なこの無量義経の教えを最初に説き置かれて、一切の諸法は一つであって二法があるわけはないと断言されたのである。

山桜つぼみはじむる花の枝に春をばこめてかすむ成けり　（一五三七）

この歌についても諸注は法文を引いていない。『類題法文和歌集注解』も同様で、

此経は法花をはらみたる経にて侍り。たとへていはゞ山桜のつぼみはじめたるに春の景色をこめて霞みたるごとしといへる也。

と説くにとどまる。

確かに、法文を引かなくても、一首の意はほぼ次のようなものであろうということは了解される。

山桜が蕾をほころばせはじめた花の枝、それは春をうちに籠めて霞んでいるよ。法華経の開経たる無量義経によって、これから説かれる妙法のきざしがまずうかがわれる。

しかしながら、『梁塵秘抄』巻第二法文歌のうち、「無量義経　一首」が、

無量義経のつぼんばな、霊鷲のみねにぞひらけたる、三十二相はこのみにて、四十二にこそなりにけれ　(五五)

と、無量義経をやはり花の蕾(莟)に喩え、法華経序品第一に説く、釈尊の霊鷲山での説法に先立って起った奇瑞に連想を馳せていることを考えると、無量義経十功徳品第三においても同様の奇瑞が説かれていることを押えておくことは無駄ではないと考える。即ち、経文には次のごとく説く。

作是語已。爾時三千大千世界。六種震動。於上空中。復雨種種天華。天優鉢羅華。鉢曇摩華。拘物頭華。分陀利華。又雨無数種種天香。天衣。天瓔珞。天無価宝。

「優鉢羅華」は青蓮華、「鉢曇摩華」は紅蓮華、「拘物頭華」は黄蓮華、「分陀利華」は白蓮華のことである。それら色とりどりの蓮華が降るイメージは、もとより山桜が花の紐を解こうとして霞んでいる早春の景とは全く異なる。けれども、西行よりやや後の世代に属するとはいえ、たとえば寂蓮は「蓮華初開楽」を次のように歌うのである。

これやこのうきよのほかの春ならん花のとぼそのあけぼのゝ空　(『新古今集』釈教・一九三八)

それならば、西行の場合も種々の蓮華が散りかかるという経文の叙述から受けた印象が、日本的な早春の景へと変容して表現されたとも解されないであろうか。

身につきてもゆるおもひのきえましや涼しき風のあふがざりせば　（一五三八）

この歌に関しても、近代の諸注は法文を提示していない。しかしながら、早く『類題法文和歌集注解』が、

此経に除㆓世悩熱㆒致㆓法清涼㆒といへる語あり。これにもとづけり。此哥の心は、仏法の清涼の風なくは塵身の煩悩の熱はいかでかさめ侍らんといへるなり。

と注するのに従うべきである。この法文は無量義経徳行品第一に見出されるもので、

微渧先堕、以淹㆓欲塵㆒、開㆓涅槃門㆒、扇㆓解脱風㆒、除㆓世悩熱㆒、致㆓法清涼㆒、

と説かれている。

なお、寂然の『法門百首』のうち夏十首の最後の作は、

除世熱悩致法清涼

御祓する河べの岸に芝ゐして夏をばけふぞよそにきゝつる

であり、同じく秋十首の最初の歌は、

開涅槃門扇解脱風

おしひらく草のいほりのたけのとに袂涼しき秋の初かぜ

というのである。

釈教歌において同一の法文句題が頻用されるという現象自体は珍しいとは言えない。しかしながら、西行と寂然とは親交があり、当然影響関係もありうる間柄であっただけに、共に今なお成立年次や成立事情が明らかであるとは言えない西行の本百首と寂然の『法門百首』との間に見出されるこの現象は、注目されてよいであろう。[3]

二

次に、「千手経三首」に移る。

花までは身ににざるべし朽はてゝ枝もなき木のねをなからしそ　（一五三九）

近年の諸注は、たとえば「○花までは—枯木に枝葉を生じ実を成らせるという千手観音の誓いによせて言う」（日本古典文学大系『山家集』）のごとく、すべて千手観音の誓願に言及してはいるが、いずれも『千手経』、即ち『千手千眼観世音菩薩広大円満無礙大悲心陀羅尼経』の該当する法文を示していない。しかしながら、校註国歌大系第十一巻『六家集 下』所収本では、同じ誓願を注した後に、

千手経「此大神呪二乾枯樹一尚得レ生二枝柯葉果一」花までは罪業深い我が身には相応しないだらうせめて根を枯らすな。

と、該当法文を掲げており、更にそれより以前、『類題法文和歌集注解』巻第二十一では、次のごとき詳注を加えているのである。

此経に、此大神呪呪《スルニ》二乾《キ》枯《タル》樹《ヲ》一尚得二枝柯華菓菓《ヲ》一何《ソ》況《ヤ》有情有識《ノ》衆生身《ヲヤ》とあり。此哥の心は、花や菓をまたんはいまだ朽ざる木のごとし、かやうに朽はてゝ枝もなき木はせめて根をだにからしはつなといへる也。全体の義は、西行上人のおもへらく、われらごときの下劣の衆生はまことに朽はてたる木のごとし、何ほど千手の誓にても、花菓をたもたん程の菩薩地には及ぶべくもあらず、せめて根性をだにからさで仏道にいたらしめよと、卑下の心

をいへるなるべし。

但し、校註国歌大系の引用は正確ではない。『類題法文和歌集注解』の引用も『大正大蔵経』巻第二十所収の経文とは若干異なっている。

此大神呪呪乾枯樹。尚得生枝柯華果。何況有情有識衆生。

というのが同本での本文である。

無量義経の二首目、「山桜」の歌の場合と同様に、この作の場合も『梁塵秘抄』巻第二法文歌での著名な今様が想起される。即ち、「仏歌　廿四首」中の次の一首である。

よろづのほとけの願よりも、千手のちかひぞたのもしき、かれたる草木もたちまちに、はなさきみなるとゝいたまふ　(三九)

この今様は『平家物語』巻第二・卒都婆流や『古今著聞集』巻第六管絃歌舞第七などにも見え、広く流布していたと想像されるものである。おそらく西行の「花までは」の詠にもその影はさしているのであろう。つまりこの歌は千手経の経文と共に、同じ経文に基づくこの今様をも意識して詠まれているのであろう。そしてそれは先の「山桜」の歌の場合もほぼ同じなのではないであろうか。

このように、西行の和歌と『梁塵秘抄』の法文歌とが類似の発想を有するということは、共に同じ時代の所産であることを思えば余りにも当然なことである。けれども、従来は案外そのことが看過されていなかったであろうか。少なくともこれまでの注釈にはそのことに思いを致した形跡は窺われないのである。

又、この歌での「枝もなき木」という句は、『山家集』中・雑に見出される次の作を想起させる。

のにたてるえだなき木にもをとりけりのちの世しらぬ人の心は　(九〇七)

これは釈教歌群中、「心におもひける事を」という詞書の下に一括されている五首の小歌群で最後の一首である。西行にとって立木は人への連想を呼びやすい存在であったらしいことが想像される。西行のそのような物の感じ方を確かめておくことも、たとえば西国順礼中に得られた、

大師のむまれさせ給たる所とて、めぐりのしまはして、そのしるしにまつのたてりけるをみて

あはれなりおなじの山にたてる木のかゝるしるしの契りありける　(一三六九)

いほりのまへにまつのたてりけるをみて

ひさにへてわが後のよをとへよまつ跡しのぶべき人もなきみぞ　(一三五八)

こゝをまたわれすみうくてうかれなばまつはひとりにならんとすらん　(一三五九)

などの作や、更に、

たにのまにひとりぞまつも立りけるわれのみともはなきかとおもへば　(九四一)

など、立木に人のような親愛感を寄せている一連の作品を理解する上で無駄ではないであろう。

「花までは」の歌に立ち返って、一首の意を示せばおよそ次のようなことになるであろうか。

花が咲き実がなることまでは、この劣った身にふさわしくないでしょう。しかし、せめてすっかり朽ちてしまって枝もない木同然のわたしの善根を枯らさないでください。

ちかひありてねがはんくにへ行べくはにしのかどよりさとりひらかん　（一五四〇）

この歌の場合も近代の諸注は『千手経』の法文を引いていない。六家集板本『山家集』ではこの歌の末は、次の一五四一番のそれと混交を生じ、「かどよりさとりひらかん」を「ことばにふさねたる哉」とする。『類題法文和歌集注解』はこの誤った本文に拠ったため、第五句の解釈に当惑しながらも、次のように法文は指摘しているのである。

此ふさねといふ詞、外にきこえず。ゆだねまかせたると云義にや。哥の心は、此経文に専称㆓名号㆒得㆓无量福㆒滅㆓无量罪㆒命終往㆓生阿弥陀国㆒とあり。もとより観音は阿弥陀の脇侍の菩薩におはしませば、西方の往生うたがひあるべからず。此歌は此文につきてよめるにや。ねがはん国は浄土の事也。西の詞は此経文の西方阿弥陀を指たるべし。

改めて該当法文を示すと、左のごとくである。

汝等大衆梵釈四王天龍鬼神。皆応恭敬。勿生軽慢。常須供養称名礼讃。得無量福。滅無量罪。命終往生極楽世界阿弥陀仏国。

さま〴〵にたな心なるちかひをばなものことばにふさねたる哉　（一五四一）

この歌については、『類題法文和歌集注解』を含めて、どの注釈でも千手経から特定の経文を引くことをしていない。畑中多忠はこの歌の第四句を「千々の詞に」として、次のように注する。

さま〴〵は千手の御手のさま〴〵の宝物をさゝげ、宝印をむすび給へるを云也。たな心は手の中心を云、又自由自在なるをさす也。千々の詞は千手と千眼といへる詞をさせり。なゝの詞とある本もあれど、此経に数をたてたる願あれど、七の次第なし。千々をなゝと見あやまりてかけるにや。ふさねは前にいふがごとし。

しかしながら、六家集板本でも第四句は「なものことはに」である。多忠が「なもの」を「千ゝの」と見誤ったと考えられるのである。

三

又一首この心を
やうばいのはるのにほひへんきちのくどくなり、
しらんの秋の色は普賢菩薩のしんさうなり
野辺の色も春のにほひもをしなべて心そめけるさとりとぞなる　(一五四二)
この歌ではまず前書の「この心を」をどう解するかが問題となるであろう。新潮日本古典集成『山家集』では「この心を」に注して「「楊梅の……真相なり」までの心」という。が、古く『類題法文和歌集注解』巻第二十一では、これを「千手経の心」と解し、
此心は、野べの色は秋なれば枯たる躰也。春の匂は枯たる物に花さく心にや。しかれば、かるゝもさくも皆千手の誓願のさとりにもるゝ事なければ、心をそめて其功徳をあふぐよし也。
と注している。
私見によれば、「この心を」の「こ」は『千手経』を受けるとは考え難い。『千手経』の法文和歌は三首で完結して

いると見るべきである。では、新潮日本古典集成本のように、次に掲げる「やうばいの……しんさうなり」をあらかじめ「こ」と受けたのであろうか。そのような言い方も皆無ではあるまいが、むしろこの作品群を総括する題「釈教十首」の「釈教」を受けたと考えておく。

次に、「やうばいの……しんさうなり」の出典であるが、これは未詳である。従来の諸注も出典に説き及んでいるものはない。(4)「へんきち(遍吉)」が普賢菩薩であることを注する程度である。このことから、この章句はもしかして『普賢経』、即ち『法華経』の結経である『観普賢菩薩行法経』と関係があるかとも考えてみたけれども、関係は見出し難いようである。もとより『法華経』普賢菩薩勧発品第二十八とも直接関係は無いと考える。「はるのにほひ」「秋の色」というような和らげられた表現は、この章句が経論の類ではないのではないかということを思わせる。或いはこれは当時著名であった能説の説経師の説法の一部などでもあろうか。後考を俟つ。

なお、やや細かいことであるが、「やうばい」が楊梅《やまもも》であることは当然として、日本古典文学大系本の頭注で「仏典にしばしば見える」と説かれ、新潮日本古典集成本でも同様に注するのは、何を拠り所にするのであろうか。寡聞にして楊梅が仏典に頻出するという事実を知らない。但し、頻婆果(頻婆・頻婆羅とも)という果実は相思と漢訳され、その鮮やかな赤は女子などの唇の色に喩えられるとのことである。(5)『栄花物語』巻第十八「たまのうてな」には、法成寺に安置された丈六の阿弥陀如来の尊像の相好を叙して、

青蓮の御まなこは四大海をたゝへ、御脣は頻頗《ビンバ》果のごとし。

という。或いは右の章句ではこの頻婆果などが楊梅に置き換えられたのであろうか。もしもそうであるとすれば、この章句はいよいよ経典そのものとは考え難い。

もう一つ、「しらん(紫蘭)」に関して、新潮日本古典集成本が「谷川や岩の割れ目の湿地に生え、紅紫または白の総状花をつける」と注しているのも疑問である。これは現在の紫蘭の説明としてはほぼ妥当であるが、それは春から初夏頃にかけて咲く花であるから、「しらんの秋」の色というこの章句にはあてはまらない。ここでの紫蘭は、たとえば、

蓬が杣、浅茅が原、鳥のふしどと荒はてて、虫の声々うらみつゝ、黄菊紫蘭の野辺とぞなりにける。(『平家物語』巻第五・月見)

と叙されるような秋草としての紫蘭、即ち具体的には藤袴を意味するのであろう。このことも右の章句の和臭的性格を物語ると考えるのである。

ところで、「野辺の色も」の歌を解釈するとどのようなことになるであろうか。

「野辺の秋草の色も春の花の匂いも、即ち執着ともなる美しいものはすべて皆、それらに深く心を染めたことで、悟りの機縁となるのだ。」――たとえばこのように解してみると、煩悩即菩提というような思想を詠じたことになる。しかし又、「野辺の色」や「春のにほひ」はそのまま「普賢菩薩の真相」であって、それらを見ることは執着することを意味せず、そのまま悟りにつながるのだ、とも解されるかもしれない。もしそうであれば、この作はやはり寂然の『法門百首』における、

青々翠竹惣是法身
色かへぬもとの悟を尋ねれば竹のみどりもあさからぬかな
鬱々黄花無不般若

あだしのゝ花ともいはじ女郎花みよの仏の母とこそきけ

なども通う思想を詠じたものであろうか。

寂然の右二首の法文句題の出典は、共に真言宗教時義であるという。(6)ところで、これらの句は『行基菩薩遺誡』にも見出されるものであった。西行が同遺誡に接していたことは既に指摘されているごとくである。(7)そして又、これらの句に盛られた思想は、『梅尾《とがのお》明恵上人伝記』巻上に語られている晩年の西行の語なるもの（いわゆる高雄法語）とも思想的脈絡を有するものであるとは言えよう。

私は高雄法語が事実として西行によって幼い明恵に向かって語られたと考えることについては、依然多分に懐疑的であるけれども、(8)西行がそのような思想と全く無縁であったとは考えていない。すると、問題はこの一首の解釈にとどまらず、むしろそこから始まるとさえ言ってよいであろう。

それ故に、「きりきわうのゆめ」に始まり、この一首に終る本百首での釈教十首を仏教思想の側から照射したならば、一体どのような信仰、思想の形が現れるのか、専門家の高見を仰ぎたいと思う。

注

（1）拙稿「『山家集』巻末「百首」について」（『文学』第五十一巻第十号、一九八三年十月）、及び同「山家集を読む――西行和歌注釈批判――」（『中世文学』第二十八号、一九八三年十月）。↓共に本書所収

（2）『類題法文和歌集注解』の引用は、『影印版類題法文和歌集注解』全四巻（世界聖典刊行協会、一九八三年）によった。但し、私意により清濁を分ち、句読点を付した。

（3）『法門百首』の成立について、川上新一郎「『法門百首』の考察」（慶応義塾大学国文学研究会編『王朝の歌と物語』国文学論叢新集一、桜楓社、一九八〇年）は、「讃岐の崇徳院をなぐさめるために寂然によって企画され、それに何人かが加わっ

て次々に成立したと考えるべきであろう」という説を提示している。

（4） ニールス・グュルベルク氏の示された『魚山叢書』所収永観作『三時念仏観門式』に、「是以、桜梅春匂具常楽性、蘭菊秋色備妙法徳」とあることを知った。この部分に関係あるように思われるので記しておき、後考を俟つ。

（5） 中村元『仏教語大辞典』(東京書籍、一九七五年)。

（6） 注3の論文の出典表参照。

（7） 木下資一「「行基菩薩遺誡」考――中世文学の一資料として――」(『国語と国文学』第五十九号、一九八二年十二月)。

（8） 拙著『新古今歌人の研究』(東京大学出版会、一九七三年)九六頁、「「うかれ出づる心」再論」(『中世和歌史の研究』明治書院、一九九三年)参照。

Ⅲ　西行和歌の心と詞

西行の人と作品――その古への憧憬の意味するもの

大がくじのたき殿の石ども、かむ院にうつされて
あとなくなりたりときゝて、みにまかりたりしに、
あかぞめが、いまだにかゝりとよみけんをり思ひ
いでられて

いまだにもかゝりといひしたきつせのそのをりまではむかしなりけん　（伝冷泉為相筆本『山家心中集』三七）[1]

この歌は『山家集』『西行上人集』にも見え、遥か後に『新拾遺和歌集』にも採られている。[2] そして新日本古典文学大系『中世和歌集鎌倉篇』所収『山家心中集』（近藤潤一校注）が行き届いた注釈を加えている。それなどを参考にしながら、この一首を解するために必要な事柄を摘記すると、「大がくじ」は嵯峨の大覚寺である。「たき殿」は、長保元年（九九九）九月十二日、左大臣藤原道長が人々と嵯峨野を逍遥した時、一行の中の一人右衛門督藤原公任が、

滝の音は絶て久しく成ぬれど名こそ流て猶聞えけれ　（『四条大納言家集』二九）[3]

と詠んだ滝（『都名所図会』に「名古曾の滝」という）の傍に設けられていた建造物である。道長の野逍遥のことを記した、藤原行成の『権記』の当日の条に、「先制二大覚寺滝殿栖霞観一」と見え、前引の公任家集の詞書にも「嵯峨の滝殿に

て」という。『今昔物語集』巻第二十四第五話に「今ハ昔、百済ノ川成ト云フ絵師有ケリ。世ニ並无キ者ニテ有ケル。滝殿ノ石モ此川成ガ立タル也ケリ。同キ御堂ノ壁ノ絵モ此ノ川成ガ書タル也」という。(4)『源氏物語』松風の巻には、源氏が大覚寺の近くに御堂を造営することが語られているが、それは「つくらせ給ふ御だうは、大がく寺のみなみにあたりて、たきどのゝ心ばへなどおとらずおもしろき寺也」と描写されている。このことから逆に、滝殿は源氏が発願して建立した寺院に匹敵するほどの、立派な建造物であったことが想像される。それならば、それに附属していたのであろうその庭園の「石ども」も、さぞかし見事な立石であったのであろう。

それが「かむ院」に移されたというのであるが、この「かむ院」について、近藤氏注は「○閑院　二条南・西洞院西の旧冬嗣邸。閑院流第、院御所、里内裏と転じ、焼損、改築を重ねる。これは仁安二年(一一六七)基房造営の里内裏か」とする。「仁安二年……」とは、『史料綜覧』巻三、仁安二年十二月十日の条に、「摂政基房、新造閑院ノ第ニ移ル」と見える史実をさすのであろう。この松殿基房の閑院移徙のことは、『玉葉』『兵範記』などの当日の条に見える。

右の注に従えば、この「いまだにも」の歌は仁安二年十二月十日以後の詠ということになる。西行の作品の大部分は詠出時が明らかでないから、この程度の推測も西行伝を構成する際には無意味ではない。

「あかぞめ」は赤染衛門、「いまだにかゝり」は、

大覚寺のたきどのをみて

あせにけるいまだにかゝり滝つせのはやくきてこそ見るべかりけれ　(『赤染衛門集』三三一)(5)

の歌をさす。この歌は『後拾遺和歌集』雑四・一〇五八では下句を「はやくぞ人はみるべかりける」としている。おそら

く、赤染衛門が滝殿を訪れたのは、公任が「滝の音は」の歌を詠じた長保元年(九九九)十二月よりも後のことであろう。彼女はすでに名歌として喧伝されていた公任の歌を思い浮かべながら、「はやくきてこそ見るべかりけれ」と嘆いたのであろう。西行は赤染衛門がそのように嘆いた時点を遥か昔のこととして、現在の荒廃した滝殿の庭園の跡を眺めているのである。その心裡には「むかし」に対する深い憧憬の思いが潜んでいる。

ところで、『山家集』下には、嵯峨野の荒廃を慨嘆した次のような連作が見出される。

　さがのゝみしよにもかはりて、あらぬやうになり
　て、人ゐ《(「い」カ)》なんとしたりけるをみて
この里やさがのみかりのあとならん野山もはてはあせかはりけり　(一四二三)
　大学寺の金岡がたてたるいしをみて
庭のいはにめたつる人もなからましかどあるさまに立しをかずは　(一四二四)
　たきのわたりのこだち、あらぬことになりて、松
　ばかりなみたちたりけるをみて
ながれみしきしのこだちもあせはてゝ松のみこそは昔なるらめ　(一四二五)

この連作は『山家集』以外の集には見出されず、松屋本『山家集』にもなかったものらしいが、「いまだにも」の歌と同じく、大覚寺殿の滝の附近を訪れているのである。あるいは同じ折の詠であろうか。「大学寺の金岡がたてたるいし」の「金岡」は著名な絵師の巨勢金岡であるが、この金岡の立石と、先に引いた『今昔物語集』に見える百済

川成の手に成るという滝殿の石との関係はどうなのであろうか。同じものをさすとすれば、先の歌の詞書から、それは閑院に移されたというから、これら三首は移される以前の詠で、滝殿の石の設計者について二つの所伝があったということであろうか。または別のもので、二人の名絵師がそれぞれ大覚寺とその滝殿の庭園の造成に関与したのであろうか。そのあたりのことはわからないが、この「庭のいはに」の歌はおそらく源俊頼の「いし」を題とする『永久四年百首』での詠、

　いしはさもたてける人のこゝろさへかたかどありとみえもするかな　（『散木奇歌集』雑上・一三七七）[6]

の発想の影響下にあるものであろう。西行は著名な「たはぶれ歌」でも、

　ぬなわはふいけにしづめるたていしのたてたることもなきみぎはかな　（『残集』一七）

とも詠んでいる。私は以前この歌を考える際にも右への俊頼の歌を引いたことがあった。[7]

　いにしえの建造物とその庭園を見て往事を偲んでいる歌としては、これらの他にも、『残集』に次のような作が見出される。

　人にぐして修学院にこもりたりけるに、小野殿見
　に人〳〵まかりけるにぐしてまかりてみけり、そ
　のをりまでは、つり殿かたばかりやぶれのこりて、
　いけのはしわたされたりけることがら、ゑにかき
　たるやうに見ゆ、きせいがいしたて、たきをとし
　たるところぞかしとおもひて、たきをとしたりけ

　　るところめたてゝみれば、みなうづもれたるやう
　　になりて見わかれず、こだかくなりたるまつのを
　　とのみぞ、みにしみける

たきをちしみづのながれもあとたえてむかしかたるはまつのかぜのみ　（三〇）
このさとは人すだきけんむかしもやさびたる《しき》ことはかはらざりけん　（三一）[8]

ここでも庭の立石や水の涸れた滝の跡を見て、懐旧の念にひたっているのである。「たきをとしたりけるところめたてゝみれば」という記述は、先の「庭のいはに」の歌の「めたつる人も」という句を解する際に参考にされてよいであろう。西行は廃園の滝の跡や立石に注意する性癖を有していたことになる。

目崎徳衛氏は西行の草庵生活の具体相を探って、「諸所に遊覧し、知己・友人を訪問し、また音信を交わす行為も活発であった」と述べ、その遊覧のうち、「遊心を誘われるものの随一は名所・歌枕であり、その地に関わる古人・先人の俤であった」として、これまで言及してきた「いまだにも」の歌、「庭のいはに」と「ながれみし」の歌、「たきをちし」「このさとは」の二首、及び『残集』でこの二首の直前に見える、

おほはらやまだすみがまもならはずといひけむ人をいまあらせばや　（『残集』一九）

の歌を掲げて、これらを「「数奇」の行為」と見ておられる。[9]『山家心中集』の「いまだにも」の歌の直後には、

　　すわうの内侍、われさへのきのとかきつけたるふ
　　るさとにて、ひと〴〵おもひのべ侍しに

いにしへはつひいしやどもあるものをなにをかけふのしるしにはせん　(三二八)

という歌が並んでいるが、これなどをも含めて、西行が名歌にちなむ旧跡、いわば文学遺跡に深い関心を持っていて、好んでそのような場所に足を運んでは詠歌していたことは確かである。そしてその行動は『袋草紙』に語られる能因や藤原節信のそれと同じく、「数奇」の行為と呼んでさしつかえないものであろう。

ただ、その数奇の心はいにしえに対する限りない憧憬の想いと表裏をなすものであったことに注意したいと思う。同様ないにしえへの憧憬は、後白河院が熊野御幸のついでに住吉に詣でた翌日同社に詣でて詠んだ、

承安元年六月ついたちのひ、院くまのへまいらせをはしましけるついでに、すみよしへ御幸ありけり、しゆ行しまはりて、二日かのやしろにまいりて侍しに、すみのへのつり殿あたらしくしたてられたり、後三条院のみゆき、神思ひいで給らんとおぼえて、かきつけ侍し

たえたりし君がみゆきをまちつけて神いかばかりうれしかるらん　(『山家心中集』二八五)

まつのしづえあらひけん浪、いにしへにかはらずこそはとおぼえて

いにしへのまつのしづえをあらひけむなみを心にかけてこそ見れ　(同・二八六)

という歌や、桜花を詠じた、

ちよくとかやくだすみかどのをは《いま》せかしさらばをそれてはなやちらぬと　（同・一三）

浪もなくかぜをさめし白河の君のをりもや花はちりけん　（同・一四）

などの作、『伊勢物語』八十二段に語られる渚院の風流に思いを馳せた、

天王寺へまいりけるに、かた野など申渡り過て、みはるかされたる所の侍けるを問ければ、あまの川と申をきゝて、宿からんといひけんこと思ひ出されてよみける

あくがれしあまのかはらと聞からに昔の波の袖にかゝれる　（六家集本『山家集』二一三）

の一首などにも看取されるであろう。

このように強いいにしえへの憧憬は、裏返せば彼がそれだけ「今」に絶望していたということをも意味するのではないだろうか。

西行の「今」の世に対する絶望は、たとえば『聞書集』に見える次の連作などに窺うことができる。

をりにつけたる哥よみけるに

とにかくにはかなきよをもおもひしりてかしこき人のなどなかるらん　（二三六）

よしあしの人のことをばいひながらわがうへしらぬよにこそありけれ　（二三七）

さればよとみる〴〵人のをちぞいるおほくのあなのよにはありける　（二三八）

とまりなきこのごろのよはふねなれやなみにもつかずいそもはなれぬ　(二三九)

これらの作は僧侶として、現世の無常さに気付かない一般世人の愚迷を嘆いた歌には違いないが、「をりにつけたる哥」といい、「このごろのよ」というのであるから、ある具体的な事件などに触発されて詠んだものであろう。それが何であるかははっきりしないが、いずれ陰謀事件や内乱などに関わるものであると想像される。(10) 平安最末期の乱世の様相は、西行を現世への絶望、そしていにしえへの憧憬へと駆りたてたのであった。

福原へ都うつりあるときこえし比、伊勢にて月哥

よみ侍しに

雲のうへやふるき都に成にけり《るカ》すむらん月の影はかはらで　(『西行上人集』四三五)

と歌われている治承四年(一一八〇)六月の福原遷都も、彼を慨嘆させた事件であった。『西行上人集』にはこの作の後、二首を置いて、

ふるさとのこゝろを

露しげくあさぢしげれる野に成てありし都は見し心地せぬ　(四三八)

これや見し昔すみけん跡ならんよもぎが露に月のやどれる　(四三九)

月すみし宿も昔の宿ならで我みもあらぬ我みなりけり　(四四〇)

という三首の題詠歌扱いされた作品群が見出される。伊藤嘉夫校註日本古典全書『山家集』に「この三首は、都の旧居が灰燼に帰したあとをとぶらうての歌か。清獬眼抄によると、安元元年(一一七五)十一月押小路東油小路西が焼けた折り油小路二条南の西側にあつた西行宅が焼けた」と考えているが、すでに目崎氏が言われるごとく、(11)『清獬眼抄』

の右の記事に見える「左兵衛尉則清宿所」を佐藤義清、すなわち西行の旧宅とすることは正しくないであろう。それよりも、「露しげく」の歌の「ありし都は見し心地せぬ」という下句は、もしかしてこれらの作が福原遷都後のものではないかという想像を起こさせるのである。ともかく、「雲のうへや」の歌やこれら三首は、『平家物語』巻第五・月見に引かれている後徳大寺実定の、「ふるき都をきて見れば　あさぢが原とぞあれにける」の今様や、旧都に残り留っていた藤原定家がその日記『明月記』に書き記した、

遷都之後不レ幾、蔓草満レ庭、立蔀多顛倒、古木黄葉、有二蕭索之色一、傷心如三箕子之過二殷墟一、（治承四年十月二十七日の条）

という概嘆に通うものがある。西行は王城としての京の都が旧都となってしまったことを嘆いている。

そのような西行の精神構造を考えると、そこには定家や鴨長明、そして遥か後の兼好などに通ずるものを認めざるをえない。尚古主義者としての定家や兼好はこれまでもしばしば論じられてきたけれども、西行についてもその尚古主義的な物の見方にもっと注目してよいのではないかと思うのである。

そのことはまた、西行における皇室尊崇の心情の強さを再確認することを意味するであろう。西行は保元の乱をまのあたりにし、皇室内部の対立抗争を熟知していた筈であるが、そのような体験が皇室に対する不信感のごときものを生むには至らなかったと考える。崇徳院に対しては深い同情の念を寄せていたことは確かであるが、それが後白河院批判という形をとることはなかったのではないか。だから先にも引いたように、承安元年（一一七一）の後白河院の住吉御幸を神が喜ばれるであろうと歌っているのであろう。また、『新勅撰和歌集』に見える、

高倉院御時、つたへそうせさすること侍けるに、

かきそへて侍ける
あとゝめてふるきをしたふ世ならなんいまもありへばむかしなるべし　（雑二・一二三）
たのもしなきみ〳〵にます時にあひてこゝろのいろをふでにそめつる　（同・一二吾）
という二首は、その「つたへそうせさすること」の内容は必ずしも明らかではないが、[12]先にも述べた尚古思想とともに、皇室への信頼感が吐露されていることは疑いない。『山家集』下には、「いはひ」と題して、
ひまもなくふりくる雨のあしよりも数かぎりなき君がみよ哉　（一一七〇）
むれたちてくも井にたづのこゑすなり君がちとせや空にみゆらん　（一一七三）
おほうみのしほひてやまになるまでに君はかはらぬ君にましませ　（一一七五）
君がよはあまつそらなるほしなれや数もしられぬこゝちのみして　（一一七七）
竹の色もきみがみどりにそめられていくよともなくひさしかるべし　（一一八二）
などの賀歌が見出される。その詠作事情は明らかではないが、これらも皇室に対する頌歌と見てよいのであろう。そして、このように西行が歌えたのは、やはり彼の裡に皇室への強い崇敬の思いがあったからであろう。
尚古主義的な物の見方は、西行における伊勢や賀茂に代表される神祇信仰とも密接に関わっているであろう。もとより本地垂迹の思想の影響も大きいであろうが、いにしえを慕い、いにしえより絶えることのない皇室を敬う心が、いとも自然に敬神の念をも育てたのであろう。そして、それは晩年の伊勢移住によっていよいよ深められたのであろう。

ところで、日本の神は不敬の者を罰することはあっても、一方その罪穢れを祓い、贖うことによって、罪人を赦しもする。神を信ずる者は前途に希望を抱くことができた。底なしの絶望から救われることが可能であった。先に、西行は現世に絶望していたと考えた。先に掲げた作品を見る限り、彼の時代社会に対する絶望は深かったと思わざるをえない。けれども、その内乱のさ中の寿永二年(一一八四)に、彼は公卿勅使参議源通親を五十鈴川のほとりに見て、

　とくゆきて神かぜめぐむみとひらけあめのみかげによをてらしつゝ　(『聞書集』二五八)

と詠み、「をなじをりふし」、

　みやばしらしたつゐはねにしきたてゝつゆもくもらぬひのみかげかな　(同・二六〇)

　よのなかをあめのみかげのうちになせあらしをあみてやをあひの神　(同・二六一)

とも歌っている。西行の場合も、神への信仰が現実に対する絶望から彼を救っていたのではないだろうか。

熊野詣での途中で次のような夢告を得たのも、川田順の推定するように治承・寿永の内乱の頃であったであろう。[13]

　寂蓮、人々すゝめて百首哥よませ侍けるに、いなび侍て熊野にまうでける道にて、ゆめに、なにごともおとろへゆけど、このみちこそよのすゑにかはらぬものはあれ、なをこのうたよむべきよし、別当湛快、三位俊成に申と見侍て、おどろきながら、この哥をいそぎよみいだしてつかはしけるおくに、かきつけ侍る

するのよもこのなさけのみかはらずと見し夢なくはよそにきかまし　（『新古今集』雑下・一八四四）

西行は自身の生きている世を確かに「するのよ」と認識していた。けれども、その一方で「このみち」「このなさけ」、すなわち和歌だけは変らないという神の告示を信じ、その和歌を奉納することが神をなごませ、神による世の加護を保証することになると信じて、最晩年には伊勢の神々への自詠の奉納を思い立ったのである。西行は不毛な絶望からは救われていたのであった。

注

（1）以下、西行の和歌は、久保田編『西行全集』（日本古典文学会、一九八二年）による。
（2）陽明文庫本『山家集』一〇四八、李花亭文庫本『西行上人集』五〇四、『新拾遺集』雑中・一七六四。
（3）新日本古典文学大系『平安私家集』所収本文による。同じ和歌は『拾遺集』雑上・四五四（初句「たきの糸は」）、『千載集』雑上・一〇三五にも採られている。
（4）新日本古典文学大系『今昔物語集　四』（小峯和明校注）では、この「滝殿」を「嵯峨院（大覚寺）にあった建物」と注しつつ、その「根拠はない」（地名・寺社名索引三〇ページ）ともいう。
（5）日本古典文学影印叢刊10『榊原本私家集　二』（貴重本刊行会、一九七八年）所収本文による。
（6）冷泉家時雨亭叢書『散木奇歌集』（朝日新聞社、一九九三年）所収本文による。
（7）拙著、古典を読む6『山家集』（岩波書店、一九八三年）二九頁。
（8）この二首についても、『残集』の二首とその詞書について――「小野殿」「きせい」を中心として」（『国文白百合』第二十六号、一九九五年三月。↓本書所収）という小論を試みたことがある。
（9）目崎徳衛『西行の思想史的研究』（吉川弘文館、一九七八年）一八〇頁。
（10）窪田章一郎『西行の研究』（東京堂、一九六一年）でも、「詞書のいうように、何か事件のあったときに感じたことが内容となっている。それを、事件には触れずに歌った連作である」（一四八頁）という。なお、私も「日本人の美意識」二五〇『ＵＰ』第二十二巻第八号、一九九三年八月）でこの連作に言及した。

(11)　注9と同書八五頁。

(12)　川田順『西行の伝と歌』（創元社、一九四四年）は「勅撰集の御事あれかしと奏上したに相違ない」（二一〇頁）とし、窪田章一郎氏もそれを支持される（注10と同書二八〇頁）。

(13)　注12と同書。川田は「治承四年、西行六十三歳の作と推定す」（二二九頁）という。窪田章一郎氏は「寂蓮の経歴とあわせて、安元・治承の五、六年間のことを考えられる」（注10と同書三〇五頁）と幅を持たせている。

西行における月

『山家集』巻中・雑の終りに、百七首から成る「題しらず」歌群がある。同じく『山家集』巻下の「恋百十首」や「百首」と共に、この歌群自体検討すべき問題を多く含んでいるのだが、今はそのことには触れない。

この歌群中に、善写本とされる陽明文庫本によれば、

いたけもるあまみかときになりにけりえそかけしまを煙こめたり　(一〇〇九)

と読みうる歌が見出される。六家集板本では、

いたけもるあまみか時になりにけりゑそか千嶋を煙こめたり

という本文となっている。平井卓郎氏御所蔵の松屋本書入を有する板本にも印が付されているので、松屋本にも存した歌であると知られる。更に、『西行上人集』や『山家心中集』にも見出されるので、西行自身愛着を抱いていた作と思われるが、いずれも第四句は「えそかちしまを」であるのに対して、第一・二句は、「いたちもるあまみかせきに」(『西行上人集』)、「いたけもるあまみるときに」(伝自筆本『山家心中集』)などと、本文の異同があって、定まらない。

本文が確定しないために、この歌は注釈者達が注釈を断念してきた作である。即ち、古く尾山篤二郎が『西行法師全集』において、「いたけもるあまみが時に成にけり、蝦夷が千鳥《(ママ)》を烟こめたり」という本文を制定して、「あまみ」

について「あまみあまも(大葉藻スゲモ)の事歟」と注し、近年はともに同じ陽明本によって、「いたけもるあまみが時に……えぞかけしまを……」と本文を仮に定めた上で、日本古典文学大系『山家集』が『夫木和歌抄』での「あまみる時」という本文を「よろしきか」とし、新潮日本古典集成『山家集』が、「島に煙がたちこめたので何かの時になった、の意と考えられるが、一首の意味不明」と注した程度である。

これらに対して、格別新しい解釈を提示する用意があるわけではないのだが、まず本文は、目下の所、「いたけもるあまみが時になりにけり蝦夷が千島を煙こめたり」と定めることが妥当ではないであろうか。そして、「蝦夷が千島」という北辺の地名が負っている意味について、いささかこだわってもよいと考えるのである。ちなみに、『新編国歌大観』第三巻所収『山家集』での本文は、「いたけもるあま見るときになりにけりえぞかけしまを煙こめたり」である。

『新編国歌大観』既刊分の索引による限りでは、西行のこの作以前に「蝦夷が千島」という句を含む作品を検出できないが、「千島の蝦夷」ならば、六条家の二代、藤原顕輔・清輔父子の作に見出すことができる。即ち、

忍恋

あさましやちしまのえぞのつくるなるどくきのやこそひまはもるなれ(『顕輔集』一〇四)

恋

やそしまやちしまのえぞがたつか弓心づよさはきみにまさらじ(『清輔集』二四二)

の二首である。顕輔の作は長承元年(一一三二)十二月二十三日内裏での十五首歌合のために詠まれた作と知られる。西行は十五歳で未だ佐藤義清と呼ばれていた頃の歌であることになる。清輔の作が詠まれた年次は明らかではないが、

西行の作よりは先行する可能性が大ではないであろうか。顕輔の作については、その猶子顕昭が『袖中抄』巻二十において、「ドクキノヤチシマノエゾ」の項を設けて、次のように解説している。――「顕昭云、ドクキノヤトハ、オクノエビスハ、鳥ノ羽ノ茎ニ附子《ブシ》ト云毒ヲヌリテ、ヨロヒノアキマヲハカリテイルトイヘリ。附子矢《ブシヤ》ト云ハコレナリ。エビスノシマハオホカレバ、チシマノエゾトハ云也」

おそらく顕輔は、アイヌが用いるトリカブト(鳥頭・附子)の毒を塗った矢のことを、陸奥に通じている誰かから聞き知り、その素材の新奇さによって人々の関心を惹こうとして、これを恋歌に用いたのであろう。そして、清輔はその父に倣いつつも矢を弓に変えたのであろう。

西行の「蝦夷が千島」はこの父子の作に触発されたのではないだろうか。しかしながら、彼はアイヌの習俗としての附子矢や手束弓に寄せて恋の歌を歌うことはしなかった。代わりに、北の海上に点々と連なる千島列島に煙――雲煙か雪煙などか。或いは「胡沙」、砂煙かもしれない――が立ち籠めている風景を思い描いたのである。それは彼がそのような、一種幻想的な風景を自らの目で見たいと希っているからに他ならないからではないか。「いたけもるあまみが時」については、全くわからない。わからないながらも、そのような、幻想的、神秘的な風景を現出させるある時間を意味する語であろうとは、一応想像できる。或いは、「いたけ」は「いたこ」乃至は「いたか」などと関りがあるだろうか。

『山家集』では、この歌の先に、

むつのくのおくゆかしくぞおもほゆるつぼのいしぶみそとのはまかぜ　(一〇一一)

という作が存する。この歌については以前も考えたことがあるが、(1)これもおそらく、藤原仲実の、

後朝恋

石文やけふのせば布はつはつにあひみても猶あかぬけさかな　（『堀河百首』一一九一）

や、藤原清輔の、

いしぶみやつがろのをちにありときくえぞ世中をおもひはなれぬ　（『清輔集』三八九）

などの影響下に成ったものであろう。けれども、「石文」は、仲実の作では後朝の新鮮な恋情の景物として用いられ、清輔の詠では〝よう俗世間を出離できない〟という述懐のための縁語として機能しているのにとどまっている。それに対して、西行は「そとのはまかぜ」と共に「つぼのいしぶみ」そのものを「ゆかしく」、つまり、見たい、知りたいと思うのである。ここにも、北辺の風景に対する西行の強い関心が窺える。

このように見てくると、これも以前考えたことであるが、(2)『夫木和歌抄』巻十三秋部四の「月」に収められている、

こさふかばくもりもぞする道のくのえぞには見せじ秋のよの月　（五三三二）

という歌が西行作と伝えられるのも、それ相応の理由があるのではないかという気がする。西行は「むつのくのおく」に対して強い関心を抱き続けていた。そして又、彼ほど旅の空に照る月を多く歌った歌人も少ないのではないかと思う。

まず、研究者によって初度の陸奥への旅での詠とされる、白川の関での作にしても、

しらかはのせきやを月のもるかげは人の心をとむるなりけり　（『山家集』一一二六）

と、能因の「秋風ぞ吹く白川の関」を念頭に置きながら、さえざえとした月光を歌っているし、大峰修行の際の作品群では十首連続して、高峰を照らす月、梢を洩れ、露に宿る月に嗟嘆している。

ふかき山にすみける月を見ざりせば思出もなき我身ならまし　（『山家集』一〇四）
月すめばたにゝぞくもはしづむめるみね吹はらふ風にしかれて　（同・一〇六）
こずゑもる月もあはれをおもふべしひかりにぐして露のこぼるゝ　（同・一一〇）

彼は又、しばしば海辺や海上に照る月をも歌った。

おなじくに（讃岐）ゝ、大師のをはしましける御あたりの山にいほりむすびてすみけるに、月いとあかくて、うみのかたくもりなく見えければ
くもりなき山にてうみの月みればしまぞこほりのたえまなりける　（同・一三五六）
さぬきのくにへまかりて、みのつと申つにつきて、月あかくて、ひゞのてもかよはぬほどにとをく見えわたりたりけるに、みづとりのひゞのてにつきてとびわたりけるを
しきわたす月のこほりをうたがひてひゞのてまわるあぢのむらとり　（同・一四〇四）

旅路にあって月を仰ぎ、故郷に残してきた妻を思うという発想は、『万葉集』の昔から存在した。遣新羅使の望郷歌群中に、

安麻射可流　比奈尒毛月波　弖礼々杼母　伊毛曾等保久波　和可礼伎尒家流
天離る鄙にも月は照れれども妹そ遠くは別れ来にける　（巻十五・三六九八）

という作が見出される。又、安倍仲麿の、

もろこしにて月を見てよみける

あまの原ふりさけみればかすがなるみかさの山にいでし月かも　（『古今集』羇旅・四〇六）

の詠は余りにも有名である。

西行も旅路の空に都や都人を思わないわけではない。

（たびまかりけるとまりにて）

見しまゝにすがたもかげもかはらねば月ぞみやこのかたみなりける　（『山家集』四一二）

はるかなる所にこもりて、みやこなる人のもとへ、

月の比つかはしける

月のみやうはのそらなるかたみにておもひもいでば心かよはん　（同・七三七）

修行して伊せにまかりけるに、月のころみやこ思

出られて

みやこにも旅なる月のかげをこそおなじくもゐの空にみるらめ　（同・一〇九四）

などとも詠じている。

けれども、大峰では深山の月や月光に照らし出された雲海を見つめ、讃岐の海辺では海面にきらめく月光や、窟を飛びまわるあじ鴨の群を凝視している。その時、おそらく都や都人は忘れ去られているのであろう。このような法悦に浸されている情景、又、孤独な旅人の心をそのまま映し出したような、蕭条たる風景を捉え得た歌人は少ないので

はないだろうか。

本来、彼には孤絶した自然に没入しようとする傾向が存したと考える。それは、たとえば『山家集』巻末の「百首」のうち、

深き山はこけむすいはをたゝみあげてふりにしかたをさめたるかな　（一五二一）

というような作に暗示されているであろう。(3) そのような彼だからこそ、陸奥のはて、壺の碑——これは宮城県多賀城のそれではなくて、青森県天間林のそれであることがふさわしい——や外の浜を「ゆかしく」覚え、「蝦夷が千島を煙こめたり」という神秘的な光景をも幻視しようとするのであろう。それならば、陸奥の月を見ることをも希求したのではないであろうか。

西行のそのような辺境への関心は、一体どこに由来するのであろうか。それはおそらく彼自身にも説明しえない事柄であろう。強いて言えば、

ひとも見ぬよしなき山のすゑまでにすむらん月のかげをこそおもへ　（『山家集』三四四）

ゆくゑなく月に心のすみ〳〵てはてはいかにかならんとすらん　（同・三五三）

などという作は、或いはそのような心の説明となっているのかもしれない。即ち、他ならぬ月が彼を辺境までも誘い出そうとしているのではないか。花月が西行の歌興の源泉であったとは、彼自身源頼朝に語ったことであるが、(4) 彼の心身を遥かなる時空にさまよわせ、漂わせたものは、花よりもむしろ月であったように感じられてならない。西行にとって、月輪は時空を超え、生を超えて輝き続けていたのである。

注

（1）拙著『花のもの言う──四季の歌』(新潮社、一九八四年)のうち「壺の碑」参照。

（2）同右書のうち「こさ吹かば」参照。

（3）拙著、古典を読む6『山家集』(岩波書店、一九八三年。↓本書所収)参照。

（4）「詠歌者、対㆓花月㆒動感之折節、僅作㆓卅一字㆒許也。全不㆑知㆓奥旨㆒」(『吾妻鏡』文治二年八月十五日の条)。

『残集』の二首とその詞書について

──「小野殿」「きせい」を中心として

一

『残集』は『聞書集』と一具と見なされる、西行の小さな家集である。この集の存在が知られるようになったのは、さほど古いことではない。昭和九年四月、伊藤嘉夫氏により、当時の宮内省図書寮、現在の宮内庁書陵部の近世初期書写の二本(五〇一・一六八本と五〇一・一七一本)の存在が報告され(1)、以後西行の伝記に重要な新事実を加える資料として、読まれてきたのであった。そして近年、宮内庁書陵部本の親本と見られる、藤原定家が外題を書いた鎌倉初期書写の本が財団法人冷泉家時雨亭文庫に伝存していることが確認され、この本は「冷泉家時雨亭叢書」第二十五巻『中世私家集　一』に影印本の形で収められた(2)。

小論はこの影印本により、同集の二〇・二一番(『私家集大成』、日本古典文学会版『西行全集』、『新編国歌大観』に共通の歌番号)の歌と詞書について、ささやかな考察を試みたものである。

二

最初に前記影印本により、二〇・二一番の歌と詞書の釈文を掲げる。改行は原本のまま、第三行目の左傍線は見せ消ちであることを示す。

人にくして修学院にこもりた
りけるに小野殿見に人〳〵ま
かりけるにくしてまかりてみ
けりそのをりまてはつり殿か
たはかりやふれのこりていけの
はしわたされたりけることか
らゑにかきたるやうに見ゆ
きせいかいしたてたきをとし
たるところそかしとおもひてた
きをとしたりけるところめた
てゝみれはみなうつもれたるや
うになりて見わかれすこたか

くなりたるまつのをとのみそ
　みにしみける
たきをちしみつのなかれもあとた
えてむかしかたるはまつのかせのみ
このさとは人すたたきけんむかし
もやさひたる《しき》ことはかはらさりけん

この詞書には、時雨亭文庫本の本文に問題がある。それは詞書の初めの部分、「人〳〵まかりけるに」の部分である。この「け」の字には左傍に〻が記され、更に左から右にかけて斜線が加えられている。それゆえ、この「け」は消されているので、それに従えば、本文は「人〳〵まかりるに」と読まれなければならないことになる。しかし、それではもとより意味をなさない。おそらく、書写者が読まれることを期待した本文は、「人〳〵まかるに」であったのであろう。が、「け」の上の「り」を消し忘れたのではないであろうか。

宮内庁書陵部の二本のうち、五〇一・一六八本は「人〳〵まかりけるに」とするが、「け」は時雨亭文庫本と同じく抹消されている。一方、五〇一・一七一本は「人〳〵まかりに」とある。これは「け」のみならず、その下の「る」も本来抹消されるべき文字であったと判断した結果であろうか。しかしながら、下に続けて読むと、「まかりにくして」(まかりに具して)とは、語法的におかしな表現である。これはやはり、既に親本の本文に問題が存するために、それから出た写本の本文も誤っていった例と見るべきであろう。

和歌の本文では、「このさとは」の歌の第四句「さひたることは」の傍書が問題である。一般に見られる傍書は本行の文字より小さめに書かれるものであるが、この「しき」は本行の「たる」とほとんど変らない大きさに書かれている。そのようなことから、これは異本との校合の結果の異文の注記とは考えにくい。むしろ、「さひたる」を「さひしき」と改案しようとして傍記し、そのいずれがよいか思案しつつ、結局決めかねて、併記のまま放置した形を留めているのではないかと想像されるのである。

もしもそう考えてよいのであれば、『残集』のこの部分は歌の作者西行が一首の表現をあれこれと推敲した形跡を留めているということにもなる。そのことは当然、『残集』の扉に記されている消息様の文の解釈とともに、この集そのものの成立事情、自撰か他撰かの問題に関ってくるであろうが、ここでは問題を提起するにとどめておく。

三

この詞書には、句読点の打ち方、従って読み方によって、解釈の分かれる箇所がある。それは、「いけのはしわたされたりけることから ゐにかきたるやうに見ゆ」という部分である。ここは、一応、

1いけのはしわたされたりけることから、ゐにかきたるやうに見ゆ

2いけのはしわたされたりけること、からゐにかきたるやうに見ゆ

の両様の読点の打ち方が考えられるであろう。

従来の『残集』の翻刻を見ると、近年の翻刻の多くは2のごとく読んでいる。(3) 1のごとく読点を打っているのは、

管見の範囲内では、佐佐木信綱他編『西行全集』と三好英二校註『西行歌集』[4]以外見当たらない。が、清濁を区別する方針の校訂本文を掲げている『西行全集』は、この箇所を「池の橋わたされたりけることから、絵にかきたるやうに見ゆ」とするので、「ことから」をどのように解していたのか、判然としない(あるいは「事から」(事のゆえに)と解したか)。『西行歌集』では「ことがら」とするので、「事柄」と解していたと知られる。日本古典文学大系『山家集金槐和歌集』では詞書には一切読点を打たないが、ここは「ことがら絵に」と読んでいる。[5]一方、2のごとく打つ読み方では、おそらく「からゑ」は「唐絵」と解されているのであろう。こうして、読点の打ち方如何によって、この部分の解釈は、

1池の橋渡されたりける事柄、絵にかきたるやうに見ゆ

2池の橋渡されたりける事、唐絵にかきたるやうに見ゆ

の両様に分かれることになる。このいずれが妥当な読み方、妥当な解釈であろうか。

西行の作品を見ると、「ことがら」はしばしばその詞書に見出される語であることが知られる。たとえば、

待賢門院中納言のつほねよをそむきてをくら山のもとにすまれけるころまかりたりけるにことからまことにあはれなりけり風のけしきさへことにかなしかりけれはかきつけゝる

やまをろすあらしのをとのはけしさをいつならひける君かすみかそ　(『山家集』[6]中・七四〇)

十月十二日ひらいつみにまかりつきたりけるにゆ

きふりあらしはけしくことのほかにあれたりけり
いつしか衣河みまほしくてまかりむかひてみけり
かはのきしにつきて衣河の城しまはしたることか
らやうかはりてものをみる心ちしけりみきはこほ
りてとりわきさへけれは

とりわきて心もしみてさえそわたる衣河みにきたるけふしも　(同・下・一一三一)

斎院おりさせ給ひて本院のまへすき侍しおりしも
人のうちへいりしにつきてゆかしう侍しかはかゝ
らさりけんかしとかはりにけることからあはれに
おほえて宣旨のつほねのもとへ申をくり侍し

君すまぬ御うちはあれてありすかはいむすかたをもうつしつる哉　(『西行上人集』[7] 四八〇)

同院の中納言局世のかれて小倉山のふもとにすま
れしことからいふに哀なり風のけしきさへことに
おほえて書付侍し

山おろす嵐のをとのはけしさはいつならひけん君かすみかそ　(同・四九九)

などのごとくである。これらの「ことがら」は、様子の意に用いられていると解される。今問題としている『残集』の詞書も、この意味で解して、何等不自然な点はない。

また、壊れかかった釣殿が形ばかり残って、池には橋が架かっている風景を、特に「唐絵」に描いたように見えると言うのが自然か、単に絵に描いたように見えると言うのが自然かも考えるべきであろう。この風景はむしろ大和絵に馴染むものではないであろうか。

以上の二点から、ここは1のように読点を打ち、「事柄、絵にかきたるやうに見ゆ」と解すべきであると考える。

四

次に問題となるのは、「小野殿」の所在地である。これについては、洛中の小野宮殿と見るか、洛外比叡山の西麓、愛宕郡小野郷の惟喬親王の幽居跡と見るか、二つの立場がある。

伊藤嘉夫校註『山家集』はこの「小野殿」に「もと惟喬親王の第。そののち太政大臣実頼の第となつた。親王が小野にをられたので、これを小野宮といつた。大鏡にその状を」として、以下、所々省略しつつ、『大鏡』第二巻実頼伝における小野宮殿の描写を掲げる。従って、これは洛中の小野宮殿と見る立場である。

一方、三好英二校註『西行歌集』では「惟喬親王の御幽居のあつた処」と注するので、おそらく場所としては、比叡山の西麓の小野郷を想定しているのであろう。その後、目崎徳衛『西行の思想史的研究』においても、論述中の注記の形で、「小野殿も後に藤原実頼第となった京中の第宅ではなく、惟喬親王が貞観十四年に出家して隠遁した「比叡の山の麓」〈『伊勢物語』八十三段〉の愛宕郡小野郷であろう」と述べられている。(8) また、山木幸一『西行和歌の形成と受容』でも、「ここに「小野殿」とあるそれは、右西行歌の詞書に「修学院にこもりたりけるに」とあり、この歌の前後に大原関係の作が多く排列されていることなどから見て、小野宮実頼がのちに伝領し造り営んだ大炊御門烏丸西の旧惟喬親王邸ではなく、惟喬親王幽居の旧山荘跡と見ることが適わしいように感じられる」と論じ、「日本古典全書本「山家集」頭注、「西行山家集全注解」の注には疑問がある」と注記している。(9) 日本古典全書本の頭注は既に引いたごとくである。渡部保『西行山家集全注解』での注記は「惟喬親王幽居跡。のち右大臣実頼の第」というので、(10) 二つの立場を折衷したような、どっち付かずのものである。「右大臣実頼」という呼び方も適当ではない。同書の注記は確かに疑問である。

ここで一応、それぞれの立場が指し示す二つの場所を再確認しておく。

洛中の小野宮殿は、『拾芥抄』中、諸名所部第二十で、

小野ノ宮　大炊御門南烏丸西、惟高(喬)親王家、
　　　　　定頼(実)(公)伝二領之一、清慎公伝二領之一

とするものである。(11)『京都市の地名』では『古事談』の記述をも引き、現在の京都市中京区で、「今の松竹町を中心に少将井町・鏡屋町付近にあたる」とする。(12) 日本古典全書『山家集』でも引いていた、『大鏡』第二巻の小野宮殿の描写は、実頼の代ではなくて、実頼の孫であり猶子でもあった右大臣実資の代における小野宮について述べたものである。

殿づくりせられたるさま、いとめでたしや。対・寝殿・わたどのは例のことなり、たつみのはうに、三間四間の御堂たてられて、廻廊はみな供僧の房にせられたり。ゆやにおほきなるかなへふたつぬりすへられて、けぶりたゝぬ日なし。御堂には、金色のほとけおほくおはします。供米三十石を定図にをかれて、たゆることなし。御

堂へまいるみちは、御前のいけよりあなたをはる〳〵と野につくらせ給て、とき〳〵のはな・もみぢをうへ給へり。又、舟にのりて、いけよりこぎてもまいる。これよりほかにみちなし。住僧には、やむごとなき智者、或は持経者、真言師ども也。これになつ・ふゆの法服をたび、供料をあてたびて、我滅罪生善のいのり、又ひめぎみの御息災をいのり給。このをのゝ宮をあけくれつくらせ給こと、日にたくみの七八人たゆることなし。よの中にてをのゝをとする所は、東大寺とこの宮とこそはべるなれ。[13]

これに対し、愛宕郡小野郷の惟喬親王幽居跡の所在地は、確かではない。『京都市の地名』では、現在の京都市左京区大原上野町にある惟喬親王墓の項で「惟喬親王が幽居した小野については種々の説があり、京都周辺の山間村落に数々の惟喬親王伝説が伝えられている。当地付近の小字「御所田」が親王の住居した所と伝えられる」と述べ、近くに親王を祀る小野御霊神社の存在することにも言及している。[14] ともかくこの幽居は、『古今和歌集』に、

これたかのみこのもとにまかりかよひけるを、かしらおろして、をのといふ所に侍けるに、正月にとぶらはむとてまかりたりけるに、ひえの山のふもとなりければ、ゆきいとふかゝりけり、しひてかのむろにまかりいたりておがみけるに、つれづれとして、いとものがなしくて、かへりまうできて、よみてをくりける　(なりひらの朝臣)

わすれてはゆめかとぞ思おもひきやゆきふみわけて君をみんとは　(雑下・九七〇)

と見え、[15]『伊勢物語』第八十三段においてもほぼ同様のことが語られることで、文学の上ではよく知られたものである。

人々とともに修学院に参籠していた西行が、おそらくそれと同じ顔ぶれの「人〲」と見物に行った「小野殿」は、右の二つの場所のいずれがふさわしいであろうか。

地理的には確かに、修学院からは小野郷の幽居跡の方が洛中の小野宮殿より近そうである。幽居跡は確定していないのであるから、実のところは本当に近いかいなかは定かではないのだが、それはともかく、心理的には、参籠した寺から隠遁者の幽居跡へという行動はふさわしいように思われないでもない。

しかしながら、『残集』の詞書における、荒廃した「小野殿」の描写は、『古今集』で「かのむろ」(彼の室)と言い、『伊勢物語』でも「御室《みむろ》」と表現している、惟喬親王幽居跡のそれと見るには、余りにも立派すぎるのである。しかも西行はそれを見て、

このさとは人すだきけんむかしもやさびたることはかはらざりけん

と歌っている。彼は、この里にはその昔大勢の人が集まって来たであろうと想像しているのである。『古今集』によれば(『伊勢物語』も同じ)、惟喬親王は小野郷の幽居に「つれづれとして、いとものがなしくて」いた。「ゆきふみわけて」訪れる在原業平のような人間がそれほど多かったとは考えられない。このようなことを勘案すれば、「小野殿」は洛中の小野宮殿と見るのが自然ではないかと考えるのである。そして、そう考える方が三番の歌の「人すだきけん」という句にもふさわしいことは明らかである。

「小野殿」を小野郷の幽居跡と見ようとする背後には、もしかして、西行自身が遁世者であるから遁世後の惟喬親

王の住居跡に関心を抱くのが当然であるといったような、一種の思い込みが働いているのではないであろうか。あるいは西行の心は洛中よりは山里に向かうのが当然であるという予断と言い換えることができるかもしれない。しかしながら、解釈に際してそのような思い込み、予断は禁物であることを改めて思うのである。

五

この「小野殿」の園池には、「きせい」が立てた立石、しつらえた滝があったという。その「きせい」を問題にしたのは、三好校註『西行歌集』である。すなわち、「造園師の名か」と注している。『西行山家集全注解』はこれを踏襲している。『西行和歌の形成と受容』では、前引の「小野殿」についての論に続き、「なお、造園施工に関与した「きせい」なる人物の考証を含めて、さらに調査を加えなければならない」と述べている。

「きせい」という名で想起される人物は、一人存在する。それは醍醐天皇の代の囲碁の名人とされる基(棊)勢法師である。この人物について、『古事談』第六亭宅諸道では、

延喜聖主召二基勢法師《本名観蓮》一。金御枕ヲ御懸物ニテ令レ決二囲碁一給ニ。数無二御勝負一。或日基勢法師奉レ勝。賜二御枕一退出之間。以二蔵人一被二召返一之処。申云。年来一堂建立宿願候。思之渉レ日之間。早賜二此御懸物一。帰参シテ。若被二打返一マキラセモゾスルトテ。ヤガテ退出。自二翌日一建二立一宇堂一。仁和寺北ニ弥勒寺ト云堂ハ此基勢之堂也。

と語り(16)、『古今著聞集』巻第十二博奕第十八には、

同御時(引用者注、前話の「延喜四年」「聖代」を受けるから、醍醐天皇の時の意)、基勢法師、御前にて囲碁をつかうま

つりて、銀の笙をうちたまはりてけり。生涯の面目におもひて、死けるときは、棺に入べきよしをなんいひける。

という逸話を伝える。[17] また、『源氏物語』手習の巻に、浮舟の女君と碁を打って負けた少将の尼の言葉として、

僧都のきみ、はやうよりいみじうこのませ給ひて、けしうはあらずとおぼしたりしを、いときせいだいとこになりて、「さしいでてこそうたざらめ、御碁にはまけじかし」ときこえ給ひしに、つひに僧都なむふたつまけ給ひし。きせいがごにはまさらせ給ふべきなめり。

と見える「きせいだいとこ」(碁聖大徳)も、この人物を指している。[18] そして、この人物について、『花鳥余情』第三十は、

備前《ノ》掾橘《ノ》良利《ハ》肥前国《ノ》藤津郡《ノ》大村人也出家名二寛蓮《ト》一為二亭子《ノ》院殿上法師一亭子法皇山ふみし給ふ時御ともしけるよし大和物語にのせ侍り碁の上手なるによりて碁聖といへり延喜十三年五月三日碁聖奉レ勅作二碁式《ノ》一献レ之云々抱朴子曰囲レ碁者世謂二之《ヲ》碁聖一故厳子卿馬綏明有二碁聖之名一也或書曰唐堯造レ碁教二其子丹朱《ニ》一一説曰不レ然碁《ハ》出二於戦国《ノ》之時一云々

と注している。[19]

すると、この人物は『大和物語』第二段に語られる「備前のぜうにて、たちばなのよしとしといひける人」[20]、『新古今和歌集』にもその歌が、

亭子院御ぐしおろして山々寺々修行し給ける御ともに侍て和泉国ひねといふ所にて人〳〵哥よみ侍けるによめる

橘良利

ふるさとのたびねの夢に見えつるはうらみやすらむまたとゝはねば（羇旅・九一二）

として載せられた人であり、[21]『今昔物語集』巻第二十四、碁擲寛蓮値碁擲女語第六で、

今昔《ハ》、六十代、延喜ノ御時ニ、碁勢寛蓮ト云フ二人ノ僧、碁ノ上手ニテ有ケリ。

と、「碁勢」と「寛蓮」とを別人のごとく語るのは、日本古典文学大系『今昔物語集　四』が『二中歴』を引いて注するごとく、「本集編者もしくは語り手の誤解」ということになる。[22]しかし、『古今著聞集』でも、「寛蓮法師」と「基勢法師」とは、別人のごとく扱われている。

現在問題にしている『残集』の「きせい」に、この基勢（棊聖・碁聖）、寛蓮、橘良利を擬すことは、妥当性を欠く想像であろうか。彼の生没年は明らかではない。が、『古今著聞集』で、前引の四二〇話の直前、四一九話は、次のごときものである。

延喜四年九月廿四日、右少弁清貫、寛蓮をめして、囲碁をうたせられけり。唐綾四段、懸物にはいだされけり。寛蓮勝て給けり。聖代にも、か様の勝負、禁なかりけるにこそ。

藤原実頼は昌泰三年（九〇〇）の誕生で、従って延喜四年（九〇四）には五歳であるから、これによれば、碁聖の寛蓮は惟喬親王の後に小野宮殿の主となった実頼と、少なくとも時代的には接点があったことになる。

更に又、『古今著聞集』の四一八話は、次のごときものである。

小野宮は、むかし惟喬のみこの、双六のしちに取給へる所也。かのみこは、たのしき人にてなんをはしましける。昔もかゝる軽々の事は、ありけるにこそ。

小野宮殿がこのような伝承を有する第宅であるとすると、事実はどうであれ、その園池に作られた滝は、宇多・醍

醐朝頃の名人である碁聖の寛蓮＝碁勢がしつらえたものであるという伝承が生じたとしても、不自然ではないのではないだろうか。碁打ちが作庭に携ることも、さほど奇異なことではないと考える。伝承の中では、彼は彌勒寺を造営しているのであり、また、絵師で作庭にも携ったらしい巨勢金岡(23)、下っては、歌人で作庭や工芸をもよくしたらしい琳賢(24)などの例も存在するのである。

以上のことから、『残集』で「小野殿」の「いしたて、たきをとしたる」と語られる「きせい」には、橘良利、法名寛蓮を擬してよいと考える。

六

「小野殿」が、その昔壮麗を喧伝された小野宮殿であったとすると、現在はすっかり荒廃したその有様を目のあたりにして、懐古に耽っている西行の姿は、源融亡き後の河原院を訪れて詠嘆した古の歌人達のそれに通ずるものがある。たとえば、恵慶はここで、

かはらの院に、あれたるやどの心、人〴〵よむに
すだきけんむかしの人もなきやどにたゞかげするはあきのよの月　（『恵慶集』七四）

と詠じ(25)、源道済も、

川原にて
ゆくすゑのしるしばかりにのこるべきまつさへいたくおいにけるかな　（『道済集』一五〇）

と嘆じた。[26]

西行が「小野殿」で詠んだ、

滝落ちし水の流れもあと絶えて昔語るは松の風のみ

この里は人すだきけん昔もやさびたること《しき》は変らざりけん

という二首の趣も、これらの先行作と類似している。恵慶の「すだきけん」の歌は『後拾遺和歌集』巻第四秋上に採られたものでもあった。恵慶の作は西行の「この里は」の歌と無関係ではないであろう。

ところで、西行の「この里は」の歌に先行するものとしては、他に、平忠盛に、

あれたるやどの暁月

すだきけんむかしの人はかげたえてやどもるものはありあけの月　（『忠盛集』一三）

という作がある。[27]この歌は後年『新古今和歌集』巻第十六雑歌上に、「遍昭寺に月を見て」という詞書を付して載せられたものであった。

この忠盛の歌はおそらく前掲の恵慶の作を意識しつつ、「宿洩る」に「宿守る」の掛詞を用いることによって、恵慶の平明な調べに色を付けようとした作であろう。

では、忠盛の作と西行の作との関係はどうであろうか。これは何ともわからない。が、世代的には忠盛の方が一世代以前であるから、忠盛の作が先行している可能性は大きい。そして、忠盛のこの詠が西行を含む当時の人々に知られていた可能性も考えてよいであろう。

その忠盛は仁平三年（一一五三）一月十五日に五十八歳で世を去った。西行は時に三十六歳である。

忠盛の「すだきけん」の歌と西行の「この里は」の歌との間の影響関係については何とも言えないのであるが、西行が「人〳〵」と共に「小野殿」を見て、このような懐古の情に耽ったのは、さほど若い時ではなく、少なくとも三十代後半以後のことではないであろうか。

七

この二首とその詞書によって知られるような行動を西行は時折試みている。嵯峨の大覚寺の滝殿を遊覧したことや、交野の渚の院を訪れていることなどが、その例である。

大かくしのたき殿の石ともかむ院にうつされてあとなくなりたりときゝて身《(ママ)》にまかりたりしにあかそめかいまたにかゝりとよみけんをり思ひいてられて

いまたにもかゝりといひしたきつせのそのをりまてはむかしなりけん　（『山家心中集』雑下・三八）[28]

中納言家成なきさの院したてゝ程なくこほたれぬと聞て天王寺より下向しけるつゐてに西住浄蓮なと申上人ともして見けるにいとあはれにて各々述懐しけるに

折につけて人の心もかはりつゝ世にあるかひもなきさなりけり　（『西行上人集』五一九）

それは衰微した斎宮や斎院の本院、賀茂社などを訪れて感慨に耽ける姿（『山家集』下・一三三一—一三三六）にも通ずるのであろう。

彼はこれらの行動によってこの国の歴史を体感し、文化の伝統や信仰のあり方を考えている。それは当然彼が生きていた現実の社会に対する批判をも蔵したものであったであろう。そのような彼の心こそは問題とされるべきであると考える。

注

（1）伊藤嘉夫「西行上人聞書残集について」『心の花』（第三十九巻一号、一九三五年一月）。

（2）財団法人冷泉家時雨亭文庫編「冷泉家時雨亭叢書」第二十五巻「中世私家集　一」（『残集』解題担当、久保田淳）（朝日新聞社、一九九四年）。

（3）宮内庁書陵部編『桂宮本叢書』第五巻私家集五（養徳社、一九五五年）。佐佐木信綱校訂「岩波文庫」『新訂 山家集』（岩波書店、一九五七年）。和歌史研究会編『私家集大成』3中世Ⅰ（明治書院、一九七四年）。久保田淳編『西行全集』（日本古典文学会、貴重本刊行会、一九八二年）。桑原博史編「新典社叢書」5『西行全歌集　下』（新典社、一九八二年）。新編国歌大観編集委員会編『新編 国歌大観』第三巻私家集編Ⅰ（角川書店、一九八五年）。

（4）佐佐木信綱・川田順・伊藤嘉夫・久曾神昇編『西行全集』（文明社、一九四一年）、三好英二校註「新註国文学叢書」『西行歌集　下』（大日本雄弁会講談社、一九四八年）。なお、伊藤嘉夫校註、日本古典全書『山家集』（朝日新聞社、一九四七年）は「ことから絵にかきたるやうに見ゆ」とするので、1・2のいずれの解に就くのか判断しがたい。

（5）風巻景次郎・小島吉雄校注「日本古典文学大系」29『山家集　金槐和歌集』（岩波書店、一九六一年）。

（6）『山家集』の引用は陽明文庫本による。以下同じ。

(7) 『西行上人集』の引用は石川県立図書館李花亭文庫本による。以下同じ。
(8) 目崎徳衛『西行の思想史的研究』(吉川弘文館、一九七八年)一八〇頁。
(9) 山木幸一『西行和歌の形成と受容』(明治書院、一九八七年)二七六頁。
(10) 渡部保『西行山家集全注解』(風間書房、一九七一年)。
(11) 『拾芥抄』の引用は「新訂増補故実叢書」所収本による。なお、『二中歴』名家歴には、

小野宮《オノ、ミヤ》大炊御門南烏丸東イ 惟喬親王家 実頼公 伝領之

とある。
(12) 「日本歴史地名大系」27『京都市の地名』(平凡社、一九七九年)七二六頁。
(13) 『大鏡』の引用は「日本古典文学大系」所収本による。
(14) 注12と同書八九頁。
(15) 『古今和歌集』の引用は「日本古典文学大系」所収本による。
(16) 『古事談』の引用は「新訂増補国史大系」所収本による。
(17) 『古今著聞集』の引用は「日本古典文学大系」所収本による。
(18) 『源氏物語』の引用は「日本古典文学大系」所収本による。ただし、宛てられた漢字等は底本の形に戻して掲げた。
(19) 『花鳥余情』の引用は伊井春樹編「源氏物語古注集成」1『松永本 花鳥余情』(桜楓社、一九七八年)による。
(20) 『大和物語』の引用は「日本古典文学大系」所収本による。ただし、宛てられた漢字は底本の形に戻して引いた。
(21) 『新古今和歌集』の引用は「天理図書館善本叢書」17『新古今和歌集烏丸本 上』(天理大学出版部、一九七四年)による。

なお、「橘良利」には、

一― 法名観蓮云々 称基聖歟

という勘物が付されている。
(22) 『今昔物語集』の引用は「日本古典文学大系」所収本による。

(23) 西行に、

大学寺の金岡かたてたるいしをみて

庭のいはにめたつる人もなからましかとあるさまに立しをかすは　(『山家集』下・一四二四)

という詠がある。ただし、『今昔物語集』巻第二十四百済川成飛弾工挑語第五には、「今ハ昔、百済ノ川成ト云フ絵師有ケリ、世ニ並无キ者ニテ有ケル。滝殿ノ石モ此川成が立タル也ケリ、同キ御堂ノ壁ノ絵モ此ノ川成ガ書タル也」と語られており、大覚寺殿の作庭に携ったのが、金岡・川成のいずれであるかは定かではない。

(24) 琳賢については、井上宗雄『平安後期歌人伝の研究』(笠間書院、一九七八年、増補版——一九八八年)に詳しいが、大原に竜禅寺という小堂を建て、石を立て、滝を落したらしいことが、『今鏡』『散木奇歌集』『吉記』などの記述によって知られる。また、法金剛院の滝の石を立て、さらにその傍に滝を讃嘆した歌を記した札を立てて話題になったことが、『長秋記』に見え、『続古事談』にも語られている。

(25) 『恵慶集』の引用は『私家集大成』1中古Ⅰ所収本による。ただし、清濁は私意。

(26) 『道済集』の引用は注25と同書。清濁は私意による。

(27) 『忠盛集』の引用は『私家集大成』2中古Ⅱ所収忠盛Ⅱによる。ただし、清濁は私意。

(28) 『山家心中集』の引用は妙法院蔵伝冷泉為相筆本による。

西行の柳の歌一首から――資料・伝記・読み

一　『拾葉和歌集』について

『山家心中集』に、

やなぎかぜにしたがふ

みわたせばさほのかはらにくりかけてかぜによらるゝあをやぎのいと　（雑上）

という歌が選ばれている。同じ歌は『山家集』『西行上人集』にも見出される。

日本古典文学大系『山家集　金槐和歌集』の頭注に「佐保に棹、風に桛《かせ》をかけたのであろう。「繰り」「かけ」「撚る」はいずれも糸の縁語」という、修辞に関する指摘は妥当なものであると考える。青柳を糸に見立てるのは『古今和歌集』以来の常套的手法であった。

しかし、それにしても、秀句的表現の多用が目立つ歌ではある。それゆえにこそ、この歌は『新拾遺和歌集』巻第二十雑歌下、雑体のうちの誹諧の部に入れられたのであろうとも考えられるが、既に同集以前、この歌は誹諧歌として扱われていた形跡がある。というのは、現在では序文と断簡数葉が知られるにすぎない鎌倉中期の私撰集『拾葉和歌集』において、誹諧の部に入れられていたことが、『六家抄』の近世写本（架蔵）に抜書された記述によって知られるからである。その抜書には、

拾葉和歌集巻第十九

誹諧

柳随風　　西行法師

見わたせはさほの川原にくりかけて風によらるゝ青柳のいと

とある。『新拾遺集』においても、詞書は「柳随風といふことを」であった。おそらく、南北朝期『拾葉集』は未だ完本として存在していて、二条為明や頓阿らはこの打聞をも撰集資料として利用したのであろう。

この『拾葉集』については、これまで、簗瀬一雄・井上宗雄・久曾神昇・田中登の諸氏の研究が報告されている。昨年（一九九三年）秋、偶然のことから、筆者は新たに四葉の断簡の存在を知った。それは秋田県大曲市の安養寺に蔵せられるもので、同寺の御住職板先見一師によれば、もと貼交屏風に貼られていたものを表装したということである。この機会に板先師のお許しを得て、その本文を紹介しておく。ただし、四葉の順序は明らかではないので、私意によった。改行・字下げなどは元のままである。

（第一紙）

拾葉和詞集

恋哥五

恋哥中に　　　　　後徳大寺左大臣
うつりかのうすくなりゆくからころも
かさねてこれやわかれなるらん
弘安百首御哥に　後中御室
さりともとおもふこゝろにとしはへぬ
つらきもたえぬちきりなりけり
（第二紙）
夏夜恋　　　　　前左大将実有卿
おのつからたのむもかなし夏の夜の
いやはかなゝるゆめのかよひち
建保二年十首哥合哥
慈鎮大僧正
ゆめにたにかさねそかぬる夏ころも
かへすとすれはあくるしのゝめ
後朝の恋といふことをさふらひける童
（第三紙）
にかはりてよませ給ける

紫金台寺御室

かえりつるそのあか月にまたねして

ゆめにそみつるあかぬなこりを

暁別恋　　法印憲実

おきてゆく人は夜ふかきわかれちに

なきおくれたる鳥のねもうし

権律師隆昭

（第四紙）

乍恨問恋　　内大臣

つらしとてかこちははてぬ我身かな

こゝろよはさそうきにまされる

絶経年恋　　中務卿宮

うくつらきとしのみこえてあふさかの

せきはむかしのみちとなりにき

後中入道二品親王家五十首哥

前中納言高定卿

若干注記めいたものを加えておく。

後徳大寺左大臣はもとより藤原実定であるが、この歌は『林下集』には見えない。

後中御室は性助法親王のこと、この「さりともと」の歌は『新後撰和歌集』恋二・九五一に同じである。ただし、第三句「としふるは」。

「前左大将実有卿」は藤原実有で、公経男である。この歌は『万代和歌集』恋二に見える。

慈鎮大僧正はもとより慈円の諡号、この「ゆめにだに」の歌は『拾玉集』に見出される。

紫金台寺御室は覚性法親王のこと、この歌はその家集『出観集』に、ただ「後朝」の歌として見える。なお、第二紙と第三紙は続くと考える。

「法印憲実」は安居院の大僧正憲実である。

「権律師隆昭」は仁和寺の僧、『道助法親王家五十首』の作者であった。

「内大臣」というのは近衛家基(浄妙寺関白前右大臣、深心院関白基平の男)であろうか。

中務卿宮は宗尊親王のこと、この歌は『新後撰集』恋六の巻頭歌(一一六六)として選ばれたものである。ただし、初句を「いたづらに」とする。

「前中納言高定卿」は藤原高定で、光俊の男である。

以上のことから、『拾葉和歌集』は『新拾遺集』以前に早くも『新後撰集』撰進の際、撰集資料として参照されていたのではないかと想像されるのである。

『六家抄』に抜書されているものとしては、西行の前掲部分の他に、次のごとくある。

拾葉和歌集巻第〇《十》八　付雑哥中

後京極摂政

山かけや軒端の苔のした朽てかはらのうへに松風そふく

いてゝいにし人はかへらてくつ《（ママ）》の葉の風にうらむる古郷のあき

題しらす　慈鎮大僧正

ともすれはなかめて見つるおほ空のくもり《（ママ）》よりこそ袖はぬれけれ

同巻第九《（ママ）》　付雑歌下

帰鴈を　光明峯寺入道前摂政

行鴈の山とひこゆるかたをなみ霞そふかき明ほのゝ空

後京極良経の二首は『月清集』に、慈円の一首は『拾玉集』に見出されるものである。光明峯寺入道前摂政は藤原道家のこと、この歌は『現存和歌六帖』に採られている。

二　「清定」について

『拾葉和歌集』の撰者が「清定」なる人物であることは『前長門守時朝入京田舎打聞集』の記載によって知られるが、この清定の姓はわからない。彼はあるいは、『明月記』にしばしばその名の見える伊勢前司清定ではないであろうか。

伊勢前司清定は、承久の乱後藤原定家の晩年まで、彼と交渉があったと見られる人物である。清定は後九条内大臣基家と関係が深かったらしい。元仁二年（一二二五）三月二十九日に披講された基家家三十首歌会（『拾遺愚草』で「権大納言家卅首」と呼ぶもの）において、講師、披講後の連歌の執筆を勤めている。定家は彼から種々の情報を得ている。植木好きということで、定家と趣味が合ったようにも思われる。

彼は承久の乱において、京方として戦った人物でもある。すなわち、『吾妻鏡』承久三年（一二二一）六月十二日の条に、

重被レ遣ニ官軍於諸方一。所謂。（中略）宇治。二位兵衛督。甲斐宰相中将。右衛門権佐。伊勢前司。清定。山城守。佐々木判官。小松法印。二万余騎。（下略）

と見える。慈光寺本『承久記』に、

廻文ニ入輩、能登守秀康、石見前司、若狭前司、伊勢前司、（下略）（巻上）

能登守秀康ハ此宣旨ヲ蒙リ、手々ヲ汰テ分ラレケリ。（中略）北陸道大将軍ニハ、伊勢前司・石見前司・蜂田殿・若狭前司・（下略）（巻下）

と、二箇所に見える伊勢前司も同一人であろう。とすると、彼は後鳥羽院の遺臣の一人であったことになる。その彼が藤原秀能（如願）と近い関係にあったことは当然であろう。『如願法師集』には次のような一首が見出される。

伊勢守清定当座哥よみ侍しとき、月前梅花
このもとはふるしらゆきのけぬがうへにやどれる月もむめがゝぞする

ところで、秀能は藤原時朝とも歌の上の交渉があった。如願となってのちのことかもしれないが、

藤原時朝哥こひ侍しかば、庭草露を
ふみわけてたれかはとはんよもぎふのにはもまがきもあきのしらつゆ
という歌がある。

『新和歌集』はいわゆる宇都宮歌壇を背景として成った打聞で、藤原為氏撰とするものの、時朝が深く関わっていたと考えられているものである。この集の群書類従本の作者目録には、「藤原清定　二首」という記載が見出される。その二首とは、

宇都宮神宮寺二十首歌に　藤原清定
やまびこのこゑもかはらずほととぎすいづれのかたをわきてきかまし　(夏)

藤原清定たづねまうできて、かはりにし世のこと
どもよもすがらかたり侍りけるついでに　浄意法師
あらぬよのむかしがたりをすみぞめのそでにもかはるいろぞかなしき

返し　藤原清定
あめのよのむかしがたりのぬれ衣かさねてしぼるわかのうらなみ　(雑下)

である。「やまびこの」の歌は抜粋本『東撰和歌六帖』第二帖夏にも「郭公」の歌として採られている。「あめのよの」の歌は、承久の乱における京方の敗軍の将であったことと、勅撰入集に洩れたことを恨んでの述懐という感じがする。これによれば、藤原清定は関東にゆかりのある歌人で、浄意(源有季、この人物については小林一彦氏に「宇都宮歌壇の再考察——笠間時朝・浄意法師を中心に——」(『国語と国文学』第六十一号、一九八八年三月)がある)とも付合いのある

人であった。

再び『明月記』に戻ると、建保年間の記事には、順徳天皇の蔵人であった藤原清定が時折登場する。彼は建保三年（一二一五）一月五日、六位から従五位下に叙された。建保二年十月二日の条には、

従㆓禁裏㆒有㆓蔵人清定奉書㆒、三首和歌、時雨、水鳥、寒草只今可㆓詠進㆒、秉燭以後、落題歌等進㆑之、

とあり、同月十一日にも、高陽院殿の景気を主題として無題三首歌を詠めとの順徳天皇の勅命を伝えている。定家はこの時、

白河の紅葉の錦立帰これも跡ある千世の旧路

な丶そらをめぐりし月のためしとて千世まで照す明けき世を

神無月なべて時雨る紅葉々も猶山近き色は見へ皃

と詠んでいる。この三首は『拾遺愚草』には見えない。

これらの藤原清定と伊勢前司清定、そして『拾葉集』の撰者清定はすべて同一人物ではないであろうか。『尊卑分脈索引』によれば、藤原清定は八名の存在が知られる。それらの中で今考えている人物に擬せられないかと思われるのは、北家長良流の木工権頭清実の男、従五位上（異本、下）伊賀守と注されている清定である。その略系を示せば、次のごとくである。

永実―為真《実》―永清―清実―清定

永実は和歌六人党の範永の孫で勅撰歌人、為真も勅撰歌人である。清定の兄弟には三井寺の法印権大僧都清誉がいる（この歌僧については、拙稿「法印清誉について」〔中世の文学『源平盛衰記　四』「附録」二十二〕で考察した）。勅撰集では

『新後撰和歌集』に一首が採られたのみであるが、種々作歌活動をしていることが、有吉保氏蔵『新三井和歌集』から知られる。前記の藤原清定はこの家系の清定が最もふさわしいように考えられるのである。

三　西行の和歌における誹諧性について

最初に掲げた、西行の「みわたせば」の歌が誹諧歌として享受されたということは、西行の和歌の本質に触れる問題を含んでいると考える。

西行の歌には、この他にも後世誹諧歌として読まれた歌がある。それは、

西の国の方へ修行してまかり侍けるに、みづのと
中所にぐしならひたる同行の侍けるが、したしき
ものゝ例ならぬ事侍とて、ぐせざりければ

やましろのみづのみくさにつながれてこまものうげにみゆる旅哉　（『山家集』下）

という歌である。これは『新千載和歌集』巻第十八雑下の誹諧歌（一二五三）に選ばれているのである。この歌の読みは旧著『山家集』（岩波書店、一九八三年、二三五頁以下）においていささか試みたので、改めて繰り返すことはさし控える。

西行しか詠まなかったような歌、あるいは彼しか詠みえなかったような歌として、我々は『聞書集』のうちの「地獄ゑを見て」の連作や源平動乱の際の歌、「をりにつけたる歌」（拙稿「日本人の美意識」二五〇『ＵＰ』二十二巻第八号、一九九三年八月）で言及した）、さては「たはぶれ歌」十三首などを挙げることができる。それらのうち、「たはぶれ歌」

はその呼び名からして、誹諧歌的なものとの親近性を物語っているが、それに対して重い主題を扱った「地獄ゑ」の歌群の中にも、凄惨な情景をなまなましく歌うことによって、かえって一種のグロテスクな滑稽感を誘うような歌も存在するのである。たとえば、

なによりはしたぬくゝこそかなしけれおもふことをもいわせじのはた

わきてなをあかゞねのゆのまうけこそ心にいりてみをあらふらめ

などはその例である。かの、

きそ人はうみのいかりをしづめかねてしでの山にもいりにけるかな

にしても、木曾義仲の悲愴な死は冷笑し去られている。

滑稽諧謔はしばしばその裡に哀感を蔵しているものである。また、笑いは諷刺の針を秘めることも可能である。一見他愛のない誹諧歌も、時には哀愁を包んでいるであろうし、また痛烈な批判の毒を含んでいるかもしれないのである。そして、その誹諧性は、素材や着想自体の面白さとともに、その組み合わせ方、縁語・掛詞などの修辞によって実現するのである。それは西行の作品の場合も例外ではない。

西行はそれぞれの読者の好みに引き付けて読まれることが余りにも多いように思う。少なくとも研究者は、作品そのものの構成・表現に即して、綿密に読み解く作業を更に進めなければならないであろう。

蝶の歌から

一　蝶の歌の季節はいつか

『東京新聞』に「筆洗」というコラムがある。次に掲げるのは、昭和五十三年四月十一日朝刊のこの欄の一部である。

▼満開のソメイヨシノの枝は花一色だが、ヤマザクラはやわらかな葉に花の色がまじって一層ふぜいがある。青いコケのついた大木が太い幹を四方に張り出した姿は、まことに堂々として男性的だ。本居宣長が「敷島の大和心を人問はば……」とヤマザクラを好んで歌った気持ちがよくわかる　▼これとは対照的に、シダレザクラは濃い花の糸を垂らして、いかにも女性的である。地に届きそうに垂れた若枝の先がかすかな風に揺れ、白いチョウが地をはうように枝をくぐり抜けてゆく。花といえば桜、その咲き満ちた姿はあまりにも美しく、どこかはかなさが漂う。「ませに咲く花にむつれてとぶ蝶の羨しきも儚かりけり」(西行)　▼咲きにおう美しさを言葉で表現するのは容易なことではない。「咲き満ちてこぼるゝ花もなかりけり」(虚子)　「惜しみなく湖へしだるる糸桜」(欣一)。満開の桜よりもむしろ、散る桜が和歌や俳句にうたわれる。四季咲く花の中で、桜ほど散りぎわの美しい

ものはない。散る桜は日本人の美意識にあっている。

ここに引かれている西行の歌は『山家集』中、雑の一〇七首から成る「題しらず」歌群中の一首である。陽明文庫本によってこれを示せば、

　まませにさくはなにむつれてとぶてふのうらやましくもはかなかりけり　（一〇三六）

という本文となっている。しかし、文化九年（一八一二）刊松本柳斎編の『山家集類題』では春歌に入れ、同本を基にしている佐佐木信綱校訂の岩波文庫『新訂山家集』でも同様の扱いをしている。おそらくコラムの筆者はこれらの本に従って、この歌を春の歌と見、「ませにさくはな」は桜、「てふ」は春の蝶と解しているのであろう。

ところで、この歌で西行が表現しようとしているはかなさは、右のエッセイに述べられているように、桜があっさりと散ることから連想される春愁のごときものであろうか。そのことを考えるためには、「ませにさくはな」の句によってどのような花を思い描くのが適当か、そこに戯れる蝶はどのような蝶であるのがふさわしいかを、一応穿鑿《せんさく》してみる必要があるであろう。

蝶という素材から考えてみよう。花札では蝶は牡丹に戯れている。牡丹は六月、旧暦で夏の終わりの花とされている。が、詩歌ではどうか。

萩原朔太郎の『青猫』に「恐ろしく憂鬱なる」という詩がある。

　こんもりとした森の木立のなかで
　いちめんに白い蝶類《てふ》が飛んでゐる
　むらがる　むらがりて飛びめぐる

てふ　てふ　てふ　てふ　てふ　てふ　てふ
みどりの葉のあつぼつたい隙間から
ぴか　ぴか　ぴかと光る　そのちひさな鋭どい翼《つばさ》
いつぱいに群がつてとびめぐる　てふ　てふ　てふ　てふ　てふ　てふ　てふ　てふ　てふ　てふ　てふ

というのに始まるこの蝶の飛び交う風景がすなわち「憂鬱な幻」なのであって、それは特別な季節に属するものではない。ただ強いていえば、そこには官能を重苦しく刺激する夏のイメージがあるように感じられる。

俳諧では蝶は春の季語とされる。

大原や蝶の出でまふ朧月　丈草
くりかへし麦の畝ぬふ胡蝶哉　曾良
蝶〳〵や女子の道の跡や先　千代

しかし、夏の季語とともに吟じられていることもある。

白げしにはねもぐ蝶の形見哉　芭蕉

秋の季語としては、「秋の蝶」というのもある。

秋の蝶いかなる花を夜の宿　青蘿
甘みなき薄に胡蝶あはれなり　和及
ふたつとは遊ばで淋し秋のてふ　可風

では、和歌ではどうであろうか。

試みに『夫木和歌抄』を見ると、この類題歌集の巻第二十七、雑部九に「蝶」の項がある。そこに掲げられている歌は、次のようなものである。

文治三年百首、雑歌中　　定家卿
菊かれて飛びかふてふのみえぬかなさきちる花やいのちなりけん

十題百首御歌　　後京極摂政
我がやどのはるの花ぞのみるたびにとびかふてふの人なれにけり

正治二年百首　　寂蓮法師
とこなつのあたりは風ものどかにて散りかふものは蝶のいろ《かずイ》〳〵

述懐歌　　家隆卿
秋の野となり行く庭にとぶてふもねをこそたてねものやかなしき

家集、春の歌中　　同
たづねくるはかなきはにもにほふらん軒端の梅の花のはつてふ

法輪百首、虫　　源仲正
おもしろや花にむつるゝからてふのなればや我も思ふあたりに

家集、薄招《ク》レ蝶《ヲ》　　同
はかなくもまねく尾花にたはぶれてくれ行く秋をしらぬてふかな

右のうち、後京極摂政(藤原良経)の作に「十題百首」とあるのは建久二年(一一九一)の試みで、これには慈円、定家

らも参加している。そこで彼等の家集での同百首歌を見ると、

見し人の夢やうつつにあらはれてまがきの花のてふとみゆらん　（慈円『拾玉集』第二）

人ならば怨みもせましその丶花かるればかる丶てふの心よ　（定家『拾遺愚草』上）

という作の存することを知る。

この程度の作例によっても、和歌では蝶は特定の季節の景物と見なしがたいことが知られるであろう。春の蝶、夏の蝶、秋の蝶と、冬を除くそれぞれの季節について歌われているのである。それゆえ、蝶からのみ考えてゆく限り、西行の「ませにさく」の歌の季節を決めることはできない。そこで、次に「ませにさくはな」として具体的にどんな花が想像されるかを考えてみる。

まず「ませにさくはな」は丈の高い木の花などではなく、丈の低い草の花であると考えるのが自然であろう。木であったとしてもせいぜい灌木であろう。春にはそのような垣根の花はあまり求め難い。夏には、とこなつ（なでしこ）など、ませに植えてもおかしくない花もあるにはある。が、最も自然に想像される「ませにさくはな」は、菊などの秋草の花ではないか。西行には、

月前菊

ませなくはなにをしるしに思はまし月にまがよふしら菊の花　（『山家集』四六九）

という作もある。すると、当面の「ませにさくはな」も菊などを思い浮かべてよいのではないか。『夫木抄』の蝶の歌で最初に掲げられている、定家の「菊かれて」の歌が想起されるのである。それならば、西行の歌の蝶は秋の蝶ということになる。

ところで、秋の蝶は既に漢詩に歌われている。すなわち、白楽天に次のような間適詩が存する。

秋　蝶

秋花紫《ニシテ》　蒙蒙　秋蝶黄《ニシテ》　茸茸《じようじよう》
花低《レテ》　蝶新《タニ》小　飛戯《ビル》叢《ノ》西東
日暮《レテ》　涼風来《ツテ》　紛紛《トシテ》　花落《チ》レ叢《ニ》
夜深《ケテ》　白露冷《カニシテ》　蝶已死《ニヌ》二叢《ノ》中《ニ》一
朝《ニ》生《レ》夕《ニ》已《ニ》死《ヌ》　気類各相従《フ》
不《ヤ》レ見千年鶴《ノ》　多《ク》棲《ムコトヲ》二　百丈《ノ》松《ニ》一　（『白氏長慶集』巻第八）

定家の「菊かれて」の歌はこの白詩に拠るところがあるかと想像されるのである。

また、蝶は老荘思想において、何が実体で何が幻影であるかという問題を考える時の比喩とされていた。

昔者、荘周夢《ニ》為《ル》二胡蝶《ト》一。栩栩然《トシテ》　胡蝶也。自《ラ》喩《シミ》適《スルカナ》レ志《ニ》与。不《ル》レ知《ラ》レ周《タルヲ》也。俄然《トシテ》　而覚《ムレバ》、則《チ》蘧蘧然《トシテ》　周也。不レ知《ラ》下周之夢為《リシカ》二胡蝶《ト》一与、胡蝶之夢為《リシカヲ》レ周《ト》与上。周与《ト》二胡蝶《ハ》一、則《チ》必有《ズリ》レ分矣。此之《ヲ》謂《フ》二物化《ト》一。（『荘子』斉物論）

この故事も古くから和歌に歌われてきた。

もゝとせははなにまじりてすぐしてきこのよはてふのゆめにやあるらん　（『堀河百首』雑、夢、大江匡房）

前に掲げた『拾玉集』の「見し人の」の詠もまた、この故事に拠っているのである。

これらのことから、西行が「ませにさくはなにむつれてとぶてふ」を「はかなかりけり」と捉えていることの意味が、おぼろげながらわかってくるようである。つまり花と運命を共にする蝶ははかないもの、夢そのものがはかないゆえに、人がそれへの変身を夢見る蝶もまたはかないものという観念が、古人の心にはあったのであろう。そして、特にそのはかなさを感じさせるのは、秋の蝶だったのであろう。

結局のところ、「ませにさくはな」の歌の季節を特定させることはできない。それゆえにこそ、この歌は雑歌なのである。しかしながら、具体的なイメージを描こうとすれば、われわれは菊などの秋草が咲いているませ垣にもつれ戯れている、たとえばしじみ蝶のような小さな蝶を想像することが、最もふさわしく、かつ、作者西行の表現意図に沿った読み方であろう。それは、

花低蝶新小　　飛戯叢西東

という白詩の風景に通うものがある。

二　西行と源仲正

西行の「ませにさくはな」の歌は、彼における模倣と創造の問題を考える際に、一つの手懸りとなりうるものを含んでいる。

先に掲げた『夫木抄』の蝶の歌の終わり二首は、源仲正の作であった。それらには「むつるゝ」「はかなくも」というような単語が見出された。これと西行の「ませにさく」の歌とは全く無関係であろうか。

源仲正は源三位頼政の父、五位兵庫頭であった人である。井上宗雄氏はこの歌人の伝記を考証した結果、『風雅集』雑下に見出される寂念との贈答歌(1)は保延三年(一一三七)三月ごろかと解しうるとし、さらに『粟田口別当入道集』の

詞書から、「或は仲正は保延末ごろまでは生きていたのかもしれない」と結論している。[3] また、「法輪百首」なる試みについても、「その没する保延末頃までには詠んでいたのであろうから、俊成の述懐百首より少し前であった可能性が高い」ともいう。[4]

保延七年(一一四一)は七月十日に改元されて永治となる。その前の年の保延六年は兵衛尉佐藤義清が出家して法名円位、西行と号した年である。そのころまで生存していたかもしれないという仲正は、まだ顕広といっていた時代の俊成や常磐三寂の一人寂念などと交渉があった。それならば、彼は西行にとっても先輩歌人として意識されていたに違いない。それゆえに、「ませにさく」という西行の作が、「おもしろや」「はかなくも」などの仲正の詠の影響下にある可能性は少なくないであろう。

井上氏は、やはり『夫木抄』に採られている仲正の、

法輪百首、寄《スル》レ雪《ニ》述懐

かじきはくこしの山路の旅すらも雪にしづまぬ身をかまふとか

という歌に関連して「かじき」の語が西行の作にも見出されることに言及している。[5] それは六家集板本『山家集』に存するもので、

あらち山さかしくくだるたにもなくかじきの道をつくるしら雪

という詠である。

これら以外にも、仲正の作と西行の作との間には、措辞や発想などの点において類似したものがまだまだあるのではないだろうか。そのような観点から改めて仲正の作を読んでみる。すると、次のようないくつかの例に気付くので

ある。

1　柳の歌

大宰帥勝忠卿、墻《ノ》柳　　源仲正

あたらしきしづの柴がきかきつくるたち《ちナシ》よりにたる《たて》玉のを柳　（『夫木抄』三、柳）

山家《ノ》柳を

山がつのかたをかゝけてしむる野のさかひにたてる玉のを柳　（『西行上人集』三六）

西行の作は、『山家集』(三三)では第三句を「しむるいほの」としている。『新古今集』(雑中・一六七五)にも採られているが、そこでは『西行上人集』と同じ形である。以前、この「山がつの」という歌について考えた時(6)、わたくしは『順徳院御百首』での、

村雨のくも吹きすさぶ夕風に一葉づゝちるたまのを柳

という作との関連において述べられている、定家の次のような意見に着目した。

玉《ノ》緒柳

西行法師のさかひに立てると詠《ミ》候。此《ノ》歌宜《シク》候か。入《ル》㆓千載集《ニ》㆒哉之由申《シ》候《ヒシ》時、釈阿、事体《ノ》雖《モ》㆑可㆑然《シトル》、此《ノ》七之字始《メテ》詠《ミ》候歟、押《シタル》事歟之由申《シ》候。又事体《ノ》頗非《ルズ》㆓普通《ニ》㆒。尋常物《ノ》名幷《ビニ》詞、一座之歌、不㆑論《ゼ》㆓其多少《ヲ》㆒、不㆑可《ル》㆑詠《ムカラ》之由申《シ》候《ヒ》き。

しかしながら、仲正の「あたらしき」の作には気付かなかった。けれども、「ませにさく」の歌と仲正の二首の蝶

の歌との類似を考え合わせると、ここでも影響関係を想定してもよいのではないだろうか。

仲正の時代に「大宰帥勝忠卿」という公卿はいない。これはおそらく「大宰帥俊忠卿」の誤写であろう。すると、他ならぬ俊成の父の歌会で詠まれた作であるということになる。しかるに、前引の定家の証言によれば、俊成は「玉のを柳」の七字を西行が始めて詠み出した、「押事《シタル》」(「典拠のない、強引な表現」の意か)であると見ているのである。おそらく俊成の幼い時の催しであったので、彼は仲正の作を知らなかったのであろう。ちなみに、『俊忠集』にはこの歌題の作品は見出されない。

このように見ると、「玉のを柳」という問題の表現の創始者は、少なくとも西行ではなさそうである。それが仲正かそれとも他のだれであるかはわからない。それはともあれ、仲正の作と西行の歌とを比べてみると、お互いにかなり似た風景を捉えていながら、その背後に働いている美意識の微妙な違いをも見遁すわけにはいかない。

仲正の歌には異文も存するので、必ずしもわかりやすいとはいえないが、今、第四句を一応「たよりにたてる」という本文として考えてみると、作者が描き出そうとしている風景は、大体次のようなものであろう。

賤(農夫)がその家の囲りに新しい柴垣を結いめぐらせている。「玉のを柳」は丁度その柴垣の延長線上に生えているので、垣は柳の木を取り込んでめぐらされている。柳はあたかも柴垣の「たより」(目印)として立っているように見える。

もしも第四句を「たちよりにたる」とすれば、柴垣に柳が寄り添うように生えている風景を歌ったとも見られるが、それよりは現在の農家の垣根にもしばしば見られるような、立木(ここでは柳)をそのまま取り込んだ柴垣を想像した方がよさそうである。おそらく、作者はそこに「しづ」の一種の生活の知恵のようなものを感じて、右の一首を詠んだのであろう。

それに対して、西行の歌の風景は次のごときものである。

一方が岡となっている斜面にかけて、山賤がみずからの土地として占有している野の境に植えられた「玉のを柳」の美しい緑。

以前わたくしはこれを、「野を占めようという山賤の実利的な欲望が美しい柳を植えるという行為によって、期せずして美を齎《もたら》していることの面白さ」と考えてみた。(7) この考えは現在も変わってはいない。それは自然物それ自体の持つ美しさとそれに関わる人間の欲望との対比という観点において、仲正の作よりも深いものを蔵しているように思われる。というか、仲正が半ば気付きながらも十分表現しきれなかった、こすからい人間の知恵と、人間に利用されながらもそういうこすからさとは関わりのない「玉のを柳」の美しさとの対比が、西行の歌では鮮やかに捉えられていると思うのである。もしも、初めに想像したように仲正から西行へという影響関係が想定されるならば、やはり西行の作は仲正の歌に対して「出で栄え」するものといってよいであろう。

2　雪、竹に雀の歌

竹園ノ雪　　仲正

竹にふすねぐらの雀けがらしくうへばに雪のふりにける哉　（『木工権頭為忠家百首』）

雪埋ムレ竹ヲと云事

雪うづむそののくれ竹をれふしてねぐらもとむるむらすゞめ哉　（『山家集』五三五）

西行の作は、後年『玉葉集』(冬、九九二)に採られたものである。この作について渡部保氏は『西行山家集全注解』で、絵などを見て詠んだかといわれるが、ここではやはり仲正の詠との素材的な一致に着目したい。そして、それが必ずしも偶然ではないのではないかと想像するのである。

素材は一致する。しかしながら、それを見る両者の目ははっきり異なる。

雀は美しくない、ありふれた鳥である。歌に詠まれる頻度が決して多くはないことも事実である。多くないからこそ、『為兼卿和歌抄』でも、

大かたは、すゞめ、貫之も題に出し、京極中納言入道もよめり。

といっているのである。その雀の美しくない上毛に本来美しい白雪が降りかかってまだらになっている有様に興じて、仲正は詠歌する。しかし、彼にとってそれは「けがらしく」としてか映じなかった。美しくないものが美しいものに引き立てられて美しくなったとは見ずに、あたら美しい雪も台無しになったと見るのである。あるいは、この歌の「けがらしく」には「毛」、四十雀や山雀などの「から」が掛けられてあり、それが「うへば」や「雀」の縁語となっているのかもしれない。そのような言葉の上での「寄せ」を求めるために選ばれた語が「けがらしく」なのであって、それはさして深い意味のないものかもしれない。そうであるとしても、作者の雀を見つめる目のひややかなことには変わりない。

一方の西行はどうか。彼は呉竹が雪折れしたためにねぐらを失ってうろうろしている雀の姿をあるがままに描くだけで、直接自身の感情をあらわにしてはいない。が、その背後にそのような雀に対する哀憐の情の働いているらしいことは、想像に難くないのである。

3　鱸釣り舟の歌

釣舟　　　仲正

すゞきつる海士の友船さそひ出でよあさけ《ゐ夫木》る風に波もしづ《のど夫木》けし　（『丹後守為忠家百首』）

秋かぜにすゞきつりぶねはしるめり其のひとはしのなごりしたひて　（『山家集』一三九六）

板本の六家集本『山家集』では、西行の作の第四句を「うのひとはしの」とする。これを底本とする三好英二校註『西行歌集　上』（新註国文学叢書）では、この句に「鵜《う》のひと嘴《はし》の」と漢字を宛てているが、注はない。日本古典全書本『山家集』は「鵜のひとはしの」とするが、校訂その他の注記は一切ない。それらの中で「其ひとはしの」という本文に従っている日本古典文学大系本では、次のように注記する。

○其ひとはしの—意不明。板本「うのひとはしの」。活字本は「鵜の一嘴の」と宛て字する。

なお、渡部氏の『西行山家集全注解』でも「鵜の一嘴の」の本文に従って解しようとしている。

しかしながら、鵜は鮎を鵜呑みこそすれ、大きな鱸をその嘴で捕えるとは考えられない。これは既に以前指摘したように(8)、白楽天によって、

秋ノ風ニ一箸ノ鱸魚ノ膾　張翰揺《ふッテ》レ頭ヲ喚《よべドモ》　不レ帰ラ　（『新撰朗詠集』秋、秋興）

と歌われた、『蒙求』にいう「張翰適意」の故事を歌ったもので、「ひとはし」は即ち「一箸」と見るべきである。

この故事は既に源俊頼によって、次のように歌われている。

とゞむれど不レ留《マラ》といへる事を

秋風にすゞきのなます思ひいでゝゆきけん人の心ちこそすれ　（『散木奇歌集』恋上）

鱸釣り乃至は鱸釣り舟そのものは、万葉時代から歌われてきている。先に掲げた仲正の詠や『永久四年百首』で「泉郎」の題を詠んだ源顕仲の、

黒うしがたこぎ出づる海士の友舟はすゞきつるにや浪間わくらん

という作は、その伝統に立っているのであろうと想像されるが、俊頼は張翰の故事を取り上げ、それを明喩として利用することによって、引き留めるのを振り切って帰る薄情な恋人に対する女の怨み言を表現しようとした。

俊頼、源顕仲、そして仲正、これらはいずれも西行にとって先輩歌人である。おそらく西行はこれらの先行作や『新撰朗詠集』の白詩などをも念頭に置いた上で、「秋かぜに」の作を詠んだのであろう。

張翰を薄情の比喩とした俊頼の作を除くと、顕仲、仲正、西行ともに鱸釣り舟の出漁の有様をほぼ写生的に描こうとしているかに見える。しかし、それは西行の作の場合、この一首を作品群中から抜き出して見ているからそう見えるにすぎない。これを元の作品群に戻してみるとどうか。

うぢがはをくだりけるふねのかなつきと申す物をもて、こひのくだるをつきけるをみて

うぢ川のはやせおちまふれふぶねのかづきにちがふこひのむらまけ　（一三九一）

こはへつどふぬまのいりえのもの下は人つけおかぬふしにぞありける　（一三九二）

たづねくるつぼ井の水のひくすゑにえぶなあつまるおちあひのわた　（一三九三）

しらなはにこあゆひかれてくだるせにもちまうけたるこめのしきあみ　（一三九四）

みるもうきはうなはににぐるいろくづをのがらかさでもしたむもちあみ　(一三九五)

秋かぜにすゞきつりぶねはしるめり其のひとはしのなごりしたひて　(一三九六)

いずれも漁撈を歌っているのであるが、そのような営みに対する西行の見方は明瞭である。即ち彼はそれを罪深い所行と見ているのである。すると、この鱸釣り舟の作の場合もほぼ同様に考えてよいのではないか。少なくとも、単なる物珍しさや古風な歌語に対する関心のみから発想されたものと見るべきではないであろう。

4　氷の歌

家集、春ノ氷　源仲正

春風に氷のとぢめゆるされて岩まの水のこころ行くなり　(『夫木抄』巻二、春氷)

初春

岩間とぢし氷も今朝はとけそめて苔の下水みちもとむらん　(『西行上人集』一)

谷川氷　仲正

いはまとぢ露ももらさず谷河のみづほすものは氷成りけり　(『丹後守為忠家百首』)

氷留《せ》ム二山水ヲ一

いはまゆくこのはわけこし山水をつゆもらさぬはこほり成りけり　(『山家集』五五四)

西行の二首のうち、「岩間とぢし」の作は『新古今集』(春上、七)にも入集した著名な作なので、先行の和歌との関係もある程度考えられてはきた。しかし、それらの中に仲正の歌は数えられていなかったようである。そして、「岩間とぢし氷」という佶屈な表現の可否が論じられてきた。[9] が、これはやはり仲正の作での「氷のとぢめ」や「いはまとぢ」という句と無関係ではないのではないか。仲正の「春風に」の作では、「氷」は深窓の娘、「岩まの水」はその女の許に通うことを許された男、「春風」はその女の庇護者といったような見立てが、暗々裡になされているとも読める。西行の「岩間とぢし」の作にはそういう見立てはほとんど認められない。しかし、「苔の下水」の擬人的表現は仲正の作から引き継いだ見立てふうな趣向の痕跡と見られなくもないのである。

想像するに、西行は仲正の「春風に」の作から「岩間とぢし」の作を得たにとどまらず、「いはまとぢ露ももらさず」の詠からも「岩間とぢし」と「いはませく」との二首を生んだのではないであろうか。仲正の「いはまとぢ」の作が水を干上がらせてしまっているのは他ならぬ氷なのだよということによって、下句で軽く人の意表を衝いているのに対して、西行の「いはませく」の作が写実に近いのは、やはり両者の気質の違いの現れであろう。

5　蕾の花の見立ての歌

法輪百首、寄《スル》レ桜《ニ》述懐　　　源仲正

いかでわれつぼめる花に身をなして心もとなく人にまたれむ　（『夫木抄』四、花）

さくらの木にあられのたばしりけるを見て

たゞはおちでえだをつたへるあられ哉つぼめる花のちるこゝちして　（『山家集』五四六）

「つぼめる花」は見る人に満開の花が待ち遠しいという心を起こさせるものである。そこで仲正はそれにわが身をなしたいと歌うことによって、他人に期待される人になりたいという熱望を述べ、西行は霰をそれに見立てることで、花咲く春を待つ心を託した。託された心は余りにも異なっているが、「つぼめる花」というやや珍しい素材が比喩として用いられている点は一致している。それは偶然の一致ではないのではないか。

6　序の用い方

寄《スル》レ井《ニ》恋　　仲正

たがにくむとほ井の水のかけられて語る《かたくるし夫木》しほなる恋もする哉　（『木工権頭為忠家百首』）

恋

やまゝ《が》つのあらのをしめてすみそむるかたゞよりなき《る》恋もする哉　（『山家集』六五五）

西行の作の上句は先に見た「山がつのかたをかゝけてしむる野の」という句によく似た風景を扱っている。くりかえしこういう風景を歌っている点に、開拓農民の生活に対する関心のようなものが窺われて注目されるが、「やまがつのあらのをしめてすみそむるかたゞ(堅田)」から「片便り」へと転ずる、その転じ方は、仲正の歌に通じるものがある。恋の苦しさを表現しようとした時、仲正も西行も庶民の労働の苦しみを連想したのであろう。そこにはやはり堂上貴族とは肌合いを異にする、ある感覚的なものが共有されているのかもしれない。

7　衣川の歌

氷上《ノ》雪　　仲正

とぢわたす氷に雪のうはぎして寒げにみゆるころも川哉　（『木工権頭為忠家百首』）

十月十二日ひらいづみにまかりつきたりけるに、ゆきふり、あらしはげしく、ことのほかにあれたりけり、いつしか衣河みまほしくて、まかりむかひてみけり、かはのきしにつきて、衣河の城しましたることがらやうがはりて、ものをみる心ちしけり、みぎはこほりてとりわきさえければ

とりわきて心もしみてさえぞわたる衣河みにきたるけふしも　（『山家集』一一三一）

西行の作は、まず初度陸奥の詠であるか、後の陸奥行脚で得られたものかについて、未だ結着を見ていないものであるが、特に描写力を持ったその詞書のゆえに注目されている問題作である。(10) ところで、衣川は陸奥（陸中）の歌枕として余りにも有名であるが、片桐洋一監修ひめまつの会編『平安和歌歌枕地名索引』によると、平安和歌の作例はいずれもこの歌枕によって、一首を衣の縁語づくめの歌に仕立てたものであって、その寒さを取り上げたものは見出しがたい。(11) しかるに、仲正の歌はやはり「とぢ」「うはぎ」などという衣の縁語を用いながらも、その寒さを強調している。そして、西行もまた、「みにきたる」（見に来たる、身に着たる）といった衣の縁語を用いつつ、その厳しい寒気を歌った。それは実感に裏づけられたものには違いない。が、そこに王朝歌人とは異なり、仲正と共通する感覚的なものに対する敏感さが認められるのではないであろうか。

三　再び蝶の歌について

ませにさくはなにむつれてとぶてふのうらやましくもはかなかりけり

右の西行の歌と素材や表現の上で重なる作として、仲正の「おもしろや」という歌があるということは、この稿の最初で既に確かめたごとくである。その重なる表現の主たるものは「むつる」という動詞であるが、仲正には他にもこの動詞を用いた作品が存する。

蹴鞠

ひねもすにかゝりのまりの枝馴れて花にむつるゝ春のたはぶれ　（『木工権頭為忠家百首』）

雲間《ノ》郭公

郭公さ月のそらやなつかしき雲にむつれてすぎがてに鳴く　（『丹後守為忠家百首』）

そしてまた、西行にもこの動詞を用いた歌が、右の蝶の歌の他に三首ある。

待《ツ》花

ゆきとぢしたにのふるすを思ひいでゝはなにむつるゝ鶯のこゑ　（『山家集』六一）

物こゝろぼそくあはれなりけるをりしも、きり〱すのこゑの枕にちかくきこえければ

そのをりのよもぎがもとの枕にもかくこそむしのねにはむつれめ　（同・七七五）

述懐

いざさらばさかりおもふもほどもあらじはこやがみねの花にむつれし　（同・一五〇三）

それでは、「むつる」という動詞は和歌の世界において一般的な言葉かというと、決してそうではないらしい。八代集のうちでは、次の二例が知られるだけである。

こひのごとわりなき物はなかりけりかつむつれつゝかつぞこひしき　（『後撰集』五六三、読人しらず）

をみなへしおほくさける家にまかりて　よしのぶ

女郎花にほふあたりにむつるればあやなくつゆや心おくらん　（『拾遺集』一五九）

この他、気付いた例として、

九月をはり

わがせことさよのねごろもかさねきてはだへをちかみむつれてぞぬる　（『曾禰好忠集』）

という作がある。私家集その他を捜せばまだ用例は出てくるかもしれないが、いずれかといえばこれは散文系の褻の表現で、和歌には比較的用いられにくい語であるということはいえそうである。そしてまた、それがかなり感覚的な、時には肉感的なイメージを伴って用いられやすいということも、諸用例から帰納していってよさそうである。そのような動詞を仲正は愛し、そしてまた西行もそれに倣うかのように時折用いているのである。それは単に彼等が言葉の「褻晴」を問わないためだけであろうか。そこに、「むつる」という動詞の持つ感覚的なイメージへの愛着を見ようとするのは考え過ぎであろうか。

このことを確かめるためには、さらに枠を拡げて、「むつまし」「むつび」「なつかし」「なづさふ」などといった、

「むつる」にやや近い概念の語の西行の作における用いられ方、そしてまた他の作者の場合などを慎重に検討しなくてはならないであろう。「むつまし」「なつかし」などは、「むつる」に比すればもう少し多くの例を八代集から拾い出すことが可能である。そして、「むつまし」は官能的な印象を伴いがちな語であること、「なつかし」はそれに比べればやや稀薄ではあるが、現代語の「なつかしい」よりは官能的な印象をとどめていることなどが、それらの例から帰納していえるように思う。花や鶯、「君」などについて、そういう語を時折用いる西行にとって、それら花や鶯、「君」はどのように観じられていたのであろうか。そのことを考えると、ことは自然が西行にとってどのような意味を持ちえたかという問題にまで展開してゆくように思われる。

そしてまた、「ませにさく」の歌については、「ませにさくはなにむつれてとぶてふ」を、西行は一旦は「うらやましく」思いながら、あたかも美女に戯れる遊冶郎のような蝶の境涯をいつまでも羨んでいないことが問題とされねばならないであろう。彼は「うらやましくもはかなかりけり」と自身の俗情を否定しないではすまないのである。それは彼自身の、

うぐひすのこゑにさとりをうべきかはきくうれしきもはかなかりけり（『山家集』九三）

という作と極めて類似した構造を持っている。仲正はそうではなかった。彼は「なればや我も思ふあたりに」と、蝶の花への戯れに触発されて、自身遊冶郎として行動したいという願望を表白するにとどまっている。この仲正と対照的な西行の禁欲的な反省――そこには仏者としての自覚が働いているのであろうか、それとも西行もまた醒めた目や心の持ち主であったということであろうか。

「ませにさく」という歌は、しばしば玉石混淆と評される『山家集』の中でも、どう見ても玉とはいえない一首で

ある。しかし、そこから派生する問題は決して少なくない。たとえ凡作であっても、一首の歌、一篇の詩を、その歌人なり詩人なりの全世界の中において正しく理解することは容易なことではない。しかし、そのような過程を経ない作家論は、所詮砂上の楼閣に等しいであろう。

注

（1）父なくなりて後、常磐の山里に侍りける比、三月ばかりに、源仲正がもとにつかはしける　寂念法師
春来てもとはれざりける山郷を花さきなばと何思ひけん
返し　源仲正
もろともにみし人もなき山郷の花さへうくてとはぬとをしれ　（『風雅集』雑下、一九七九・一九八〇）

（2）そのかみ、播磨守忠盛朝臣、兵庫頭仲正などして、海路霧といふ題にて、歌かうぜしなかに、さそはれて
なにはがた霧にまぎれてこぐふねはうすゞみかけるあしでとぞみる　（『粟田口別当入道集』）

（3）井上宗雄「源仲正(一)――その生涯と和歌と――」『立教大学　日本文学』(第三十六号、一九七六年七月)。

（4）同「源仲正(二)」『立教大学　日本文学』(第三十七号、一九七六年十二月)。

（5）注4の論文。

（6）拙著『新古今歌人の研究』(東京大学出版会、一九七三年)第一篇第三章第四節、及び同『新古今和歌集全評釈』第七巻(講談社、一九七七年)。

（7）『新古今歌人の研究』一六八頁。

(8)　同右書二七七―八頁。
(9)　『新古今和歌集全評釈』第一巻参照。
(10)　窪田章一郎著『西行の研究』(東京堂出版、一九六一年)第二篇第三章2、拙著『新古今歌人の研究』第一篇第二章第三節。
(11)　たとえば、
おとにのみきゝわたりつるころもがはたもとにかゝるこゝろなりけり　(『元真集』)
あさからずおもひそめてしころもがはかゝるせにこそ袖もぬれけれ　(『元輔集』)
みなれにしひとをわかれしころもがはへだててこひむほどのはるけさ　(『能宣集』)
衣がはみなれし人のわかるればたもとまでにぞなみはよせける　(『重之集』)
などである。

西行のすみれの歌

西行にはすみれを詠んだ歌が五首知られる。まず『山家集』(引用は陽明文庫本による。以下同じ)上・春に、

すみれ

あとたえてあさぢしげれる庭のおもに誰わけいりてすみれつみてん　(一五九)

誰ならんあしたのくろにすみれつむ人は心のわりなかるべし　(一六〇)

の二首が載る。

次に、同じく中の雑、「題しらず」歌群に、

すみれさくよこのゝつばなさきぬればおもひ〳〵に人かよふなり　(一〇一五)

が、また、下・雑に(前の歌の詞書が掛かるとは考えられないので)詞書のない形で、

つばなぬくきたのゝちはらあせゆけば心すみれぞをいかはりける　(一四四四)

という歌が見える。

以上の他に、『西行上人集』(引用は石川県立図書館李花亭文庫本による。以下同じ)春に、

すみれ

古郷の昔の庭を思出てすみれつみにとくる人もがな　(三三)

という一首が存する。

『堀河百首』には春二十首の一つとして「菫菜」があった。そして新古今時代以後(あるいはその少し以前から)、歌人達はしばしば堀河百首題を襲用して詠歌した。従って、それらの歌人達にすみれの歌が時折見られるのは当然である。けれども、西行は知られる限りでは、堀河百首題で詠歌した形跡は見当らない。にもかかわらず、これだけすみれの歌を残しているということは、すみれに対するある種の思い入れがあるからではないであろうか。もしもそのようなものがあるとすれば、それはどのような性質のものであるのか、以下この五首の表現を一首ずつ、少し細かく検討することによって考えてみたい。

あとたえてあさぢしげれる庭のおもに誰わけいりてすみれつみてん

この歌の第五句を六家集板本や茨城大学本、宮内庁書陵部蔵玄旨奥書本などでは、「菫つみけん」とする。陽明文庫本や宮内庁書陵部蔵六家集写本が「すみれつみてん」の本文を有するが、陽明本のこの個所の「て」は行末に小さく書かれ、「介」の草体の「け」に紛れやすい書体である。陽明本を底本としている伊藤嘉夫校註、日本古典全書『山家集』(朝日新聞社、一九四七年)では、「すみれつみけむ」と翻刻している。同書は凡例に「字句の校訂についても必ず底本の字句を出して註記した」というけれども、この部分に関する注記はない。同様に陽明本を底本とする風巻景次郎他校注、日本古典文学大系『山家集　金槐和歌集』(岩波書店、一九六一年)は、「すみれにつみてん」とする。なお、松屋本書入六家集板本には○印が付されていない。松屋本はこの歌を欠いていたのであろう。

語法的には「つみてん」よりは「つみけん」の方が自然であると思われる。ここでは「つみけん」の本文を採って考える。

「あとたえてあさぢしげれる庭」は、荒れはてた庭である。それは「ふるさとの庭」と言い換えてもさしつかえないであろう。そうであるならば、そこに咲いているすみれは、『西行上人集』で、

　古郷の昔の庭を思出てすみれつみにとくる人もがな

と歌われているすみれと同じ状態であるといってよい。この二首で、すみれは廃園に咲く花という性格づけがなされている。しかしながら、そのようなすみれの性格づけは西行が独自に試みたものではない。西行以前からすでに何人かの歌人によってなされていることである。その系譜を西行に近い人々から遡る形で辿ってみたい。

藤原公重は出家以前の西行に鳥羽殿の菊を詠む機会を与えた人として、西行の歌人形成を考える際に忘れられない存在であるが、この人の家集『風情集』に、

　　しづかなる庭のすみれ

　ぬしなくてあれにし屋戸の庭のおもにひとりすみれの花さきにけり　(四七)

という作がある。この歌は『今撰和歌集』春・六にも、「閑庭菫菜」の題で載っている。

『丹後守為忠朝臣家百首(為忠家初度百首)』は長承三年(一一三四)頃の催しと考えられている。この百首の春の題に「古砌菫菜」があり、作者八人中五人がそれぞれ次のように詠んでいる。

藤原為忠

あめだにもとまらぬやどののきにきてたれとすみれのひとりさくらん　(一〇七)
藤原忠成

としをへてしげりにけりなつぼすみれのきのたまみづあとみえぬまで　(一〇八)
藤原為業

さかりなるすみれの花やしをるらんあめふるさとののきのしづくに　(一一一)
藤原為盛

ふるさとののきばのしたをきてみればひとりすみれのはなさきにけり　(一一三)
源頼政

ふるさとをたづねてみればにはもせにこころながくもすみれおひけり　(一一四)

この百首には当時顕広と名乗っていた藤原俊成も加わっている。彼はこの題では「むかしべのみほのいはや」の「こけのみぎり」(一〇九)に咲くすみれを歌っているので、それは廃園に咲く花というイメージとはいささかずれるが、この後丁度西行の出家する頃と前後する保延六、七年(一一四〇―四一)に試みた「述懐百首」で堀河百首題の「すみれ」を、

すみれさくあさぢがはらにわけきてもたゞひた道にものぞかなしき　(『長秋詠藻』一一七)

と詠んでいる。この「あさぢがはら」は原野と解するのが自然であろうが、かつては人の住む家の庭であったものの跡と見る余地も全くないわけではない。

その『堀河院御時百首和歌(堀河百首)』の春二十題の「菫菜」では、十六人の作者のうち四人がそれぞれ次のよう

に歌っている。

むかしみしいもが垣へはあれにけりつばなまじりの菫のみして　(二四一)　藤原公実

あさぢふやあれたるやどのつぼ菫たれむらさきの色にそめけん　(二五〇)　藤原顕仲

あれにける宿のそともの春のゝに菫つむとてけふもくらしつ　(二五三)　隆源

ふるさとの浅茅が原におなじくは君と菫の花をつまばや　(二五四)　肥後

この『堀河百首』のメンバーの一人源国信は、堀河院なき後、この百首題を襲用して院を哀慕する百首を詠じている。すなわち、『源中納言懐旧百首(恋昔百首和歌)』である。この百首で「菫」は、

君なくてはらはぬ庭のつぼすみれおもふことなくつまゝしものを

と歌われている。「君なくてはらはぬ庭」も廃園と見なしてよいであろう。

院政期以前に遡ると、能因が廃園に咲く花としてすみれを歌っていることが知られる。

さい院のいむにはやうみし人をとはするに、そのひともいまはなしといはせて、女のすみれつむあり、それをよびて、かくきこえよとて

いその神ふりにし人を尋ればあれたる宿にすみれつみけり　（『能因集』一三八）

この歌は後年『新古今和歌集』雑中・一六八四に撰ばれた。詞書は「西院辺にはやうあひしれりける人をたづね侍けるに、すみれつみけるをんな、しらぬよし申ければよみ侍ける」というので、『能因集』に記すところとニュアンスは若干異なる。ちなみに、藤原有家・藤原家隆の撰者名注記、隠岐本で除かれた記号を有している。

すみれを廃園に咲く花として歌ったのはこの歌などが早い方に属するのであろうが、しかし能因以前、和泉式部にも次のような作がある。

くさのいとあをやかなるを、とをくいにし人を思

あさぢ原みるにつけてぞおもひやるいかなる里にすみれつむらん　（『和泉式部集』七〇三）

「くさのいとあをやかなる」とは、庭前の風景であろう。彼女はその庭を「あさぢ原」と見なし、そこから「とをくいにし人」が「いかなる里にすみれつむらん」と思いやっている。やはり廃園に近い自身の家の庭がすみれへの連想を生んでいることになる。

このような荒廃感とすみれとの結び付きは、早く『後撰和歌集』の読人しらずの歌に見出された。

あれたる所にすみ侍ける女、つれぐ〵におもほえ侍ければ、庭にあるすみれの花をつみて、いひつかはしける

よみ人しらず

わがやどにすみれの花のおほかればきやどる人やあるとまつかな　（春下・八九）

同じ歌は『古今和歌六帖』第六の「すみれ」にも三九一七番の歌として見出される。

また、「あさぢ原」とすみれとの親和的な関係はすでに『万葉集』に見出されるのである。すなわち、巻第八春相聞に、

大伴田村家之大嬢与妹坂上大嬢歌一首
茅花抜　浅茅之原乃　都保須美礼　今盛有　吾恋苦波　(一四四九)
(茅花抜く浅茅が原のつほすみれ今盛りなり吾が恋ふらくは)

という歌があり、『家持集』には同じ歌が下句は「いまさかりにもしげきわがこひ」(三九)と改変されて収められている。ただ、この「茅花抜く浅茅が原」はもともとの原野で、荒れた自らの家の庭とは考えられない。しかし、このような古歌の存在を知っていた和泉式部が自邸の庭を「あさぢ原」と見なして、すみれを連想したのかもしれないという想像は可能である。

ここで西行に立ち戻ると、これまでに挙げたすみれの歌は、国信の「君なくて」と哀傷歌ふうに歌われた一首を除けば、ほとんどすべて西行が知っていても不思議ではない作品と見なしてよいであろう。『能因集』や『和泉式部集』が西行の目にしやすい状態で流布していたかどうか、いささか気になるが、西行が能因はもとより、和泉式部にも関心を抱いていたことは作品などから想像されるから、これらの家集をも目にした可能性は多いと考える。結局、これら先行のすみれの歌で繰り返し詠まれてきた、ふるさと――廃園にひっそりと咲く花というイメージにもとづいて、西行は「あとたえて」と「古郷の」の二首のすみれの歌を詠んでいるといってよいであろう。以上のことを確かめた上で、一首ごとに検討を加えたい。

「あとたえて」の歌について、尾山篤二郎著和歌評釈選集『西行法師名歌評釈』(非凡閣、一九三五年)は、「(上略)摘んだ菫でも散らばつてでもゐない限りは、「菫つみけむ」は余計な想像になつて了ふ」という。いかにも近代歌人らしく、リアルな風景を思い描くことによってこの作を認めようとしているのであろう。

平野宣紀著『山家集全釈 一』(穂波出版社、一九六九年)では、「人の訪れも絶え果てて、短いちがやの生え茂っている荒庭の中にも、誰が一体分け入って菫を摘んだのだろう。ゆかしいことである」と通釈している。「ゆかしいことである」という余意は、あるいは固浄の『増補山家集抄』に影響されたか。固浄は「人のふまぬ庭なれば菫の咲たれば僅に分入て跡付たるを誰ならむとゆかしぶ心なるべし」と注し、『堀河百首』での公実の「むかしみし」の歌をも引いている。固浄の注は日本古典文学大系本にも引かれている。

渡部保著『西行山家集全注解』(風間書房、一九七一年)も固浄の注を参考欄に示すが、訳では余意を補っていない。

後藤重郎校注、新潮日本古典集成『山家集』(新潮社、一九八二年)では、まず歌材としてのすみれについて、『万葉集』に詠まれたこと、八代集での作例は少ないことを述べ、能因の「いその神」の歌を引いて、「さびれた場所に咲くものとして詠まれた」と説明して、この歌の通釈を掲げる。下句についてはとくに余意を補ってはいない。

西澤美仁・宇津木言行・久保田淳共著、和歌文学大系21『山家集 聞書集 残集』(明治書院、二〇〇三年)では西澤氏が『山家集』を担当している。氏はこの歌を「訪れる人もいなくなって、浅茅が繁茂する庭に、誰が分け入って菫を摘んだのだろうか。この庭に昔を偲ぶのは私だけではないらしい」と訳し、補注では『和泉式部集』の、前引「あさぢ原」の歌に並ぶ、

たれわけんたれかてなれぬこまならんやゝしげりゆくにはのむらくさ　(七〇四)

と「あさぢ原」の二首を引き、「……に依る。末句の過去推量は、庭に分け入った時、人の踏み跡を発見したことを示す。恋敵の存在など物語的想像力を誘うが、和泉式部の本歌の世界をだぶらせている可能性もある」という。

「あとたえてあさぢしげれる庭」は、同じく西行の『山家集』中の「題しらず」歌群に見える、

古郷のよもぎはやどのなになればあれ行庭にまづしげるらん　（一〇二九）

ふるさとはみし世にもにずあせにけりいづちむかしの人ゆきにけん　（一〇三〇）

などの作をも連想させ、詠み手にとっては行きずりに目にした廃園ではなく、やはりかつて自身が誰かと共に住んでいたことのある「ふるさと」であると解するのが、この時代の歌の読み方に沿っていると考える。久しく時を隔てたのちにそこを訪れたとすると、状況としては公実や能因の歌と同様である。そして、自分以前に誰かがすみれを摘んだ跡を認めたのであろう。具体的には尾山のいうように摘み捨てられていなくても、すみれを摘もうと分け入ったのかと想像したのかもしれない。その時惹起される感情は、自分以外にもこの場所を偲ぶ人間がいたのかという意外感であって、それは「ゆかしい」というよりは、嫉妬に近いものであるかもしれない。そのように考えると、西澤氏の解釈が妥当であろうか。

次に、『西行上人集』の「古郷の」の歌について検討する。

古郷の昔の庭を思出てすみれつみにとくる人もがな

第二句を伝甘露寺伊長筆本は「庭のむかしを」とする。『御裳濯和歌集』春上にも入集した歌であるが、同集でも「ニハノムカシヲ」としている。

『西行法師名歌評釈』は「西行にとつては徳大寺村のあたりが故郷である。その故郷の昔の庭を思い出して知り人の誰かが菫を摘み来れかしといふのだが、菫は大人は摘むまい。大人の摘まぬ菫を摘みに来いといふ所に、菫の歌らしい子供らしさがある」という。おそらくその「子供らしさ」をよしと見るのであろう。

この後、窪田空穂著、歴代歌人研究6『西行法師』(厚生閣、一九三八年)では「住む人のない家の荒れた庭に、春の菫のあはれに咲いてゐるのを見て、第三者としてさみしさを感じて、この家に住んでゐた人で、昔なつかしさから、春の今頃を思ひ出して、この菫を摘みに来る人があれば、我が感じるあはれさにも増してあはれを感じて、この我があはれもその人に通ふことであらうと思つたので、主意とするあはれの方を余情としたものである。あはれを深めることを慰めとしてゐるもので、当時の詩情であると共に、殊に西行に強かつた心持である。淡くいつてゐる所に却つて趣がある」という。「すみれつみにとくる人もがな」と願っているのは第三者たる西行であるという点が、どうやら当事者としての西行と考えているらしい尾山と大きく異なる点である。

日本古典全書では、同じく『西行上人集』の、

(ふるさとのこゝろを)

これや見し昔すみけん跡ならんよもぎが露に月のやどれる　(雑・四三九)

という歌を引き、「……と通ずる感じがある」という。

三好英二校註、新註国文学叢書『西行歌集 下』(講談社、一九四八年)は「昔住んでゐた家の庭を思ひ出して、菫を摘みにといつて来る人があつてほしい」と訳しているが、詠み手がどういう立場の人物かはわからない。

『西行山家集全注解』の訳もこれに近いが、(　)して「私のあわれもその人に通じるだろうに」という別解を掲げ

ているのは、窪田の解釈によったのであろう。しかし、参考として尾山の解釈・鑑賞の最後「大人の摘まぬ菫を……」の部分をも引いている。

私は有斐閣新書『西行山家集入門』(有斐閣、一九七八年)においてこの歌を取り上げ、能因・公実・藤原顕仲・肥後のすみれの歌を引いて、「西行の歌でも、歌の主はやはり別れた夫婦のいずれかで、彼ないしは彼女は別れた伴侶を偲び、それとの再会を希っていると考えてよいのではないか」と考えた。そして、歌の主を女と見ることも、「古郷の昔の庭」をたまたま通りかかった男ととることも共に可能だが、「作者が西行であることを重く見ると」後者に付きたい感じもするとした。

和歌文学大系のこの歌を含む『西行上人集』の校注は私の分担であるが、そこでは能因の歌のような発想に対しても『後撰集』読人しらずの歌と同じく、「古里に住み続けて男の訪れを待つ女の立場で詠む」と注した。作者西行の実人生を直接作品の解釈に投影させようとする尾山や窪田の読み方とは著しく異なることになるが、恋の歌において男性歌人が女として歌うことは古くから何ら特異な歌い方ではなかった。それならば、このような読みも可能なのではないかと考えるのである。

誰ならんあしたのくろにすみれつむ人は心のわりなかるべし

第二句「あしたのくろに」は、六家集板本・茨城大学本・『西行上人集』付載「追而書加西行上人和哥次第不同」など、すべて「あら田のくろに」とある。陽明本は紛れようもなく「あした」と読めるが、おそらく親本の「ら」が崩れて「し」と誤まれたのであろう。日本古典文学大系本が底本の形を示した上で「あらた」と校訂しているのは正しいと考える。

第五句「わりなかるべし」にも本文の異同が見られる。すなわち六家集板本や玄旨奥書本では「わりなかりけり」とし、茨城大学本では「わかなかりけり」、「追而書加西行上人和哥」では「わかなゝるへし」、『夫木抄』では「わかなかるへし」とするなど、さまざまである。この歌は松屋本にも存したらしい。そして第五句は「わりなかるへし」、さらに第三句は「人の心の」であったことが書入によって知られる。

この歌で西行は田のくろに咲くすみれを歌う。同じような状態のすみれは、これ以前『堀河百首』で源顕仲によって、

かれたてる蓬が古根かきわけて沢田のくろに菫花さく　(二四六)

と歌われている。西行がこの伯顕仲の作を知っていた可能性は大きい。

本文の揺れのはなはだしい第五句は、初句の「誰ならん」との整合性を考えれば、やはり陽明本の「わりなかるべし」が最も妥当であろう。

この歌の注釈を辿ってみると、新註国文学叢書は、固浄の「わりなきはことわりなきなり。心の切なることなり」という注を引くにとどまる。

『山家集全釈　一』は、「一体まあ誰であろうか、あの荒れた田のあぜに可憐なすみれを摘んでいる人は。遠く見ている自分の方が心のやるせないことであるよ」と訳している。同書は「心のわりなかりけり」という六家集板本の本文によっているから、「心」をわが心と解したのである。そして、「余説」において「すみれという小さいはかない美しさをもったものを、荒れ果てた田という荒々しいものに対置させたのでなかろうか。これは言ってみれば荒々しい

動乱の歴史の中の一個の人間というような、人生の無常、はかなさを象徴していることにもなろう。そういう感慨があるからこそ自己に引き寄せて、主観的な「わりなかりけり」という詠嘆も納得がいくのである」と論じている。『西行山家集全注解』は「誰なのであろう。あの人の耕さぬ荒れた田の畦道にすみれを摘んでいる人は、あの人はきっと昔のことを思い出して心にたえきれぬ痛切な思いがあるにちがいない」と訳し、注で固浄の注を引く。新潮日本古典集成は「誰であろう。荒れはてた田の畦で菫を摘んでいる人がいるが、きっとあの人は何ともいえない思いにかられて摘んでいることであろう」と訳し、「荒田の畦を動乱の世、菫を美に執する心の象徴として、「わりなかるべし」と詠じたものか」という。

和歌文学大系では「誰なのだろう。荒れた田の畦道で菫を摘んでいる人は。その人はきっと切ない気持ちなのだろう」と訳し、「荒田の畦」の注として源顕仲の「かれたてる」の歌を引き、「……に依る」という。また、底本を「わりなかりけり」と校訂した旨をことわって、『古今和歌集』の、

(題しらず)　　　　　　　　　　　ふかやぶ

心をぞわりなき物と思ぬる見る物からやこひしかるべき　(恋四・六八五)

という歌を「わりなし」の先例として引き、「愛人の家が荒田に荒廃してまでも、人は失われた時を求めて過去の幻影を追うものか、と菫摘む人の心を現実離れしたものと物語的に幻想する」という鑑賞的な注を付している。

以上、諸注を辿ってみて、改めてこの歌の難解であることを知る。ただ、私としては、「あらた(のくろ)」を動乱の世の象徴と見る説にも、それを愛人の家の跡とする見方にも、直ちにくみしえないものを感じる。むしろ、「わりなかるべし」という表現にこだわり、

わりなしやこほるかけひの水ゆへにおもひすてゝしはるのまたるゝ　（『山家集』五七一）

の作における氷と「わりなし」と同じく、「あらた(のくろ)」を固い物というイメージで捉え、それを割りにくいものと感じて、「わりなかるべし」と表現した、語戯の感覚がうかがえる作品なのではないかという気がする。そのような語戯を伴いつつ、心の深淵をのぞかせるのは西行がしばしば試みている手法である。ただ、この歌の場合、それが見透せないのであるが、作者が「誰」かわからない「すみれつむ人」の行動に深い共感を抱いていることは疑いない。

すみれさくよこのゝつばなさきぬればおもひ〳〵に人かよふなり

第三句を六家集板本や茨城大学本は「生ぬれは」、「追而書加西行上人和哥」は「老ぬれは」とする。後出文献では『夫木抄』が「をひぬれは」、『歌枕名寄』では「老《生イ》ぬれは」とする。なお、『夫木抄』は第五句を「人かよふめり」とする。この歌は松屋本にも存し、初句は「すみれくさ」であったことが知られる。

西行はここで「よこの」に咲くすみれを取り上げている。そこで直ちに想起されるのは『久安百首』における俊成の、

紫のねはふよこののつぼすみれま袖につまむ色もむつまし

という一首である。

この歌の注釈を辿ってみると、尾崎久弥著『類聚西行上人歌集新釈』(修文館、一九二三年)が、まず「横野」を「上野にあり」とし、「異郷に於て、人疎く旅に慣れ来た彼が、始めてこゝにこの見知らぬ群集を見る。彼はいよいよ孤独

の感を深うしたであらう。彼等は嬉々として茅花を摘む。彼には何の享楽があるか。彼の悲しい旅笠と杖とに、誰が一顧眄を与えようぞ。彼等と圏外の彼。彼は傍観者の苦痛を真に知つたことであらう」と鑑賞する。ちなみに、この歌は同書の「第三篇　孤独の旅」に分類されている。横野を「上野」としたのは、おそらく『歌枕名寄』巻第二十六に上野国の横野の項に、『万葉集』巻十・一八二五の歌に並べて、この西行の作を掲げていることに拠ったのであろう。

日本古典全書では「よこの」に「河内渋川郡(いまの中河内郡)」と注するのみである。新註国文学叢書でも「よこ野」に「尾張国中島郡横野又は河内国渋川郡横野といふ」と注し、日本古典文学大系でも「横野―河内国中河内郡」と注するにとどまる。

『西行山家集全注解』は「すみれの花の咲く横野に茅花が白く穂に咲いたので、人々が思い思いにゆき通うようである」と訳し、横野は河内国、尾張国の「何れか不明」とする。また、三句は「生ひぬれば」をよしとし、「「生ひぬれば」とすれば人々がつばなをとるために行き来していることになり、歌意としても自然である」という。

新潮日本古典集成は「菫が咲く横野の茅花が咲いたので、菫を見ようとする人、茅花の穂を摘もうとする人、それぞれ思い思いに通うようである」と訳し、「咲く」が重複していることは同心の病とされるが、「ものにこだわらない西行の性格を示す」とし、横野は河内国とする。

和歌文学大系では「すみれが咲いた。ちがやも咲いた。荒廃した横野の地を人は通るけれど、誰もが恋人のもとに通うわけではない」と訳し、補注で田村大嬢の「茅花抜く」の歌を引き、「……に依る」とし、さらに俊成の「紫の」の歌を引き、「……に依るか」とし、「恋のみに純化されない人の思いを、退廃的なものとして、花咲いても荒廃の象徴にしかならない二種の花に託す。自身を寓するか」という。「横野」はこの本の巻末に付載した「地名一覧」で、

「河内国の歌枕」とし、『万葉集』巻十・一八三五を引く。

私は以前、古典を読む6『山家集』(岩波書店、一九八三年。↓本書所収)でこの歌を取り上げたが(本稿で検討しているその他のすみれの歌についても、一通りの解釈だけは付している)、そこでは第三句を「生ひぬれば」として考え、「すみれの花が咲く横野の茅花が生えると、それぞれ、すみれを摘もうとしたり、茅花を抜こうとしたり、思い思いに人が通うよ」という通釈を加えた。そして「横野」については、「万葉の昔を想起させる歌枕として用いている」、従って、その具体的な場所はさして問題ではなく、「それこそ高松塚古墳の女性達のような装いの女達が思い思いに通う風景であってよいのではないだろうか」と記した。今改めて諸注を検討して、西行の実人生の中で読もうとする尾崎の読みはもとより、和歌文学大系での読みとも甚しく異なることを感じる。そして、「おもひ〳〵に人かよふなり」の下句にもっとこだわって、人の思いはさまざまなのだなあという、平凡といえば平凡だがしかも忘れられがちな、人間関係において最も重要な認識を改めて自身に言い聞かせているような歌なのであろうかと考えてみるのである。

つばなぬくきたの丶ちはらあせゆけば心すみれぞをいかはりける

陽明本の下句の書写状態はいささか説明を要する。本行に「心すみれをいかはりける」と書き、「を」に見せ消ちの記号を付して、右に小さく「そ」と傍書している。従ってその訂正に従えば、「心すみれそいかはりける」と字足らずになる。想像するに、あるいは親本は「心すみれ。《そ》をいかはりける」のごとく、「そ」を書き落とし、補入した形になっていたのを、補入記号を見せ消ち記号と誤ったのであろうか。しかし、陽明本書写者だけの誤写かもしれない。いずれにせよ、親本の本文は「をいかはりける」であったであろう。六家集板本・茨城大学本ではこの第五句を「生かはりける」とする。日本古典文学大系本では底本の書写状態を説明した上で、板本により「生かはりける」と改めている。日本古典全書本も「生ひかはりける」とするが、改訂したという説明はない。この歌は松屋本にはなかったらしい。後出文献では、『夫木抄』が第二句を「きたののしはふ」、第五句を「さきかはりける」として載せている。

この歌でもすみれに「つばな」の取り合されていることが注目される。西行以前、この二種の花を一首に詠み入れた人としては、西行に近い時代には藤原基俊がいる。彼は『堀河百首』の「菫菜」で、

春のゝのつばなが下のつぼすみれしめさすほどに成にける哉　(二五一)

と詠んでいるのである。また、同じ時公実はすでに見たように「つばなまじりの菫のみして」と歌っていたし、同百首では箱根山に咲くつぼすみれを詠んでいる大江匡房も、別の機会に、

ちばなぬくかたのゝはらのつぼすみれわかむらさきにいろぞかよへる　(『江帥集』三六)

と詠んだことが家集によって知られる。そして、すでに見たごとく、早く『万葉集』において大伴田村大嬢が、

茅花抜く浅茅が原のつほすみれ今盛りなり吾が恋ふらくは

と歌っていたのである。

例のごとく諸注を見ると、『校註国歌大系』・日本古典全書・新註国文学叢書・日本古典文学大系・『西行山家集全注解』・和歌文学大系が田村大嬢の歌を引き、これによったと見ている。また、「きたのゝちはら」を京の北野神社付近と見ることは『西行山家集全注解』・新潮日本古典集成などで一致している。

通釈を掲げるものでは、『西行山家集全注解』は「茅花をぬく北野の茅萱の生えているところが荒れてゆくと、心を澄ます菫の花が茅花にかわって茂ったことだ」と訳す。

新潮日本古典集成は「茅花を抜きとって北野の茅原がまばらになってゆくと、心を澄ませてくれる菫がそれに代って生えたことだ」と訳す。

和歌文学大系は「北野では鬱蒼とした茅原の茂みが疎らになって、その代わりに菫が生えてくる春になると、日当たりのせいか心まで明るく澄んでくるようだ」と訳し、「同時代類例に」として、『月詣和歌集』の、

荒砌菫といふ心をよめる　参議通親

よもぎふの庭のけしきはさびしきに心すみれの花のみぞさく　(三月・二三三)

を引く。西行の歌った風景を「心まで明るく澄んでくる」と捉えているのが特色である。

この歌もわかりやすいとはいえない。そのわかりにくさは、「きたのゝちはら」があせて(荒れて)ゆくとすみれの生え変わるという風景がどうして心を澄むものであるのかということにある。「きたのゝちはら」はやはり上京の北野神社周辺の地であろう。あるいは、神域やその周辺の土地は、荒れてゆくにつれてかえってその聖性が増すというような感じ方があったのではないであろうか。植木朝子氏も言われるように、(1)『梁塵秘抄』の、

みるに心のすむものは、やしろこぼれてねぎもなく、はうりなき、のなかのだうのまたやぶれたる、こうまぬしきぶのおいのはて　(三九七)

という今様なども思い合わされる。

しかしまた、賀茂神社の神事や伊勢の斎宮の衰微を嘆いている『山家集』の一連の作品(一二二〇—一二二六)などを考えると、西行は「きたのゝちはら」の荒れゆくことを肯定的な目で見つめていたとも考えられないのである。神域周辺が荒れてゆく現実を嘆きながらも、茅萱に生え変わったすみれの花に心を澄まそうとしていたのであろうか。

以上、西行のすみれの歌五首について、それらがどう読まれてきたのか、またどのような読みが可能であろうかということを考えてみた。このような作業をしてみて、改めて西行の歌を読むことの難しさを痛感せざるをえない。研究者には自らの解釈にのみ固執することなく、他者の異った見解にも耳を傾け、西行の心に最も近いものは何であるかを探ることが、まず求められるのであろう。

注

（1）二〇〇三年十二月十三日、白百合女子大学において開催された和歌文学会例会での筆者の口頭発表「すみれの歌——菫の表現史——」の際の発言。筆者もかねて同様のことを感じつつも、発表の際にはこの今様を引かなかったので、氏の発言に対して謝意とともに共感する旨を述べた。なお、当日配布した資料に、無常感をそそるすみれの歌として当然挙げるべきであった源通親の作例一首を逸していたので、ここで補っておく。

すみれの花のいはがきにさきたるをみて、

いつまでもよにもすみれのはなのうゐにつゆのいのちをかけんとすらん　（『高倉院升遐記』）

これは高倉院なき後、清閑寺の法華堂に詣でる岩垣路に咲くすみれを詠じた作である。

解説

谷 知子
西澤美仁

一

「I 『山家集』を読む」の原著は、『古典を読む6 山家集』(岩波書店 一九八三年)である。『古典を読む』は、第一線の研究者や作家が古典文学をそれぞれに読み解くという企画で、その語り口もまた見所というシリーズであった。

久保田淳氏にとっては、『新古今歌人の研究』(東京大学出版会 一九七三年)、『西行山家集入門』(有斐閣 一九七八年)、『西行 長明 兼好』(明治書院 一九七九年)、編著『西行全集』(日本古典文学会 一九八二年)に続く西行の一書である。「あとがき」によると、前著の『西行山家集入門』との重複を努めて避けたという。『西行山家集入門』は「入門」と題しながら、きわめて水準の高い注釈書であったが、『古典を読む6 山家集』もまた、その柔らかな語り口が却って恐ろしく思えるほど、注釈としても秀逸な書であった。ここに再録されることを一読者として喜びながら、内容の解説を進めていきたい。

「I 『山家集』を読む」は、「たはぶれ歌」「「昔」と「今」」、「憂き世」」「藐姑射の花、雲居の月」「空になる心」

「堀河・兵衛、そして寂然・西住」「保元の乱」「船岡・鳥辺野・六道の歌」「紅の色なりながら」「陸奥へ」「波に流れてこし舟の」「神路の奥」「円寂」と、十二の柱によって構成されている。この十二の柱は歌を基軸として設定されており、しかも西行のほぼ全生涯を覆う内容となりえている。こうして十二の柱を並べてみると、久保田氏の関心が主に西行の「心」に向けられているのだということに改めて気づかされる。そしてあくまでも歌そのものの読みから、西行の「心」に分け入っていこうとしている。久保田氏は、「西行像を求めて」『西行と兼好——乱世を生きる知恵』(ウェッジ　二〇〇一年)の中で次のように言う。

今でも、私にとって西行はわからない人である。これから先ずっと、わからないままに終ってしまうかもしれない。大体、そんなに簡単に、一人の歌人の心はわかるものだろうかという疑問がある。が、わからなければわからないでいいとも思わない。少しでもわかりたいと思う。

この「わからない」という言葉をそのまま受け取ることはできないけれども、久保田氏にとって西行は、「わからない」がゆえに挑発させられる、分け入ってみたいと思わせる歌人のようである。

十二の柱で構成された「Ⅰ　『山家集』を読む」は、「たはぶれ歌」に始まる。「たはぶれ歌」から西行に入っていくという道筋はおそらく珍しいのではないだろうか。この歌群が詠まれたのは晩年とされているが、久保田氏は「幼かった時の西行自身の姿が投影されている」と見る。幼時の西行像を彷彿とさせる歌群として、本章の冒頭に置かれたのかもしれない。しかしまた、この歌群は西行の心を考えるうえでも最も重要な歌群のひとつでもある。一見「安々と、口軽く歌い出されている」かに見える歌群に、久保田氏は、小林秀雄「西行」(『無常といふ事』)同様、深い悲しみや悔恨を読み取る。この歌群に略注を加えた山木幸一氏は、その大半の歌に仏教世界の投影を読み取っている

(『西行和歌の形成と受容』明治書院　一九八七年)。二人の解釈は大きく異なっているかに見えるが、この歌群に晩年の西行の深い思惟の投影を見ているという点で共通している。この困難な歌群をまず取り上げたというところに、読者は、氏が象ろうとする西行像がこれまでと大きく異なっているという予感を抱かされる。そして、この鮮やかな導入に誘われ、西行の歌の世界へとひきこまれていく。

第二の柱「「昔」と「今」、「憂き世」」もまた、西行の心に分け入ろうとする願望に衝き動かされた感のある箇所である。西行という歌人は、そうした気持ちにさせる「いわば挑発的な作を多く残している」と氏は言う。ここでは、『山家集』巻中雑部冒頭雑歌八首が取り上げられる。この中の三首において、偲ばれるべき「昔」ということばが用いられている。桑原博史氏は、西行の「昔」は出家以前の過去であり、出家以後の現在と隔絶したものに対して用いられ、逆に「いにしへ」は現在と心の連続性の認められる過去に対して用いられているとして、その用法に差異があることを指摘する(『西行とその周辺』風間書房　一九八九年)。久保田氏がここで取り上げた歌群にも、「昔」の語が用いられた歌が三首あり、氏は「なさけある」「しのばる」「昔」について、白河・鳥羽院政あたりを想定している。

この歌群の注解のうち、最も衝撃的であるのは、

くもりなうかゞみのうへにゐるちりをめにたてゝみるよとおもはゞや

の解釈である。「くもりなうかゞみ」、つまり一点の曇りもない明鏡を、氏は崇徳院に比定し、明王と仰ぎながらも、些細なことをあげつらう人の口を慮って、御自重くださいと諫奏した歌ではないかと読み解く。そして、それは西行のような立場では可能だったのではないか、とも言う。天皇への諫奏を歌に詠むというのは、王朝和歌史において異

例のことであろう。中国の諷喩詩が日本には根付かず、自らの不遇をお上に訴える形の述懐詩、述懐歌が隆盛したことを想起すれば、この西行歌の特異性も理解されよう。この解釈は、西行と崇徳天皇の関係、ひいては従来の西行像についても見直しを迫るものであろう。

第三の柱「藐姑射の花、雲居の月」は、『山家集』巻末「百首」のうちの「述懐十首」を、第四の柱「空になる心」は出家前後のいくつかの歌を扱っている。前者は出家後さほど時間がたたない時期に詠まれた歌を読み解いたものである。西行の出家の動機についてはさまざまな理由が想定されているが、久保田氏は早計に結論を出そうとはしない。あくまでも彼の心に寄り添い、彼のことばに耳を傾けようとする。こうして、ゆっくりと出家前後の西行の心の葛藤が炙り出されていくさまは見事としか言いようがなく、読了後にたとえようのない幸福を感じたのは、私一人ではないだろう。

第五の柱「堀河・兵衛、そして寂然・西住」、第六の柱「保元の乱」は、出家後の西行と同時代の人々との交流を、時代背景とともに丁寧に辿ったものである。前者は、同時代の人々の中で最も親密だった堀河・兵衛姉妹や同志である寂然・西住を取り上げ、西行との交流を、心の襞に分け入るような筆致で明らかにしている。後者は、保元の乱が西行に及ぼした影響の大きさ、崇徳院の存在の大きさを一つ一つ実証している。

第七の柱「船岡・鳥辺野・六道の歌」、第八の柱「紅の色なりながら」は、これまで西行の生涯に沿って進んできた路線から少しはずれて、テーマによって歌を読んだ箇所である。前者は人の死や来世を詠んだ歌、後者は『山家集』巻中雑部最後の「題知らず」歌群中から「旅路で見た風景」「海」「珍しい民俗、辺境」「植物・動物」「古郷」と氏が括った小歌群を取り上げている。「船岡・鳥辺野・六道の歌」は、「I 『山家集』を読む」の中で最も仏教と深く関わりあう箇所である。経典、中国の『史記』、日本の神楽歌、説話集などを縦横に駆けめぐりながら、読み進めていく。特に『宝物集』との関わりの深さは興味深い。氏は最後に「これまで重苦しい歌、心沈む歌を読んできた」と言って、末尾には花月に陶酔した西行歌を十首掲げている。何の解説も加えずに、である。死をテーマにした歌の最後に、こうした花月の歌が置かれ、氏が設定した流れに読者は誘われていく。続く「紅の色なりながら」は、まさに久保田氏の面目躍如たる箇所ではないだろうか。ここでは、蓼、浜木綿、芭蕉、すみれ、蓬などの草花を詠んだ西行歌が取り上げられ、西行の心を投影する歌として読み解かれていく。久保田氏は以前『朝日新聞』のコラム「山水鳥話」(一九八八年十一月十一日)に「空き地の草紅葉」と題する文章を載せている。東京杉並の住宅地で家が取り壊され、空き地となった場所に、沢山の種類の草が生えていることに驚き、その様子を次のように描写する。

あたかも木のような竹似草、洋種山牛蒡《やまごぼう》・藜《あかざ》・荒地野菊の下草には、めひしば・おひしばが茂り、猫じゃらしが尻尾を振り、犬ほおずきが這っている。さすがに半年前は庭であったなごりをとどめて、それらの雑草の中に虫取り撫子がほっそりと薄紅の花を咲かせている有り様が何とも可憐である。(中略)洋種山牛蒡の葉が赤く色づき、黒く熟した実と何ともよい色彩調和を見せている。そして、下草では、黄に枯れかけた蚊帳吊草の花穂の幾何学的な造形をみごとだと思う。それは昔、夏の宵に楽しんだ線香花火の、点火後ちょっと間をおいて勢いよく炸裂する閃光を思い出させる。

ちょうど『徒然草』の注釈に追われていた時期の文章であったために、最後は兼好法師への思いで締めくくられているが、「雑草」と称されてしまうような草花へのあたたかな視線と、この「紅の色なりながら」の文章が重なり合ってしまうのは、私の深読みに過ぎるであろうか。西行の桜の歌に関する研究は盛んであるが、こうした草花の歌は、従来ほとんど問題とされることがなかった。逆に「I 『山家集』を読む」において桜は、先述したように、「船岡・鳥辺野・六道の歌」の末尾に歌が掲げられるのみである。無論『西行山家集入門』(有斐閣 一九七八年)との重複を避けるという原著の方針や、桜ばかり歌った西行は貴族文化に降伏したのだとする加藤周一氏(『日本文学史序説 上』筑摩書房 一九七五年〈筑摩学芸文庫 一九九九年〉)への反論ということもあろうが、やはり、既存の西行像に安住することなく、その全貌を正しく象っていこうとする氏の意欲や、看過されがちな細部や少数のものも決して見落とさず、研究の対象として捉えていこうとする氏の姿勢の表れと見るべきであろう。

第九の柱「陸奥へ」と、第十の柱「波に流れてこし舟の」は、初度陸奥の旅と中国・四国の旅という、二つの旅を扱っている。「陸奥へ」では、初度陸奥の旅のルートを追いながら、陸奥と関わった先人たちの跡を訪れる西行の思いに迫ろうとする。能因、実方、奥州藤原氏と西行がどう関わるのか、当時の西行が何を知っていて、何を知らないのかを明らかにしつつ、あくまでも正確に西行の思いに寄り添おうとする。「波に流れてこし舟の」は、仁安年間に赴いた西国の旅を追ったものである。崇徳院が讃岐の地で崩じた長寛二年(一一六四)から三、四年経った頃の旅である。この旅の主たる目的は、弘法大師の遺跡を巡礼することと、崇徳天皇の御陵に詣でることであったと推測されている。しかし、「波に流れてこし舟の」には、主たる目的であった弘法大師、崇徳天皇関連歌の考察は少なく、むしろ往路での出来事や旅先で目にした風景の方に力点があるかのように見える。西行の西国への旅の解説としては、これもまた異例と言えるのではないだろうか。特に最後に取り上げた「しきわたす月のこほりをうたがひてひゞのてまはるあぢのむら鳥」の歌の解説は出色で、西行の旅愁をこれほどまでに描ききった文章を私は知らない。ここにも、花月の歌をあえて扱わなかった姿勢と同質のものを感じるのは私だけではないだろう。

第十一の柱「神路の奥」は、西行にとっての伊勢を扱っている。晩年に伊勢に移住した事跡からこの位置に配されたのであろう。西行にとっての伊勢、ひいては神とは何だったのかという問いを投げかけつつ、伊勢移住後の西行の心を探ろうとする。西行が伊勢に移住したのは、源平の合戦になだれこんでいく時代であった。伊勢とて時代と無関係ではありえず、東国に同意した禰宜が出現し、それを牽制するためもあって源通親が公卿勅使として派遣されるなど、さまざまな動きがあったことを検証している。そうした動きの中で、西行は「「撃ちてしやまむ」式に戦いを肯定するものではない。むしろそこに愚かしい人間の罪を見て深く嘆き、憤った」と、氏は言う。禁忌の多い伊勢ではあるが、当時様々な人間が交差するネットワークの拠点ともなっていた。晩年の西行がそこに住し、何を思ったのか。このことは西行個人のみならず、時代を考える上でも重要な問題であろう。

第十二の柱「円寂」は、西行の最晩年から円寂までを扱っている。いよいよ本章の締めくくりである。最晩年の動向をまとめ、慈円との関係の深まりを説いて、西行の生涯が締めくくられる。手鑑に貼られた新出の西行歌二首の断簡が近年紹介され、慈円の歌集(現存の『拾玉集』に先立つ、別の歌集)の一部と推測されている(鹿野しのぶ「伝世尊寺経朝筆「慈円歌集切」——西行晩年の新出歌二首を含む断簡紹介——」日本大学『語文』九十三輯　一九九五年十二月)。歌の内容からして、西行が都を離れ、弘川寺に移住し、周辺の様子を慈円に詠み送った歌と目されている。二人が比叡山にて眼下の琵琶湖を詠んだ歌を交わした直後のことである。弘川寺に入った後に詠まれた現存唯一の歌として貴重な発見であった。西行の最晩年に慈円が深く関わっていた事実は、この歌の出現によってさらに補強されたといえよう。久保田氏が本章の最後を慈円で締めくくり、慈円を「西行の精神的息子」と位置付けたことは、中世和歌研究者に重くのしかかる。西行の生涯は円寂をもって終るわけではない。西行が後代に及ぼした影響は、定家とはまた違った意味で、非常に大きい。肉体は滅びても、後代の人々の心の内で西行は生き続けたからである。

以上、十二の柱に従って、「I 『山家集』を読む」を概観してきた。繰り返しになるが、「たはぶれ歌」に始まっていること、花月の歌を取り上げていないことは、本章の大きな特徴として挙げられるだろう。また、西国の旅において、弘法大師・崇徳天皇関連歌をさほど大きく取り上げず、むしろ風景の歌に力点を置いていることも、後者の特徴に通ずる例と言えるかもしれない。従来の西行像に目を曇らされることなく、あらゆる面から西行の全体像を正しく象っていこうとする久保田氏の意欲と、信念と、矜持を強く感じるところである。しかもそれが、通説を打ち破ってやろうというような強面ではなく、自然体で、一見安々と、新しい西行像を照らし出していく。言うまでもないことかもしれないが、誤解のないように書き添えておけば、氏が西行の花月の歌を扱わないということでは勿論ない。氏は、これまでに西行の花月の歌についての優れた研究を多数発表してきた。しかし、それだけでは西行はわからない、全ての歌をゆるがせにしてはならない、という氏の姿勢の表れであろう。

『山家集』は異文も多く、先行研究、解釈の蓄積も膨大である。氏は、それらを見事にさばきながら、筆を進めていく。本章の原著は、おそらく一般読者にも読みやすいようにと配慮された書であっただろうが、その目的は十分果たされているのみならず、研究者にとっても、西行研究の最先端の成果を示すものになり得ている。言うはやすいが、このことがどれほど困難であるかは、贅言を要しないであろう。

本章のみならず、氏の研究は、「余計なこと」「わからないこと」は努めて排除しているかに見える。氏の研究を、氏が愛する「食」になぞらえることが許されるならば、それはまさに一流の日本料理だろう。素材を「加工」することなく、その価値を最大限に生かしきる、一流の技と言えるのではないだろうか。こうした氏の姿勢は、後進の研究者にとって、今後とも範となり続けるに違いない。
久保田氏にとって、西行は「わからない」存在であるがゆえに、将来にわたって氏を挑発し続けることだろう。これからどのような新しい西行像が明らかにされていくのか。本章を読み了えた幸福感を多くの読者たちと共有しながら、今後さらに発展していくに違いない、久保田氏による西行研究の成果と出会うことを楽しみにしたい。

（谷知子・フェリス女学院大学）

二

「新古今歌人」の研究を中心とする久保田淳氏の中世文学研究の研究領域は大変に広く、六家集歌人のすべてに及ぶばかりか、新古今時代の、というより、新古今時代までのさまざまな和歌作品に対してこまやかに目配りがされている。三度にわたる『新古今和歌集』の注釈（桜楓社・講談社「全評釈」・新潮日本古典集成）によって蓄積された読解の成果が、つねに生きた形で活用されているからであろう。しかし、こと西行については、定家研究ともどもに、ある意味ではそれを遥かに越えた氏の愛情が感じられる。愛情というのではちょっとやさしいくらいな、愛着とも愛執とも愛染ともいいうるような強い切実な意欲が感じられる。もっと思い切って言えば、西行に関する氏の研究（以下「久保田西行」と略称する）から定家へのそれに目を転ずると、あまりにも紳士的にすぎて穏和なバランス感覚に満ち満ちているがためにかえってめまいがしそうなほどである。

「Ⅱ　『山家集』巻末「百首」読解考」には三編の論文が収められる。特に最初の二本には一読して何か不可解な違和感を持つこともあろう。「Ⅲ　西行和歌の心と詞」にまとめられた六編の論文と共に、基本的には「Ⅰ　『山家集』を読む」を引き継ぐ形で、いわば続編構想のもとに書かれた論文群ではある。『古典を読む6　山家集』の四ケ月後にあたる一九八三年十月から翌年三月にかけて、ほぼ同時期に相次いで発表されたⅡの三編は、一九九三年に出版された『中世和歌史の研究』でもオリジナルにほとんど手を加えることなく、そのまま収録されている。

第一論文の「『山家集』巻末「百首」」は開口一番随分過激な発言が目を引く。『古典を読む6　山家集』では、西行の「文学の真実の姿」を解明するために、「西行その人に対する思い入れ、思い込みを極力排除して、歌の言葉そのものの意味を一つ一つ辿って全体に及ぶという、当然の手続き」を実行する必要があるという信念によって、「和歌表現の伝統の根強さや厚さ、深さ」への意識を解釈の中心に持ち込んだ。その結果、自分自身の「思い入れ、思い込み」を排除することには成功したが、「国文学の研究者に要求されている課題」の最も重要なものと認識されている「作者自身が何を表現しようと意図したかという疑問の解明」については飽き足りなかったという。あまりに禁欲的に作品の「成立年次」「作歌年次」からのアプローチを避けようとしたからだというが、「藐姑射」を仙洞御所の意に用いた先例として藤原季通の『久安百首』詠に辿り着きながら(本書四八頁参照)、西行和歌との先後関係には言及しなかったという無念が原動力になったという。

論文はまずは巻末「百首」の成立に関する従来の研究を整理し、次いで、百首の成立問題から自立した作品として、という扱いであろうか、五首ほどの和歌を典拠や歌枕との関連から読み解いて見せる。「和歌表現の伝統」からだけでも充分に読解できる例ということかもしれない。そのあと崇徳院や藤原季通などの『久安百首』詠との「発想・素材・表現の類似する例」を列挙する。季通と西行との年齢差は二十三歳と推定され、山家集巻末「百首」が『久安百首』影響下に作歌された可能性が高い、という結論に至るのであるが、そこまでの手続がほとんど不気味といっていいほどにゆったりしているのである。なぜこんなに慎重にならなければいけないのだろう。「藐姑射」の一件からこの論考を構想するに至る頭の回転はおそろしいほどに速かったはずである。にもかかわらずコマ送りに近いスローな展開を見せるのは、繰り返すがほとんど不気味といっていい。一読者として最初に出くわす不可解な違和感はこれである。

論文の末尾に近く、西行と藤原公能との贈答が引用される。西行は『久安百首』作者には選ばれなかったにもかかわらず、公能の『久安百首』詠を下見したのである。その時に生じた複雑な意識が、これほどにも多くの同時代類想を生むことになった、ということなのではあろうが、実は巻末「百首」には『山家集』内部との類想関係も多く、それなりに充分西行の個性を感じさせている。にもかかわらず、夫木和歌抄に三首採られた他は勅撰集入集歌もなかったようで、従って若い日の習作的な百首である、と見るのが如何にも妥当であろうし、一般にはそのように片付けられて終わる百首なのではあろうが、いま改めて注目しようというのは、結局は否定することになる山木幸一氏の『二見浦百首』説への関心であろう。結局は否定することになるにもかかわらず、久保田西行は山木説の紹介に熱心である。

私見を敢えて記せば、西行和歌同志の類想関係に久保田西行は関心を持ち始めたのではないかと思われる。西行和歌独自の本歌取的な二重構造、西行臭といっていいほどのいかにも西行らしい個性的な表現を本歌に見立てて、したがって自分自身と対話するかのような表現を、西行は孤独感を強調する表現として時折用いるが、そうした二重構造を、その構造に組み込まれる側のはずの巻末「百首」に読み取ろうと模索していたのではなかったか。

無用な贅言にすぎないかもしれない。論の末尾には「やはり特定の色眼鏡を外して、思い入れを排除して、繰返し作品そのものを読むしか無い」とある。しかし、久保田西行の方法を際立たせるための提言に終始するものとは限らない気がするのは私だけであろうか。あらためて後述するが、久保田西行の主張は、自分自身の思い入れを排除せよ、であり、それは西行その人の思い入れを明確に読み取るために必要不可欠な作業に位置づけられることになる。ということは、他の誰よりも西行への思い入れが強いことを自覚していることの、自戒というよりはむしろ、表明なのではないであろうか。禁欲的姿勢を強調することで、いよいよ西行への愛着を自身の内に確認する、あるいはむしろ鼓舞しているのではないか、という気までしてくるのである。

ますますしつこくなってしまうがさらにいえば、『新古今和歌集全評釈』は西行歌

おぼつかな秋はいかなるゆゑのあればすずろに物のかなしかるらむ　(秋上・三六七)

に対し、

おぼつかなはるは心の花にのみいづれのとしかうかれそめけん　(山家集・春)
おぼつかななにのむくひのかへりきて心せたむるあたとなるらん　(同・恋)

を引き合いに
自らの心に対して「おぼつかな」と疑問を発している点において共通するものがある。西行にとって、自らの心

はおぼつかないものであったのだ。西行は生涯を通じてわが心に対して「おぼつかな」と問い続けていたのだ。それが西行における詠歌という行為であったのである。

と述べている。西行歌は和歌が発想の源なのではなく(和歌的人間であることを和歌に詠んでそのことに自足するのではなく)、和歌的人間である自分、を見る自分を確保しようとしている、それが西行にとっての和歌である、ということなのであろう。とすれば、西行にとって家集を編纂するということは、見る自分だけでなく、見られる自分をもそこに客体化するということになる。見られる自分からの目こそが山家集巻末に巻末「百首」を必要としたなどということにも連なっていくのであろう。

二つ目の論文である「『山家集』を読む——西行和歌注釈批判」を読み始めると、最初の論文と同じ西行和歌への「注釈批判」が展開されていることに驚くであろう。一読者が遭遇する二つ目の不可解な違和感である。確かに第一論文に「別稿の用意があるが、それはかなり限られた範囲にとどまる学会誌なので、ここで改めてそのうち二、三の例を要約的に取り上げてみる」と説明されてはいた。岩波書店の『文学』と中世文学会の『中世文学』では読者の範囲も人数も大きく違うであろう。一応はそのための配慮と解されるが、十年前に編集された『中世和歌史の研究』にすでにそのまま再録されているのであり、今回も同様に重複を敢えて避けてはいない。それはなぜなのか。

論文の末尾に「西行の和歌世界を解明する」には「その世界の多様性、それから想像される西行の心の多面性の確認こそが必要」なのであって、「詠作年次の推定」は「究極目的ではない」とある。第一論文と矛盾まではしていないにしても、まるで前言を翻したような感じがある。三つ目の違和感と呼んでいいほどである。

冒頭には「あらかじめ本百首の詠歌年次に関する推測を試みることなく、作品そのものに立ち向かう」姿勢を強調していて、そのこととの照応が意図されるあまり、ともとれるし、結局は『久安百首』との先後関係については「結論を留保」したこととも関わるであろう。それならば『久安百首』との関連は第一論文にすべて譲ってしまえばいいように思われるのだが、にもかかわらず最後の最後に「結論の留保」に言及せざるを得ないのは、西行伝への夢あるいは中世文学史の構想を基底に深く保ち続けているからであろう。それはどこまでも厳密を追究してやまない学者としての姿勢、であるには違いないが、それ以上に、私には西行への愛の表明に見える。

繰り返しになるが、詠作年次を確定しなければ作者の心の多面性は見届けられない、とは久保田西行は決して言わない。しかし、詠作年次の確定よりも作品そのものを読むことの方が重要である、ともまた言ってはいない。もちろん、年次の確定など作品そのものを読むのに必要のないものだ、という見方ほど久保田西行から遠いものはないであろう。

第三論文の「仏教と和歌——西行釈教歌注釈贅言」には巻末「百首」の成立時期への言及は極めて少なくなる。「今なお成立年次や成立事情が明らかであるとはいえない」と触れるのみで、百首中の釈教歌七首について『類題法文和歌集注解』や『梁塵秘抄』を介して、典拠との関連を中心に丁寧な読解を試みることに終始する。「釈教十首」の内、第一第二の論文に扱った三首を除いた七首への注釈研究である。その意味では、この第三論文は先行する二本の論文を補うような位置付けともいえるが、巻末「百首」をなお「今なお成立年次や成立事情が明らかであるとはいえない」という。第一論文から読み進めてきた読者はここでも違和感を感じざるを得ないであろう。

第四論文から第九論文までは「Ⅲ　西行和歌の心と詞」として一括されている。第四論文の「西行の人と作品——

その古への憧憬の意味するもの」は、大覚寺を詠んだ西行和歌に着目し、晩年に伊勢に移住したことや、終生和歌にこだわり続けた西行の人生を西行和歌作品から解読しようとする。古い庭や石への関心は、「数奇の心」と同時に、「いにしえへの憧憬」をも反映するという。そしてそれは乱世に身を置いた西行にとって、「現世への絶望」と表裏をなすものであったという。そうした「いにしえへの憧憬」は「尚古主義的な物の見方」や「皇室尊崇の心情の強さ」となってあらわれるといい、「神への信仰が現実に対する絶望から彼を救っていた」と結論する。

この「皇室尊崇の心情の強さ」に対する指摘は、西行の生き方を考える上で今後さらに重要な意味を持ち続けるであろう。

西行は保元の乱をまのあたりにし、皇室内部の対立抗争を熟知していた筈であるが、そのような体験が皇室に対する不信感のごときものを生むには至らなかったと考える。崇徳院に対しては深い同情の念を寄せていたことは確かであるが、それが後白河院批判という形をとることはなかったのではないか。

という。あるいは詠作年次も詠作事情も不明な歌ではあるが、一般には(そして久保田西行も『新古今歌人の研究』ではそのように見ていた可能性が高いが)崇徳院治世や保元の乱に対する意識を読み取ることの多い

呉竹の節繁からぬ世なりせばこの君はとてさし出でなまし

悪し善しを思ひ分くこそ苦しけれただあらるればあられける身を　(山家集・下・雑)

といった批判・糾弾と同情・共感とが複雑に絡まり合った作品に対しても、「皇室」に対する意識として読み解くべきことに示唆的なのかもしれない。当時は何か事件が起こるたびに崇徳院の怨霊が問題にされ始めた時代でもあり、そんな時代に西行は崇徳院への思いが籠められた『山家集』を編纂し、後白河院による『千載和歌集』の成立にも何

らかの形で関わったと思われる。また第五論文「西行における月」も、恋歌の素材としてある意味で二次的に転用されてきた陸奥の風物を、いわば還元して直接的に「辺境への関心」として詠出する傾向を取り上げ、その契機として「月」への愛着を示唆する。

第三から第五論文にかけて共通する傾向として、花月や歌枕などへの過激なほどの関心の強さを、宗教的な色彩として把握しようという傾向が看取できる。第三論文が「煩悩即菩提というような思想」との関わりの中で、「執着」と「悟り」との関連に言及するのは論旨からいってあるいは当然かもしれないが、西行和歌から「いとも自然に敬神の念を育てた」経緯を探って、「底なしの絶望から救われる」西行を見届けようとしたり、「孤独な旅人の心をそのまま映し出したような、蕭条たる風景」を(叙述の順は実は逆であるが)「法悦に浸されている風景」と換言したりしていることにも注目しておきたい。家永三郎や伊藤博之の描いた西行像に一歩ずつ近づいているようにも見えなくはないが、恋と自然、数奇と神とは遠いようで実は意外と近い、ことを西行とともに見据えようとしているのではないであろうか。

この方向性は、西行和歌に通底する院政期和歌との同時代性をどのように汲み取るか、と大きく関わってくるのであろう。第六論文『残集』の二首とその詞書について――「小野殿」「きせい」を中心として」では地名や人名の考証を通して「懐古に耽っている西行の姿」に着目し、「これらの行動によってこの国の歴史を体感し、文化の伝統や信仰のあり方を考えている」という。「現世への絶望」をいう第四論文と通じるものがあるが、第七論文「西行の柳の歌一首から――資料・伝記・読み」には「西行の和歌における誹諧性」に言及がある。和歌的なバランスを失してまで修辞を過剰に使うことで「誹諧性」を表現する例を指摘し、「西行の和歌の本質に触れる問題を含んでいる」と指摘する。論文ではそれ以上に立ち入らないが、意を汲めば、第六論文にいう一種散文的な「行動」力を和歌の中に組み込んだものが西行の俳諧歌なのであろう。前述した恋と自然、数奇と神との親近あるいは逆説的な一致とでもっていいようなものが見えてくる。

第八論文「蝶の歌から」は、源仲正からの影響を中心に論じたもの。珍奇な素材や趣向を積極的に表現に取り込もうとした院政期和歌の詠風を、ある意味では代表する仲正の「感覚的」あるいは「官能的」な表現をいかに受容し、西行的表現に転換させていくかを極めて具体的に論じた傑作である。「禁欲的な反省」「仏者としての自覚」が重ねられることでその転換が成り立つと結論されている。私見（和歌文学大系『山家集　聞書集　残集』）では大江佐国伝説を幻想的にもうひとつ重ねることで、より深く自身の花狂いを自省しうると考えてみた。さらに私事に及んでしまうが、本論文は一九七八年度の講義録を改稿したものといい、当時学生として受講した際のレポートにもそのように書いた記憶がある。どうやら私自身がその記憶から抜け出せなかったようで、久保田西行が厳しく否定しようとする自身の思い入れの恰好の一例になってしまったもののようである。

書き下ろしの新稿になる最後の第九論文「西行のすみれの歌」では、西行自身の思い入れが問題となる。堀河百首題を試みなかったはずの西行がすみれを多く詠むのは、「すみれに対するある種の思い入れがあるからではないであろうか」という。「すみれは廃園に咲く花という性格づけがなされ」、「ふるさと——廃園にひっそりと咲く花というイメージ」が付与されていることを確認した上で、最後の一首

つばなぬくきたのゝちはらあせゆけば心すみれぞをいかはりける　（山家集・一四四）

に「神域やその周辺の土地は、荒れてゆくにつれてかえってその聖性が増すというような感じ方があったのではないであろうか」という読みを展開する。『梁塵秘抄』の「見るに心の澄むものは社こぼれて禰宜もなく……」を踏まえながらも、荒廃を讃美するのではなく、「神域周辺が荒れてゆく現実を嘆」く意識が詠まれたとする。「I 『山家集』を読む」にも「すみれの歌」への言及があるが、読みの深度はまったく違うといっていい。九本の論文に通底する「この国の歴史を体感し、文化の伝統や信仰のあり方を考えている」西行像を、ここに取り込む形で久保田西行は深化したといっていい。批判の対象になった私見でも、この歌には他のすみれの歌にはない西行の思い入れを読み取ろうとしているようだが、その意識にまでは遠く及んでいない。荒廃を象徴するすみれへの嗜好に、荒廃の中に一筋の光や逆説的な美を見つけ出すのにとどまり、すみれを「期せずして美を齎している」花として、冬の絶望的な荒廃から春という明るい未来への転換を予感させる花として見ようとはしたが、やはりまだまだ「西行の心」には届いていなかったようである。

久保田西行が主張するもの、それは読者(研究者)自身の思い入れではなく、西行その人の思い入れを読まなくてはいけない、に結局は尽きるのであろう。

「西行の心に最も近いものは何であるかを探る」ために、さらに西行は読まれなければならない。そのためには、西行和歌を虚心に読み進めてゆくことが、まずは何より重要だという。そのことをあらためて強調する意味で、数多い久保田西行の諸論文の中から、本巻は西行和歌の読解を中心に据えた論考が集められた。一書の形を取ることで久保田西行はその全体像をある種の遠近感を付けて指し示そうとしたのであろう。西行はさらに読まれなければならない。その思い入れを純粋に読み取りうるまで、西行の視野と目線を見届けうるまで。そしてさらにその向こうに、和歌の形をした文学、西行の形をした人間そのものが読まれなければならない、という氏の姿勢が明確に指し示されたのである。

（西澤美仁・上智大学）

初出一覧

Ⅰ　『山家集』を読む
『古典を読む6　山家集』(岩波書店、一九八三年)

Ⅱ　『山家集』巻末「百首」読解考
『山家集』巻末「百首」　『文学』第五十一巻第十号(岩波書店、一九八三年十月)、原題「『山家集』巻末「百首」について」、のち『中世和歌史の研究』(明治書院、一九九三年)に所収
『山家集』を読む――西行和歌注釈批判　『中世文学』第二十八号(中世文学会、一九八三年十月)、のち『中世和歌史の研究』(明治書院、一九九三年)に所収
仏教と和歌――西行釈教歌注釈贅言　『仏教文学』第十八号(仏教文学会、一九八四年三月)、のち『中世和歌史の研究』(明治書院、一九九三年)に所収

Ⅲ　西行和歌の心と詞
西行の人と作品――その古への憧憬の意味するもの　『国文学解釈と鑑賞』第六十五巻第三号(至文堂、二〇〇〇年三月)
西行における月　『短歌』第三十四巻第九号(角川書店、一九八八年三月)、原題「遥かなる時空に誘うもの――西行における月――」、のち『中世和歌史の研究』(明治書院、一九九三年)に所収
『残集』の二首とその詞書について――「小野殿」「きせい」を中心として　『国文白百合』第二十六号(白百合女子大学国語国文学会、一九九五年三月)
西行の柳の歌一首から――資料・伝記・読み　『国文学』第三十九巻第十三号(学燈社、一九九四年十一月)

蝶の歌から　　『西行　長明　兼好――草庵文学の系譜――』(明治書院、一九七九年)

西行のすみれの歌　　書き下ろし

■岩波オンデマンドブックス■

久保田淳著作選集　第一巻　西行

2004年4月6日　第1刷発行
2004年12月15日　第2刷発行
2017年6月13日　オンデマンド版発行

著　者　久保田淳《くぼたじゅん》

発行者　岡本　厚

発行所　株式会社　岩波書店
〒101-8002　東京都千代田区一ツ橋2-5-5
電話案内　03-5210-4000
http://www.iwanami.co.jp/

印刷／製本・法令印刷

ISBN 978-4-00-730618-1　Printed in Japan

人名索引

1) 本文において論及した人名の索引である.
2) 慣用の読みに従い発音の五十音順に配列し，当該ページを示した.

あ 行

か 行

さ 行

た 行

な 行

は 行

ま 行

や・ら・わ行

書名索引

1) 本文において論及した書名の索引であるが，対象を近代以前の書物に限った.
2) 歌集乃至詩集中の作品名，歌会名，楽曲名を収めた.
3) 慣用の読みに従い発音の五十音順に排列し，当該ページを示した.

あ 行

か 行

さ 行

た 行

ら 行

わ 行

事項索引

1) 本文において論及した事項の索引である.
2) 慣用の読みに従い発音の五十音順に配列し，当該ページを示した.

あ 行

か 行

さ 行

た 行

な 行

は 行

ま 行

や 行

ら 行

わ 行

和歌・漢詩句索引

1) 本文において論及した和歌・漢詩句の索引である.
2) 漢詩句には経文を含め，漢散文は除外した.
3) 五十音順に配列し，当該ページを示した.

あ 行

さ 行

た 行

な 行

は 行

ま 行

や 行

わ 行